朱晓翔 著

# 古玩暗战

中国工人出版社

# 目录

Contents

# 月下绛妃

# 楔子

民国二十九年，洛阳城四天内发生三起灭门案，死二十二人，盗劫古玩估值数百万大洋。

这三户户主都是收藏名家，持有重量级甚至国宝级古玩。很快，伦敦苏富比拍卖行赫然出现几件战国青铜器和唐宋精品书画，经鉴定确为三户人家藏品。据悉后期将有规格更高的藏品参与拍卖。

灭门案中喻家长子喻荣华在华尔街证券交易所任职，其岳父是纽约重量级参议员，在政坛具有相当影响力，随即通过大使馆传递压力。

正在浙江一带活动的戴笠受命严加督办。戴笠熟知洛阳政府相互推诿、吃里爬外的官僚作风，干脆来个釜底抽薪，委任军统驻洛阳特派员伊宫承为警察局副局长兼侦缉队队长，主抓洛阳灭门案。

月下绛妃

# 第一章

新官上任没放火。

伊宫承把自己关在办公室里一天一夜，斟字酌句地研究了警察局近期所有案件卷宗，然后独自驱车来到西城郊外的看守所，提审一名叫左侯的犯人。

“我知道左侯只是你目前使用的名字，或者专门为这次关押而用，罪名是……”伊宫承看了眼卷宗，“走私烟草，一个不大不小、可以花钱摆平的罪名，不得不说，你很聪明。”

左侯，头发微卷，鼻梁高挺，眼睛里始终蕴含着笑意：“局座，走私烟草不归侦缉队管。”

“不过我有权立即放你出去。”

“为什么？”左侯一怔。

“协助警察局侦破灭门案，我还打算登报表扬你，当然，要配发照片。”

左侯的脸顿时揪成一片：“饶了我吧，有事局座尽管吩咐，左侯赴汤蹈……”

“不用你赴汤，只要交代为什么抢在灭门案前三天故意被抓？”伊宫承紧盯着对方，“你在逃避什么？”

“巧合而已……”

“作为中原地区排名绝对在前三位的造假高手，最重要的是面目模糊，没有名气，不为人所知，但眼观六路耳听八方，一有风吹草动就逃之夭夭，显然你事先听到些什么，担心被拖下水，所以主动进了局子，对不对？”

“军统特务果然非凡同响，掌握的信息比我想象得还多，佩服佩服！”左侯叹道，“直说吧，局座需要我干啥？”

“协助破案。”伊宫承停顿一下补充道，“就以左侯的身份，古玩鉴定顾问，没有案底，背景清白。”

左侯苦笑：“这对我有什么好处？走私烟草罚点钱就了事，协助查案有可能把命赔进去，没准还会被人揭老底……”

“我现在就能揭你的老底！”

“军统的绝招就是讹诈吗？”左侯耸耸肩，“那办完案子放我走行不？这是底线了。”

“成交，到时会有新身份和整套手续……谈谈你知道的情况。”

“我想先去下现场。”

伊宫承同意：“没问题，现在就走。”

收藏是富裕事，端木余、喻长范和陈方雷三家宅院都位于洛阳的富人区——东大街东段，案发时间基本一致，盗匪选择凌晨四五点钟动手，破门、杀人，然后直奔秘室或地窖，将所有金银珠宝、书画瓷器等古玩洗劫一空，连单独陈列在客厅、书房、卧室等小件也没放过，说明事先经过缜密的踩点策划，同时并不排除有内应。

最先遇害的是端木家五人，包括端木余夫妇、管家和两名家佣；第二天喻家九人被屠，包括喻长范、叔伯哥哥一家四口以及管家和三名家佣；隔了两天陈家七人被屠，包括陈方雷夫妇、儿子陈秋、管家和三名家佣，儿媳当天有事外出留宿在亲戚家得以幸免。

“喻家居然找不到一张照片，难道都不喜欢拍照？”左侯有些奇怪。

“可能吧。从喻陈两家门前路口车辙分析，盗匪出动卡车运赃物，非常嚣张！”伊宫承道，“喻家包括喻长范在内的九名死者头颅都被割掉，至今没找到，华盛顿喻大少爷坚持不下葬，说等找到头颅后合体……”

离开现场，两人又来到存放尸体的冷库，看着一具具无头尸，伊宫承生硬的表情更加铁青。

“三桩灭门案有何区别？”

“端木家遇害尸体完好，喻家和陈家所有尸体都被割头。”

“原因呢？”

“侦缉队推测盗匪在端木宅没想到割头，简直一派胡言！”

左侯开心地大笑：“这是侦缉队的正常智力水平，局座何必生气？主要是因为这伙人没在现场留任何脚印、指纹和残余线索，手法专业而老练，非寻常盗匪可比。”

伊宫承目光闪动：“以你掌握的信息以及对这三户人家的了解，谁最有作案嫌疑？”

“灭门案发生前一周，圈里朋友告诫说洛阳要出大事，按惯例警察调查大案要案，最先倒霉的就是像我这种见不得阳光的，与其没完没了地被盘问，宁可早点蹲局子撇清关系……当时我追问内情，朋友不肯透露太多，只含含糊糊说有人拿了不该拿的东西，再问，一个字都不肯说。”

伊宫承冷笑：“我在军统还没见过不肯说话的人！”

“别别别，他是秘密线人，否则我就成了聋子瞎子，啥也干不了，再说他也不会了解太多，在圈子混都晓得明哲保身，知道得越多越危险。”说到这里左侯略作沉思，“古玩圈、收藏圈不屑玩枪，玩枪的不懂古玩，况且割头岂是正常人干的活儿？依我看盗匪十有八九来自黑潭山。”

离洛阳城四十多里的黑潭山盘踞着以邱胡子为首的土匪，靠拦路抢劫、绑架勒索为生。当地政府曾请求军队多次进山剿匪，无奈黑潭山背后是绵延数百里的邱沙山脉，土匪一味周旋躲闪，根本不正面接触，两三个师的兵力都拿他们没办法。

“照你的说法得派兵剿匪？”

“那倒未必，盗匪枪玩得好，进了洛阳城摸不清门槛，要作案必须有圈内人指点，嫌疑最大的莫过于唐古斋老板马敬亭，他向来跟黑道不清不楚，是胆大心黑的主儿。”

“很好，我这就把他抓起来审问。”

“灭门这种活儿横竖是杀头，没有证据，人家凭什么交代？”

“我在军统还没见过……”见左侯似笑非笑的样子，伊宫承把后半截话吞下肚，改口道，“你觉得从哪儿着手？”

“马敬亭生意做得大，但古玩鉴定方面水平一般，抢来的东西偷运到海外前必先经名家筛选，不然在洋人面前砸了招牌，以后做不成生意。”

“他有可能请哪个名家？”

“当然是洛阳排名第一的鉴定师——‘鹰眼铁口’宋楚云！”

宋楚云没混出名头时曾在唐古斋做过事。马敬亭人品虽不怎地，却很识才，即便宋楚云跑到竞争对手撷云阁做三掌柜都没翻脸，相反按规矩结了工钱，另外还奉送了不薄的红包。冲这份雅量，宋楚云成名后对任何人都敢拿架子，唯独马敬亭托付的事从不拒绝。

侦缉队先从外围秘密调查宋楚云手下，得知灭门案后有天清早他曾独自出门，到傍晚才回家，二姨太多嘴问了几句，被他劈头盖脸骂得泪汪汪地晚饭都没吃。

伊宫承带着左侯登门拜访，宋楚云不出所料推得一干二净。

“外出鉴定古玩当然是有，这是宋某吃饭的行当嘛，要是成天闲在家里才是问题，敬亭兄那边生意做得大，宋某走得勤些也正常，要说看了哪些东西……宋某每天经手的古玩不下于百件，却无过目不忘的本事，还请见谅。”

伊宫承道：“如果碰巧是战国人面纹三足方鼎，或是南宋夏圭的《松崖客话图》，大师想必记忆深刻吧？”

宋楚云怫然变色：“人面纹三足方鼎乃喻先生的藏品，刚在苏富比拍了二十六万英镑，局长怀疑宋某与灭门案有关？”

“到底见没见过？”

“宋某曾受邀到喻宅鉴赏古玩，藏品中有此方鼎，可惜物是人非，喻宅竟遭此大厄，唉。”

“喻宅最珍贵的古玩是什么？”左侯突然问道。

“古玩一行并无优劣，唯藏者喜好而论。”

左侯强调道：“我特指字画。”

“论字画，《松崖客话图》算是藏品中的精品，但非绝品，传闻——仅仅是传闻，不足为信，喻先生用不光彩手段得到了唐伯虎《月下绛妃图》大幅绢本……”

“啊！”

左侯失声叫出来，连平素喜怒不言于表的伊宫承都露出震惊的表情。

唐伯虎仕途失意，生活穷困潦倒，长期混迹于勾栏妓院，最擅长的并非山水画或仕女图，而是春宫图，这是他赖以糊口谋生的手段。正史为尊者讳，一味推崇他的仕女图，美其名曰“唐三白”，只有内行才知道唐伯虎的春宫图收藏价值更高。如《孟官蜀妓图》《班姬团扇图》等传世佳作，在伦敦拍卖市场已经炒至百万英镑以上，势头直逼《清明上河图》。

然而，那些不过是小规格画册或扇面版，真正大幅绢本且流传有序的唐伯虎春宫图唯有《月下绛妃图》，政府将它列为国宝级文物，在绝对禁止流出国外的一百幅古画中排名第九。

“什么不光彩手段？”伊宫承追问。

宋楚云摇摇头：“抱歉，宋某并非收藏圈中人，无意卷入无谓的纷争，二位请用茶。”

见主人家端茶送客了，两人遂知趣地告辞。

“一桩大案牵出另一桩大案，看来警察局副局长的位置要坐一阵子了，”伊宫承恨恨道，“‘有人拿了不该拿的东西’就指这幅画？可盗匪为何灭了喻家还不罢休，又灭掉陈家？”

左侯道：“这我知道。喻陈两家是亲家，喻长范的小女儿喻晓菲嫁给了陈方雷的独生子陈秋，也许盗匪在喻家没找到画，怀疑暗度陈仓到了陈家。”

“这样说来端木余岂不成了冤大头，他跟画有啥关系？”

左侯摇头叹息：“一团乱麻，再到唐古斋看看吧。”

踏进唐古斋大门，柜台前围了一大圈人吵得不可开交，店掌柜显然不在，几名坐班伙计笨嘴拙舌地压不住场，急得满头大汗。左侯站在旁边仔细听了会儿便弄清事情原委。

有个壮汉拿了只号称元青花小碟来典当，坐班伙计认为是赝品不肯接受，双方言语不合便吵了起来。民国以来市场上凡香炉必称宣德，青花必言元明，造假工艺越来越高超，尤其高仿品即使专业鉴定师仓促间都难辨真伪。伙计拒绝接受情有可原，但才识有限说不清假在哪里，无疑折了风头。

壮汉在围观者起哄下更加得意，提高声音嚷道：“俺家传了六代的疙瘩宝贝，瞧这包浆、这质地、这分量，没说的标准元青花，你们要是说不出哪儿不对劲，俺今天就要砸了唐古斋的金字招牌！”

“砸！砸！砸！”围观者唯恐天下不乱，一个劲儿地怂恿。

“这位爷别激动，我来瞅一眼成不？”左侯分开众人，拿起青花小碟细细琢磨会儿，笑道，“还别说，仿得挺有水平。”

壮汉暴跳如雷：“你算哪根葱跑这儿装相？先说个理由，要是张口说瞎话老子揍你！”

左侯道：“平心而论各方面都没破绽，偏偏碟子底款露了马脚，大家瞧，底款写的是‘大元国延祐乙卯年制’，这个不对。”

“怎么不对？”围观者纷纷问，壮汉也满脸狐疑。

“延祐乙卯年是公元1315年，元代早期，当时青花料并非后来通用的进口苏泥渤青，故而青花瓷色略显灰黑，釉子也不白，制作水准一般。这碟子色泽与元中晚期青花瓷一样鲜艳光洁，明显不是元早期。”

“哦——”围观者一片叹服声。

“他娘的胡说八道！”

壮汉气急败坏地抡起拳头就要打，伊宫承在他肘部一撞，拦在身前，壮汉见是警察顿时蔫下来，嘴里嘟囔了几句讪讪夹着碟子离开了。

伙计如奉贵宾将两人引至内室，一位身着罩花马褂、虎背熊腰的短髯男子上前致谢，他就是老板马敬亭，如左侯所说并不精于鉴定，因此刚才躲在里面不便露面。一番寒暄之后转入正题，马敬亭似乎早有准备，神定气闲。

“这是侦缉队第二次登门了，之前宣队长也来过，没办法，谁叫马某多年前跟道上朋友有过瓜葛。端木、喻、陈三位都是收藏界精英，马某与他们偶有来往，算场面上的朋友，于情于理都不可能下此毒手。”

“听说喻家灭门跟《月下绛妃图》有关？”伊宫承问。

马敬亭脸色一变："圈子里曾传过，流言蜚语而已，不足为信。"

"不妨说说。"

"嗯——马某纯属转述，不足作为警方破案证据……"马敬亭再三声明后才开始述说，左侯却在这当儿转到外面柜台闲聊了。

# 第二章

《月下绛妃图》创作于1521年，属于唐伯虎晚期成熟作品，此画被苏州盐商田郁贵重金购得，作为镇宅之宝，直到清代雍正年间田家后人犯事被抄，画落到苏州知府周铁钧之手。民国六年周铁钧后人举家远赴英国，为筹集路费以六十万大洋卖给开封收藏家姜志诚。整个过程符合古玩收藏最看重的史料齐全、流传有序的标准。

此后姜志诚一度销声匿迹，此画再也没出现过。三年前他儿子姜海涛低调搬至洛阳，大家才知道姜志诚已去世。姜海涛虽也醉心收藏，但更偏爱春秋战国时期青铜器，遂拿《月下绛妃图》与端木余换了两件青铜器：一是王公贵族才有资格使用的青铜方斝，一是专门用于朝廷高级祭祀活动的青铜尊彝。

这笔交易出了点麻烦。几天后姜海涛把玩时发现青铜方斝是老胎新作——以明代青铜器为坯，从春秋青铜器上移植锈斑，巧妙复合加工成春秋青铜器，很多资深鉴定师都栽在这种手法上。端木余矢口否认，反指姜海涛偷梁换柱，拿赝品栽赃。古玩交易讲究当面鉴定，姜海涛虽有确凿证据却奈何端木余不得，只能吃下哑巴亏。

“跟喻长范有何关系？”伊宫承问。

“他是见证人。本来这种交易应该请鉴定师当场验货，两人都自恃见多识广，更不愿外人知道《月下绛妃图》的消息，只请了喻长范做公证——喻长范是洛阳收藏协会会长，双方都信任。”说到这里马敬亭咧嘴笑道，“收藏圈全凭君子信用，一旦遇到小人就没办法……再后来姜海涛纠缠不休，端木实在绷不住了把画低价卖给喻长范，至于喻长范用什么手段平息了事端就不清楚了，总之是传言，我就这么一说，局长就这么一听，如此而已。”

伊宫承不动声色：“多了解些情况总有好处，以后说不定还得烦扰。”

“没问题，没问题。”

马敬亭满口答应，右手不着痕迹地往伊宫承衣兜里塞了个红包，伊宫承假装没在意，在他陪同下出了门。

“这是什么？”伊宫承指着店门口写着“义拍”“精品”“惋惜”等字样的广告问。

马敬亭解释道：“之前端木先生在开封买的古玩，受战乱影响交通封锁延至昨天才运过来，可惜人没了，我跟端木先生在乡下的亲戚商量，组织拍卖会把东西卖了赚几个钱养老，唉……”

“马老板是热心肠哪。”

路口拐弯后，左侯冷不丁一捏伊宫承衣兜，笑道：“好沉，起码有五块银圆。”

“场面文章。”伊宫承简洁说，转而问，“从伙计嘴里打听到什么料？”

“一是马敬亭有个搞运输的外甥叫戴小桂，单卡车就二十多辆；二是喻陈虽是亲家，关系却相当地差，上个月两人还大吵过，据说因为陈秋有暴力倾向，俞晓菲经常被打得鼻青脸肿；三是喻荣华上周从美国回来就找过马敬亭，两人关门吵了很长时间。”

“嗯，我这就派人调查戴小桂，弄清每辆车每天去过哪些地方，没准儿能挖点线索！”

“你们查，我到旅馆歇会儿。”左侯打了个长长的呵欠。

伊宫承瞪他一眼：“想偷懒没门儿，走，继续找姜海涛。”

“您那儿工作强度这么大？”

姜海涛隐居在西大街平民区迷宫般的深巷里，小四合院，院里花草侍弄得干干净净，屋内陈列并不豪华，却有股说不出的雅致和精美，契合姜家一贯低调平实的风格。

“逝者为大，姜某不便评说。”姜海涛手执鹅毛扇，“如果非用一个词形容，那就是两个字‘无赖’。”

“能看看那两尊青铜器吗？”左侯问。

姜海涛脸上傲慢的神情一闪而过，微笑道：“可以。”

青铜方斝比想象中的小得多，单手便能捧起。左侯戴上手套，拿在手里足足揣摩了四五分钟才轻轻放回锦龛。

“有何高见？”姜海涛半讽半讥地问。

左侯只说了三个字：“傅小明。”

姜海涛大惊，上前紧握他的手道：“行家，绝对的行家！不知先生还看出什么？”

左侯悠悠一笑，低头啜茶。

伊宫承道：“《月下绛妃图》价值连城，姜先生受骗上当后难道就善罢甘休？”

“姜某懂局长的意思。”姜海涛淡然道，“画虽好，在姜某眼里总不及青铜器的古朴美，譬如娶了不喜欢的女子，任她如花似玉都比不上爱人的素面朝天。”

“绝妙的比喻！”左侯喝彩道。

“再则以那些人的势力……姜某搬到洛阳是为避祸，而非惹事，名画乃身外之物，骗就骗了，又有何妨？”

伊宫承问：“避什么祸？”

“怀璧其罪，整个中原不知多少人盯着那幅画，这也是姜某急于出手的原因。”

继续追问，姜海涛以不熟悉洛阳收藏圈为由拒绝回答，两人只得草草收兵。

回到警察局刚坐下，赵局长大剌剌地闯进来，指着左侯说：“你叫什么来着……姓左还是右？替老子看看这个玉扳指是真是假。”

伊宫承的空降既打乱原有人事布局和利益链，又因其军统背景让赵局长如芒刺在背，见了面总没好脸色。伊宫承似老僧入定，面无表情看文件。

左侯笑嘻嘻地应了声，将玉扳指在台灯下照了照，手指沿内壁来回摸两圈，道：“大开门的宋代古玉啊，恭喜局座。”

赵局长乐得眼睛眯成一条缝：“咋看的？”

“一是玉色呈鸡骨白，说明在地里埋了很长时间；二是血斑，又叫血沁，是人血慢慢沁入玉石而成的。”

“值多少钱？”

“起码一百大洋！”

赵局长乐呵呵地离开后，伊宫承漫不经心道：“瞧你眼神，八成逗他玩吧？”

“鸡骨白的效果用硫酸泡几天就有，血沁稍稍费劲点，造假流程是把玉烧热了，剖开狗肚子塞进去再缝好伤口，埋到土里养一年左右，玉上就有血沁了，圈子里管它叫狗玉。”

伊宫承下意识打量手指上的玉扳指，左侯连忙说“这是真的”，伊宫承瞪他一眼道：

“跟你一起真假全乱套了！谈谈案子，几处跑下来感觉如何？”

“那笔交易有问题。方罍明显是傅小明的造假手法，不算精仿，以姜海涛对青铜器的痴迷程度应该能辨出老胎新作。”

“洛阳青铜器造假高手傅小明，可惜难觅踪迹……至于姜海涛……如他所说，凭个外地人要在洛阳不露痕迹地弄三桩灭门案，难于上青天，我认为突破方向还是马敬亭。”

“找喻晓菲问过话？”

“当然有，她是唯一幸存者。”伊宫承翻出笔录，“她不懂古玩，不参与家族管理，乐趣就是和一班太太打麻将、听京剧，陈家出事那天她到喻宅清点遗物，晚上留宿在隔壁巷子舅舅家，逃过一劫。”

“我想问她几个问题。”

“很困难，喻荣华回来后把她接到美国驻洛阳办事处，不经特别许可门都进不去……”

申探员送来戴小桂的调查报告。他是昭原运输公司老板，主要在河南境内跑货运，公司共二十四辆卡车，从货运记录看灭门案期间有五辆在洛阳城内，根据背景调查，有位叫付大勇的司机最可疑。

此人五十多岁，嗜赌如命，祖宅都输掉了还欠下一屁股债，黑道扬言再不还钱就奸杀他已出嫁的女儿。上周付大勇突然还清债务，重新跟一班赌友鏖战。

“抓起来严刑……”伊宫承咽下后两个字，“明早我要看到审讯报告！”

“是，长官！”

当晚侦缉队包围了付大勇租店的民宅，破门而入，里面空无一人，付大勇可能听到风声，收拾细软提前溜了。这反而给侦缉队提供动手的理由，遂连夜查封昭原公司，扣下所有车辆。行动中戴小桂开枪拒捕，在激烈的枪战中中弹而亡。

清早左侯来到办公室，伊宫承正哈欠连天地喝咖啡，又是一个彻夜未眠。

“局座夜里很辛苦。”

“你没闲着，从东街到西街，从西街到北街，花了两个小时把我的人甩掉，我警告你，少玩花样，不然以重罪论处。”

“冤枉啊，我还以为盗匪方面的人跟踪，再说我打听的消息绝对与案情相关……”

伊宫承将一沓照片扔到他面前：“认识这个人？”

“啊！傅小明？怎么死的？这是什么地方？”

“南城看守所，昨晚刚死的，据说是自杀，哼！真是英雄所见略同，造假高手都躲到看守所避难，可还是难逃一劫！”

左侯笑道：“很巧，我夜里正好打听到傅小明秘密造假作坊的地址。”

伊宫承一跃而起：“死得蹊跷，八成有问题！快，立即出发！”

西大街苔莆路中段“梧桐便当店”，专卖带有日式风味的快餐，侦缉队两辆车戛然停在门口，七八个人闯进去直扑后院。院里几个杂役正在杀鸡剖鱼，被吓得不知所措。伊宫承扫了眼四周，一脚踹开北墙脚破落的木门，里面还是个封闭小院，堆着木柴、煤块等杂物，没有门窗。

“就这里？”伊宫承问。

“我得到的消息是……”

伊宫承手一挥：“砸墙！”

几十锤砸下去，“轰”，南墙坍塌一大片，露出黑黝黝的密道。伊宫承示意探员们把守好外面，打着手电和左侯一起进去。

穿过十多米长的巷道，登了几级台阶，眼前地势一宽，两人已处于一个大地下室里。乍看似图书馆，室内由东到西八排两米多高的书架，但上面全是标有符号的瓶瓶罐罐，以及几十件不知真假的青铜器，北面墙脚有四口颜料大缸，旁边则是几麻袋各种颜色的泥土。

“你的工作室也这样？”伊宫承问。

“他专攻青铜器，我是无所不精。”左侯倒也不谦虚。

手电一排排照过去，左侯突然喊停，目光定在最上方格子里的青铜方斝。

伊宫承道：“模样跟姜海涛的差不多。”

“这是造假模坯。”

“哦，可惜不知道委托人是谁。”

“这个行当委托人与造假者不会见面，往往通过两三个中间人中转。”

“所以洛阳古玩圈都不认识你。”

“闷声发大财嘛。”左侯无耻地说。

继续向前，走到第六排时左侯停住脚步，指着右下方格子里的一尊青铜盉道：“终于抓到马敬亭把柄了！”

唐古斋内室。

马敬亭举着照片慢吞吞地说：“四足方形青铜盉是春秋王室贵族温酒专用器皿，原为喻先生藏品，两个月前卖给了我，宋大师做的鉴定并公证，这件事圈子里都知道。”

伊宫承冷冷道：“问题是傅小明作坊里为何出现它的模坯，难不成喻先生复制个赝品做纪念？”

“的确令人难以置信。马某做正当古玩生意，绝无可能跟傅小明有瓜葛，再说春秋青铜盉制式基本相同，单中原地区收藏圈至少十尊，拿它指控马某恐怕有失公允。”

伊宫承盯着他看了会儿，道：“不好意思，警方要搜查唐古斋所有仓库！”

马敬亭两手一摊：“反正侦缉队一直在监视仓库，早点进去查清楚大家都放心。”

搜查工作持续了四个多小时，除几件疑似盗自古墓的“赃货”外，搜到有据可查为喻长范藏品的古玩五件，包括乾隆粉彩瓷器、顺治田黄石雕件、永乐黑白雕紫鹃梅瓶等精品。

“马某可以解释。”马敬亭汗涔涔地急于辩白。

伊宫承一挥手：“到警察局慢慢解释，我很有耐心，带走！”

# 第三章

马敬亭交代，案发前两三个月内喻长范低价转让了一批古玩，其中包括自己收购的五件。喻长范不愿外界知晓，只请了双方都信任的宋楚云做公证，并反复关照不能走透风声——据喻长范说因为亲家翁即那位重量级参议员筹资竞选，开口借一大笔钱，实在周转不过来才低价变卖。收藏家变卖藏品是有损声誉的行为，故而马敬亭之前没有交代。

听到消息匆匆赶来的宋楚云当场默写出交易清单，与仓库搜出的一致，侧面证实马敬亭没有撒谎。

然而伊宫承不肯罢休："大师上回说没有过目不忘的本事，今天有如神助，是否存在伙同作案的嫌疑？"

"宋某问心无愧，事实上喻先生不单在洛阳，还通过开封古玩商变卖过古玩，这都有据可查。"

"《月下绛妃图》的故事，大师也许扮演了其中一个角色吧？"

宋楚云深深叹了口气："国之瑰宝，宋某只恨无缘窥其真貌。"

伊宫承捧出青铜盉模坯："请大师鉴定一下。"

宋楚云瞟了两眼，皱眉道："造假模坯，傅小明的手法，真是个大祸害！"

“他已死在看守所，算是报应吧……关于喻长范低价变卖古玩，大师觉得其真实目的是什么？”

“局长找喻荣华核实有无筹资之事就行了。”宋楚云冲口说，再看伊宫承摆出打拉锯战的架势，不提供点有价值的料儿八成脱不了身，低头想了想道：“其实陈方雷也暗中变卖古玩，奇怪的是喻长范并未找亲家借钱。”

“哦，陈方雷的古玩卖给了哪些人？”

“主要渠道是宋某的老东家，撷云阁。”

“大师也是公证人？”

宋楚云莞尔一笑：“唐古斋与撷云阁是死对头，各有各的进销货渠道，陈方雷选择撷云阁，摆明了不想喻长范知道，又怎会让宋某参与？宋某也是无意中听圈内人说的。”

“噢——”

伊宫承恍然大悟。

放走宋楚云，伊宫承盯着他的背影沉思良久，道：“大师提到《月下绛妃图》满脸痛惜遗憾，一幅不登大雅之堂的春宫画，何奇之有？”

左侯笑道：“外行就外在这里。唐伯虎春宫图技法炉火纯青，水准远在仕女画和山水画之上，但他清楚春宫画终究上不了台面，倘若流传会让唐氏后人蒙羞，因此刻意只画扇面和画册，扇子嘛，随便把玩一阵子很容易损毁，画册也是同理。1521 年有位叫吴德本的朋友请他喝花酒，然后要求画大幅绢本——他晚年住的‘桃花庵’是在吴德本资助下盖成，实在碍不过情面，遂打起精神画了也许是唯一一幅大幅绢本春宫图，画中绛妃便是当晚陪酒的歌伎。”

“独一无二，古玩价值的精髓所在，我好像懂了一点点。”伊宫承道。

傍晚时分在戴笠的幕后协调下，美国驻洛阳办事处同意放伊宫承进去，会客时间半小时。

喻荣华、喻晓菲兄妹皆黑衣黑裤，面色憔悴。

伊宫承首先对喻家的不幸表示哀悼，随后立即切入正题："听说喻老先生生前变卖了一批古玩藏品，为什么？"

"罗格——我的岳父竞选连任，筹集的竞选经费仍有缺口，因此通过我找家父借款……"

"借多少？"

喻荣华略一迟疑："……两百万大洋。"

"根据警方统计，喻老先生变卖总额为一百一十万大洋，可惜没来得及汇出就……"

喻荣华拳头捏得格格直响："恳请警方尽快缉拿凶手，追回喻家财产！"

"听说变卖古玩中部分并非喻老先生收藏，而是喻家祖传宝贝，为此遭到那位叔伯哥哥责难？"

"道听途说，不足为证！"

左侯突然对喻晓菲说："身上的伤好多了吧，听说陈秋那小子下手挺狠。"

喻晓菲脸涨得通红，垂头一言不发，身子微微发抖。

喻荣华面露不悦："既然知道，警官何必揭家妹的伤疤？陈家尽管不义，人已经离世就没什么好说了。"

"案发前喻女士何时回过娘家？"伊宫承顺势问。

"大概……两周前，家里一切正常，没，没什么特殊……"

"喻家所有屋里的照片都不见了，是不是案发后你拿回去做纪念？"

喻晓菲愕然："没有，我没拿。"

"喻老先生生前与你聊了些什么？"

喻晓非蹙眉瞅了哥哥一眼，喻荣华道："无非唠些跟案情没关系的家常话，二位警官还有问题？"

左侯无视他冷淡的态度，笑道："有啊，难得来趟办事处当然得问个够……喻先生认识唐古斋马老板？"

"嗯。"

"为何上门吵架？"

喻荣华沉下脸，隔了会儿道："他跟喻家几十年交情，这次却利用家父筹款机会拼命压低价格，实在可恶！"

"他有没有作案可能？"

"这个要由警方做结论。"喻荣华虚晃一枪，显然没兴致再谈下去。

伊宫承道："最后一个问题，为筹款喻老先生是否找陈家借过钱？"

"借钱？哪怕卖光藏品都不可能对陈家开口！"喻荣华瞪大眼说，"告诉你，今年以来我们喻家人没踏过陈家大门半步！"

"最近两位老先生为何大吵一场？"

"无非鉴定方面意见不合，不值得警方关注。"

出门后伊宫承愤愤道："根本不想配合警方查案，忤逆子！"

"不单如此，他好像阻止妹妹提供更多信息，为什么？"

两人似乎若有所思，彼此解读对方眼中的含意。

一辆吉普车戛然刹在伊宫承身侧，车里灰衣人隔窗递出个档案袋后急驰而去。

"军统？洛阳这边还归你管？"左侯好奇地问。

伊宫承恍若未闻，上警车匆匆浏览一遍报告，长长嘘口气，从里面抽出三页扔给左侯。

"纽约参议员竞选，罗格支持率与对手呈胶着状态。"左侯边看边读，

“伦敦苏富比拍卖行透露将开拍来自中国的国宝级文物……原来是暖场……”

“何为暖场？”

“取自戏曲表演的行话，意思是重要角色出场前先来几个节目煽动气氛，用在拍卖行还有个目的，就是证明卖家实力，之前战国人面纹三足方鼎和《松崖客话图》已足以吊起收藏家们的胃口。”

“嗯，你看最后一条消息。”

“姜海涛背景调查？原来局座也怀疑……姜志诚隐居在洛阳北郊蓟树村，其子姜海涛……名字对得上。”

“单名字对有屁用！明天去趟蓟树村。”

蓟树村早得到消息，派几名村民守在村口迎接，然后引两人到村部坐下，端上大麦茶后便不见踪影，半晌都没人招呼。

伊宫承焦躁起来：“玩什么花样？逼老子拿枪找人？”

左侯站在屋檐前欣赏得有滋有味，道：“局座应该静心体会古建筑的精妙。比如这三进屋子的屋脊依次抬高，叫‘连升三级’；天井照壁写着‘福’字，暗刻‘寿’字，左边雕鹿，右边雕鹤，意为‘福禄寿喜’，是不是很有嚼头？”

听他一讲解伊宫承来了兴致，歪着头左右观察。这时村长在六七名村民的簇拥下快步过来，一迭声自责怠慢了长官。伊宫承懒得啰唆，掏出姜海涛的照片让他确认。

村长脸色微变，略作踌躇后挥手让村民们退下，道：“姜老在咱村十二年，这期间得了怪病瘫在床上，大概三年后去世。照片上应该是他儿子，刚开始没在，姜老得病后急忙赶过来照料，蛮孝顺。”

左侯注意到村长的表情，问：“姜老瘫倒后是否单独跟你说过什么？”

“有一回咱过去探望，他趁儿子去厨房塞了块瓷板给我，说——以后有警察来的话交出来……”

伊宫承“唰”地站起身：“瓷板呢？”

“隔了几个月咱又去探望，姜老当着儿子面把他平时用的茶壶送给我，然后趁儿子不在又关照不管哪个警察，必须先鉴定茶壶真假，说对了才能拿到瓷板……”

伊宫承一拍桌子：“荒唐透顶！老子就要瓷……”眼角瞥见堂屋外人影闪动，村长则有恃无恐的模样，突然想到中原地区战火绵延几十年，民风彪悍，很多村子都有独立武装，贸然翻脸恐怕难以脱身，遂缓了口气：“好，先看茶壶。”

村长早有准备，拍了两次掌，立即有村民捧着茶壶进来，小心翼翼地放在八仙桌上。这是把绿砂荷花壶，形状古朴，透体晶莹，壶底印章为“听风轩”，壶盖内侧有两个小篆“卧雨”。

伊宫承对茶壶倒有些了解，当即说：“听风轩是钱弘文的工作室，清代制壶名家，与邵友兰、蒋德休等人齐名，光绪年间他的壶就卖三四两银子，相当值钱。”

“局长认为是钱弘文的真壶？”村长问。

伊宫承刚张嘴要说话，左侯抢在前面说：“假的！”

“为什么？”

“钱弘文认为世间万物皆有残缺，否则必遭天谴，可制壶又必须追求技术上的完美，怎么解决这种矛盾？钱弘文采用变通的办法，凡壶上印款中‘卧雨’二字必定有个字缺一笔，从而达到残缺的效果。这把壶上的字没有缺笔，假的。”

村长竖起大拇指：“警官就是姜老要等的人！”

他亲自回家取来布包，里三层外三层地打开，露出一块轻薄光洁的瓷板，公文纸纸面大小，瓷面细腻坚实，没有破损。左侯正待细看，伊宫承麻利地裹好塞入皮包，道谢后匆匆离开。

警车一路疾驶，开入洛阳城后伊宫承才松了口气，找个僻静处停下，道："那伙村民不是善茬儿，就怕他们反悔，现在可以看了。"

"局座多虑，他们虽性格桀骜，却很守信用，答应过的事一定做到。"左侯边说边将瓷板平摆在车座上。

这幅名为《鱼趣图》的瓷板画是民国大师汪野亭的作品，底色为淡青色，寥寥数根水草，其间游着七八条锦鲤，河面波光粼粼，配合瓷面特有的瓷光给人以水波流动的错觉。左上角题诗曰：浮萍遮不合，弱荇绕犹疏。增在春波底，芳心卷未舒。

"看出名堂没有？"伊宫承见左侯呆呆出神，问道。

"汪野亭瓷板画是当代作品，并无收藏价值，姜志诚为什么背着儿子委托给村长，并且强调交给懂古玩鉴定的警察？他是否预见到即将发生的事？"

伊宫承不耐烦说："你先琢磨瓷板画！"

"没有发现。"

左侯一遍遍摩抹瓷面，突然"咦"了一声，手指点在两条鱼中间的小红点上，伊宫承也伸手擦拭数下，道："朱砂颜料，可能无意溅上去的。"

"姜志诚在床上躺了三年，如果想对外传递信息，想必反复权衡，深思熟虑，不会有巧合。"

"你觉得朱砂隐喻什么？"

左侯罕有地紧锁眉头，不停地变换瓷板角度，翻来覆去地看了好一会儿，展颜道："明白了。"

“快说！”

“朱砂正处于两条鱼中间位置，与鱼眼睛靠得很近，说明什么？”

“鱼眼睛……鱼……鱼目……”伊宫承猛拍大腿，“鱼目混珠！”

“对，姜志诚是暗示……”

“姜海涛假冒他儿子，所以叫鱼目混珠！这样看来姜志诚得怪病其实是被下了毒，姜海涛名为照顾，实质贴身监视，目的是……”

“《月下绛妃图》！”

“姜志诚失去自由，生命受到威胁，或许还遭到其他要挟，不敢当面撕破脸，因此通过村长留下曲折隐晦的线索，期待警方介入……快回局，立即抓捕姜海涛！”

警车继续前行，两人陷入沉默。

“还有问题。”左侯说，“姜海涛花了三年时间好不容易拿到画，却跟端木余交换价值相差悬殊的青铜器，且有一件赝品，而他居然咽下了这口窝囊气，岂不怪哉？”

“抓起来拷问，我在军统还没见过不肯说话的人！”

“又来了。”左侯打了个长长的哈欠。

事实证明伊宫承过于乐观了。姜海涛被抓到警察局不到半小时，县政府的电话直接打到马局长办公室，原来姜海涛居然是议事会议员，两天后要参加对县政府财政预算、经费筹集和使用等事项的投票表决。王县长要求暂时释放，以免引发民意反弹。

“议员是个什么东西？”左侯不解。

伊宫承喘了两口粗气道：“都他妈的不是东西！没想到他玩这一手，事先花十几万大洋买了个护身符，他娘的，越狡猾老子越要查他！”

# 第四章

开封警察局发来姜志诚的详细资料。

姜志诚是开封最大的煤油商，早年发战争财赚得钵满盆溢，此后醉心于古玩收藏，曾远赴上海滩以四十六万大洋拍下一对成化斗彩嵌花双龙底纹杯而名声大振。《月下绛妃图》是第二次大手笔收购，从市场价值而言六十万大洋不算贵，但当时周铁钧后人急于出国，要求三天之内以现洋支付，使挥舞着远期支票欲以更高价格拿下的大亨们知难而退。

这笔交易引起海内外收藏界一致关注，政府迅速做出反应，将此画列入禁止出境的国宝级文物，无疑更抬高了它的身价。姜志诚深知这次玩过火了，暗暗寻求退路，一方面低价变卖持有的房产、股票、股份以及部分藏品，一方面遣送儿子去美国，女儿去香港，只留下孤家寡人守护庞大的古玩收藏。等布置妥当后，他突然从开封消失，隐居到洛阳乡下，之后再也没有公开露面。

“姜志诚的儿子在美国生活了十多年，显然不可能放弃那边的事业家庭，先在蓟树村待三年，然后搬到洛阳。”伊宫承分析道，“第一，姜海涛身份肯定是假的；第二，他跟端木余的交易背后一定藏有猫腻；第三，《月下绛妃图》是灭门案的导火线。”

“姜海涛→端木余→喻长范→马敬亭是一条线，他们之间存在或明或暗的交易，不排除尔虞我诈的伎俩，但陈方雷怎么回事？为陈秋虐待喻晓菲之事两家几乎撕破脸，平时绝无往来，在收藏圈也是各交各的朋友，从无交集。就算如传闻喻长范拿到了《月下绛妃图》，也不可能转让给陈方雷。若说惨遭灭门的联系，勉强只有一点，那就是陈方雷同时低价变卖古玩。”左侯沉思道，“喻长范没找亲家借钱，陈方雷急需现洋干吗？”

“陈家没有活口，死无对证啊。”伊宫承叹息道，“有空去趟撷云阁，查清这条线的情况……”

申探员快步进来报告，侦缉队在西城郊一处荒宅里包围了潜逃的付大勇，目前双方正在对峙中。

伊宫承不耐烦道：“七八条汉子拿不下区区一个卡车司机？赶紧抓回来！”

“他手里据说有喻家几件古玩，如果弟兄们强行破门就……就一把火同归于尽……”

伊宫承一怔。

以付大勇的收入水平根本不可能也不会有收藏的雅兴，古玩应该是参与灭门行动时偷偷藏起来的，属于重要证物，故而侦缉队投鼠忌器。

“走！”伊宫承带着左侯一起赶往现场。

此时荒宅内外一片紧张的气氛，侦缉队控制了前后院、堂屋等大部分区域，付大勇躲在东厢房夹墙壁后面，通往前院的窗户被八扇屏风隔阻，后院窗户则用檀木大床堵住，探员们不清楚屋内情况，只闻到里面飘出浓烈的汽油味儿，证实他所言非虚。

“他有什么要求？”伊宫承问。

申探员道：“一辆加满油的吉普车，五十块大洋路费，他保证出城时把古玩留下。”

伊宫承冷笑：“要价倒不高。”

申探员压低声音说：“弟兄们已准备好催泪弹，谈崩了扔两颗进去，强行突破！”

“万一他点燃汽油呢？古玩是小玩意儿，我要的是活口！”

“这……”

左侯突然说：“让我进去。”

“啊？”伊宫承一时没反应过来。

“就说警方要查验到底有没有古玩，如果有，立即答应他的条件。”左侯道，“付大勇逃亡心切，肯定同意。”

“进去之后打算怎么办？”

“不知道，试一下总比站在外面僵持好。”

伊宫承沉吟片刻，吩咐探员前去喊话，威胁不放人进去查验就强攻，警方并不在乎损失几件古玩。付大勇也被几个小时的消耗磨掉了锐气，考虑良久勉强同意，但前提是在他的监视下脱掉外套，只穿内衣裤进屋。

左侯当即在众目睽睽下一件件脱了外衫、长裤、毛衣，只留单薄的内衣裤，并按付大勇要求从上到下拍打一遍以示没藏武器，然后缓缓推门而入。

付大勇面目狰狞站在八仙桌旁，左右两侧各有个半人高的汽油桶，桶盖旁边散落着几个打火机。桌子中间放着个布袋，不消说应该是偷来的古玩。

“不准靠近老子，不准耍花样，站到对面看一眼就滚蛋！”付大勇恶狠狠道。

左侯高举双手一步步过去：“别激动，只看一眼……”

左侯挪到桌前刚准备伸手，付大勇喝道：“别动！”

付大勇伸手从布袋依次取出三件古玩：松下童子戏蝶玉雕、豆青釉龙纹瓶和兽耳三足簋。

“老子专门问过专家，全是值钱货，玉雕是和田玉，市场上按重量论黄金卖的；瓶子底有乾隆款，起码值几百大洋；青铜器更值大钱，专家说是什么春秋战国的东西。”

左侯一件件看过去，笑笑说：“在下不是警察，而是古玩鉴定专家。”

“什么意思？”

“不知道付师傅问的哪位专家——要么不是专家，要么专家骗了你，依在下所见，这三件加起来顶多卖五十大洋，还别说，付师傅要的路费真有先见之明。”

“放屁！人家是鉴定几十年的老专家，哪像你嘴上无毛，不懂快滚，老子懒得跟你啰唆！”

“有点耐心好不好，我一件件说，付师傅姑且当故事听，行不？”左侯拿起玉雕轻轻一弹，“先说这件，声音涩干嘶哑，即使普通玉石也比它清脆，说明不是完整的玉料所雕，而是玉石边角料黏合而成，怎么可能是和田玉？”

付大勇一把抢过玉雕也弹了下，声音确如左侯所说，当下不吭声。

“龙纹瓶更简单，底款没有书写的痕迹，而是拿印章印上去的，至于青铜器倒值点钱，不过也有问题，噢，麻烦付师傅抓住它两只脚……”

付大勇迷惑地眨眨眼，伸手握住三足簋其中的两足。

“好，抓紧了慢慢向前移动，再移动……”

待三足簋越过桌子中间瞬间，左侯闪电般出手，双手死死按住付大勇手腕，同时喝道：“进来！”

付大勇惊慌失措下拼命挣扎，可手腕像被箍在桌面丝毫动弹不得，他随即扭动身体欲掀掉桌子，探员们已一拥而入将他扑倒在地。

被押走时付大勇还难以置信地瞅瞅左侯，嘀咕道：“哪来这么大手劲？”

回警局途中伊宫承语气复杂地说：“看不出你还有两下子，等案子结了推荐你到军统？”

“干什么行业都得有真本事啊，不然靠什么混饭吃？”

“他偷的三件古玩真如你所说都有问题，还是信口胡诌为了转移他注意力？”

“最后一件是真的，我故意诓他，不过很奇怪，喻家居然有两件赝品。”左侯皱眉道。

审讯室里，伊宫承根本不问话直接上刑，整得付大勇惨叫声不绝，赌咒发誓一定如实交代。

付大勇参与了灭门案的运输——戴小桂知道他负债累累，答应事成之后给五百大洋酬劳，条件是绝对不准走漏风声。他要做的事很简单，凌晨三点在指定地点集合，载着五个蒙面人到受害者后院巷子里，坐车里等他们一趟趟运出古玩清点包装，结束后将他们送回集合点解散。每个蒙面人都有一份画有详细标注的地图，按照分工各司其职，行动中没人说一个字。付大勇也蒙了脸，没认出盗匪身份，而且他们之间也相互不认识的样子。

五个蒙面人离开后戴小桂才出现，让付大勇步行回家，他亲自开走了卡车。两桩灭门案都是这六个人参与，最后加上戴小桂。以付大勇对戴小桂的了解，他根本没有策划这种案子的魄力，背后肯定有人指使。

端木家灭门案时付大勇很紧张没敢动手，等到喻家时由于古玩数量较多，趁蒙面人无暇细点的机会偷了三个小件藏到发动机罩里，后来对陈家下手时所有人心态都从容多了，每个环节有条不紊，他没能得手。

侦缉队到地下赌场调查，付大勇听到风声后潜逃，但洛阳城内外层层设防，盘查严苛，始终出不了城，反而东躲西藏中露了行踪。他索性孤注一掷，想靠三件古玩博取逃亡机会。

没料到栽在左侯手里。

伊宫承仔细看了两遍供词，问：“戴小桂跟马敬亭来往是否密切？”

“虽是舅甥关系，平时也做些唐古斋的生意，但关系一般般，以前我亲耳听戴小桂抱怨马敬亭瞧不起他没念过书，就会摆舅老爷的臭架子，反正，咱运输队的人都没见过戴小桂去唐古斋。”

这话要是马敬亭说，伊宫承八成不信，但付大勇招供出来效果就不同了。他继续问：“除了唐古斋，运输队还帮哪些古玩商跑？”

“有生意找上门都跑，戴小桂才不管哪家跟马敬亭好与不好，有钱就赚，照我看他和撷云阁周老板更对脾气。”

“怎么个对法？”

“撷云阁的货戴小桂只要有空就亲自上门，跑到里面喝杯茶，跟周老板聊几句，有一次还约到万景楼喝酒。”

“如果……警方找到那几个盗匪还给他们蒙住脸，你能不能指认？”

付大勇忙不迭点头：“能，一定能，我我我要将功赎罪，争取那个宽大处理。”

左侯道：“敢不敢去黑潭山？”

“那，那可是土匪窝……”

“我跟黑潭山邱胡子打过交道，你敢不敢？”

付大勇张张嘴，却又耷拉下脑袋。

回到办公室，伊宫承揉揉太阳穴，疲倦地说：“明天必须去趟撷云阁，哪怕周忠勤与案子无关，也要从侧面了解戴小桂的情况，唉，侦缉队一帮笨蛋怎么把这个最重要的人证打死了？”

左侯却不关心撷云阁："付大勇从盗匪手里偷了古玩，中间没有转手，确为喻家收藏，可其中却有两件赝品，这事儿很不寻常。"

"我听说有人担心失窃，把真品藏在秘室，外面放些仿品掩人耳目。"

"小户人家难得有一两件传家宝，布些疑兵阵无可厚非，喻长范是收藏大家，讲究排场和派头，客厅、书房、卧室陈列的都应该是适合把玩的真品，若家里出现仿品赝品，他丢不起面子。"

"你觉得是什么原因？"

"我有个大胆的设想……"

左侯刚说了半句，吴探员送了个包裹进来，拆开一看，居然是件与姜海涛那个一模一样的青铜方斝，下面压了张纸条：

傅小明制，即日。

左侯见了脸色唰地惨白，像皮球一样跳起来。伊宫承更快，掏出手枪抵住他额头，吴探员则持枪堵住门，办公室里死一般沉寂。

"我也有个大胆的设想。"

伊宫承缓缓说。

# 第五章

左侯还能笑，但笑得极为勉强："局座向来为人谨慎，不像我成天胡说八道。"

伊宫承道："我一直很奇怪那天晚上你去了哪儿，夜里傅小明死在看守所，而你正好查到他的造假作坊，感觉巧合得离谱。"

"无巧不成书。"

"后来我故意把傅小明的死讯透露给宋楚云——鉴定师与造假者都有微妙的联系，肯定有特殊的沟通渠道，真傅小明听说自己'被死亡'不干了，以后谁会找一个死人造假？严重影响生意嘛。赶紧寄这件青铜方斝以示还活着。"伊宫承冷冷盯着对方，"所以死在看守所的其实是中间人，造假作坊则是你自己的，你处心积虑让傅小明坐实罪名，目的在于开脱与灭门案的关联！灭门案前你和中间人同时躲进看守所，防的是同一伙人，也许就是灭门案凶手！左侯，你见过在军统面前不肯说话的人吗？"

左侯无奈："好好好，我投降……我陷入灭门案的程度要比当初承认的严重，但绝对没参与……其实，案发前三个月有人通过中间人要我做件仿品，仿的东西就是……《月下绛妃图》……"

"啊，你早就知道姜海涛与端木余交换的是赝品？难怪姜海涛不愿声张，一幅假画起码换了件青铜尊彝真品，还是赚。”

左侯不安地说：“实际上这件事很复杂。首先我不知道委托人是谁，一切都通过中间人周旋，我只管造假，因此不能确定是姜海涛；其次我是根据清代画册图样做的假，没见过原画；最后，也是最麻烦的一点，我……做了两个赝品……”

伊宫承十分震惊：“老天，两张假的《月下绛妃图》？你没考虑过后果吗？”

“人家开出大价钱，没理由拒绝啊。”左侯理直气壮。

伊宫承气结：“那，那你干吗吓得蹲进看守所？”

“中间人听说要出大事，矛盾核心就是那幅画，所以……唉，最终还是没躲过一劫。”

“为一幅画杀二十多人未免……”伊宫承冷不防喝道，“你还隐瞒了什么？”

“下次再说假话我主动回看守所。”

伊宫承收回手枪，冷冰冰道：“不会有下次了！你让我调查走了弯路，否则刚开始就应该从姜海涛入手。”

“感觉姜海涛在下一盘大棋，在摸清其真实意图之前不宜过早打草惊蛇，刚刚我说过大胆的设想，可惜被打断了。”左侯笑道，“假设姜海涛手里有两幅画，一幅换给端木余，另一幅留着何用？大家都知道《月下绛妃图》被端木余收藏，再出现一幅不明摆着是赝品？傻子才会上当呢。”

“有道理，古玩圈讲究流传有序，从姜志诚到姜海涛再到端木余，这两个环节已众所周知，就算假也得认。不过他既然花大价钱重复作假，肯定另有玄机。”

“局座，你不觉得这是传统的套中套骗局？”

伊宫承怔了怔旋即反应过来："姜海涛故意在交换中吃亏，留下伏笔，事后秘密与另一个买家联系，坦承那是赝品，真正的《月下绛妃图》还在手里，毕竟他是姜志诚的儿子，况且一般人根本想不到第二幅仍是假的，八成会出大价钱……"

"一百一十多万现洋买《月下绛妃图》价格差不多，喻长范低价变卖古玩有了最合理的解释。"左侯悠悠说，"亲家陈方雷也同时行动，不排除姜海涛私下放风企图卖出更好的价钱，然后，有人打听到喻陈两家共筹集超过两百万现洋，便勾结付大勇制造了三起灭门案，首要目标是喻陈，端木余是混淆视线的牺牲品。"

伊宫承长长地沉默，良久问："凶手是姜海涛？只有他知道喻长范和陈方雷都在筹钱，干掉端木余又正好掩盖卖赝品的劣迹，一举数得。"

"要是你杀了几十个人，抢到两百万现洋外加价值数百万的古玩，还会待在原地等警察调查？"

"那倒也是，瞧姜海涛有恃无恐的模样，大概自认为不过在交换过程中耍了花招而已，够不上犯罪，更与本案没关系……马敬亭的嫌疑基本可以排除，宋楚云也挨不上，目前来看最有可能的就是——"

两人对视一眼，同时说："周忠勤！"

伊宫承飞快地披上警服，边往外跑边叫道："通知全体紧急集合！"

周忠勤不在撷云阁，店伙计说老板已有三天没露面，这是以前从没有过的。伊宫承听了浮起不祥的预感。果然，吴探员率领的另一路冲入周家，家人众口一词说他三天前外出进货，至今未归。

"他娘的这家伙的确有问题，早知道调查马敬亭时也把他抓起来。"伊宫承后悔不迭，命令道，"周忠勤在洛阳有家室有店铺，即使跑也不会太远，把店伙计和他的家人关押起来分头拷问，不信没有线索！"

伊宫承气呼呼回到警局，左侯还像他离开时那样神情专注地伏在桌上，眼睛一眨不眨地盯着瓷板画。

“造假高手对现代艺术品也感兴趣？等破了案把它送给你。”伊宫承道。

“我是想，姜志诚到底还有多少秘密？比如当年他搜集的数目庞大的藏品除了少数变卖掉，剩下的哪儿去了？又比如他在开封做了几十年生意，按说人头地头熟，为什么特意隐居到洛阳乡下？上次在姜海涛家，客厅里只有三四件品相、价值都很一般的古玩，联系他始终盘踞在洛阳不肯离开，可以断定姜志诚被囚禁期间没有吐露藏品的下落，姜海涛仍在寻找。”

“你也动了心？”

“没有没有。”

“肯定有，分明看到你两眼暴射贼光。”

左侯耸耸肩：“很冷的笑话，我不喜欢。”

“浮萍遮不合，弱荇绕犹疏。增在春波底，芳心卷未舒。”伊宫承念着瓷板上的诗，皱眉道，“你怀疑姜志诚在诗里暗藏有密码？我交给军统密码小组琢磨，这方面谁也比不过他们。”

“估计没戏，我已用拆字法、字母法、数字法、文字回旋式、嵌入法等试过一遍，都行不通，原因很简单，诗是一千多年前写的，瓷板是十年前做的，人家哪知道姜志诚要表达什么？”

“哦，此路不通……”

伊宫承疲倦地揉揉眼，仰头猛灌一大口冷茶，目光透过窗棂投向远处重重叠叠的屋脊，幽幽道：“戴老板给我下最后通牒了……”

左侯心一颤：“他怎么说？”

“还能说什么，不行换人。”

“这要逼出人命啊！平心而论局座够卖力够辛苦，案情也取得很大进展，破不了的原因主要是线索太少，凶手隐藏太深，怎能不分青红皂白责怪你？”

“上司向来只要结果不看过程的，再说重庆方面催促得紧，戴老板压力也很大……”

伊宫承说着说着伏在桌上睡着了，左侯从他手里轻轻抽出瓷板，继续呆呆地盯着出神。

凌晨三点多钟侦缉队结束了审讯，周家和撷云阁均无人知道周忠勤下落，唯有掌柜透漏了一条信息：

日前博古坊进了一批玉料，按惯例会在两天后也就是周六夜里举行一年一度的赌石会。赌石属于政府宣布的禁止类赌博行为，因此操办极为隐秘，场地、参与者、规模、交易情况只有范围极小的圈子知道。

周忠勤是狂热的赌石迷，从洛阳城出现第一次赌石交易起就参与，每年起码砸二三十万大洋，总体赔多赚少，但他始终乐此不疲，前年手头紧，甚至不顾掌柜反对从撷云阁账上支钱。

估计以他的赌性宁可冒险也要参加赌石会。

第二天左侯跑到中山东大街古玩市场转悠了大半天，连哄带诈终于从专卖假玉器的店铺老板嘴里套出赌石会地点：北郊采石矶。

秋夜淡霜，月光时隐时现，灌木间、乱草从里不时响起虫子的吟唱。北郊采石矶位于黑水河畔，到处堆满了大大小小的废石料。

伊宫承和左侯在方圆数十里的采石矶足足找了两个多时辰，才在靠近河湾处呈半环形石材围挡里发现赌石会。主办者选址事先做足功夫，环形围挡隔阻了河对岸以及岸边大部分角度视线，围挡附近寸草不生，视野开阔，又能有效防止偷窥和恶意接近。

离鉴石台二十多米的河岸边泊着七八艘快艇，显然主办者为防止来自采石矶外围的袭击，提前设计好水上逃生的退路。

这个发现使伊宫承倒吸了口凉气，立即下令侦缉队停止包抄，紧急派人去协调水警封堵上下游河面，同时出动巡逻艇配合行动。

“必须等水警配置到位才能动手！”伊宫承强调道。

鉴石台上惊心动魄的赌石正在进行中，四个角燃着火把，两排油罩灯将台面照得雪亮。台中央七八个人围着一块重约百斤的玉料，均是洛阳城富甲一方、呼风唤雨的巨商，其中赫然有撷云阁老板周忠勤。他额头亮晶晶浮了层油汗，目不转睛盯着玉料，背在身后的两只手绞个不停。

“看样子周老板今晚运气不太好。”伊宫承悄悄说，“依你看这块玉料如何？”

“有典型的皮卡料特征，皮壳颜色杂，底色泛黑，透明度不行但种水足，有可能是老坑翡翠。”

“如果让你赌，敢出多少钱？”

左侯摇摇头：“参与赌石的都是疯子，我不敢。”

玉料观察完毕，台上开始比画手势报价，周忠勤显然有些怯战，报至两万大洋时手指颤抖主动退出，经过四五个回合较量火柴商黄老板以四万五千大洋成交。

接下来便是令人窒息的剖料验石，天堂与地狱一线间。

两名老玉匠拿玉锯等凿了会儿，玉料上露出一大块浅绿色，在场之人齐齐地“噢”了一声，再往深处凿绿得越发深，油光发亮！黄老板欣喜若狂，笑得合不拢嘴，孩子般地在台上连蹦带跳。

“发神经吗？”伊宫承嘀咕道。

“满绿老坑，值大价钱了，这么大块儿玉料起码七八万大洋。”

“以他们的身家赚这点钱至于这么乐吗？”

“赌的不是钱而是惊喜和刺激，局座很难理解这一点。”

接下来的玉料是莫洛根石，没怎么打磨，窗口呈蓝水底带绿，左侯判断起码冰种级以上，但黑石头内外变化大，加之品相不太好，众人围着它反复研判、琢磨，并三三两两地凑到一起讨论。

周忠勤好像有些心神不安，孤零零站在旁边，不停地朝河面上张望。

“他在等谁？”伊宫承问。

“会不会有同伴接应？”左侯边说边想，陡地脸色一变，“不好！”

伊宫承也醒悟过来：“河里没船！”

黑水河是洛阳城外围主航道，每天数百条船往来穿梭，断断不会像这会儿完全断航，连续十多分钟看不到一艘船。

除非水警在上下游封锁河道！

几乎在同时，周忠勤突然纵身跳下鉴宝台，奋力跑向右前方乱石堆。伊宫承飞身弹起，对天开了一枪震慑赌石的那帮人，并指挥侦缉队拉网式抓捕。

毕竟养尊处优多年，周忠勤跑了两三里路便喘得不成样子，索性一屁股坐到路边等探员们逼上前将他扑倒在地。

# 第六章

“据最近伦敦苏富比拍卖行的人士透露，多位欧美重量级收藏家均表示有意竞拍《月下绛妃图》，底价约为两百七十万英镑。”伊宫承脸色沉重看着加密电报说，“重庆方面下达的命令是，必须尽快查清灭门案与画的关系以中止拍卖，否则……撤职查办！左侯，到时委屈你了，按重刑入牢。”

左侯跳起来：“凭什么？我跟案子根本……唉，确实有关系，不过破案这种事可不是拿脑袋担保的，只能尽力而为。”

伊宫承硬邦邦道：“军令如山，总之我已准备好两颗子弹，到时拍卖槌一响，你我各一颗，放心，我枪法很准，不会再补第二枪。”

“光给我施加压力没用，关键看周忠勤肯不肯交代。”

“哼，我在军统还没见过……”

刚说了半截，吴探员兴冲冲推门进来：“报告局座，周忠勤全招了。”

前段时间陈方雷私下找周忠勤，通过撷云阁的渠道陆续变卖了一批藏品，拿到手的现洋四五十万。陈方雷承认筹资购买一件重货，虽没指明，但周忠勤知道就是《月下绛妃图》——他有内线报告唐古斋的动静，听说了喻长范低价变卖藏品，还劝陈方雷别跟亲家斗气。陈方雷胸有成竹的模样，但笑不语。

端木余得知姜海涛暗中出售真品《月下绛妃图》，情绪激动地上门理论，无奈姜海涛握有青铜方斝赝品，且收藏圈都知道端木余以假换真的糗事，最终大败而归。不过他扬言会砸姜海涛的场子——毕竟名义上他拥有真品。以后不论谁号称买到《月下绛妃图》，他都要赶过去辨个真假。

这一招很绝。有仿品的古玩在真伪方面难免会打个折扣，直接影响其估价，而对藏家中的“怀疑派”来说，宁可错过也不愿碰有疑点的古玩。据说后来姜海涛主动言和，承诺以某个价格回购此画，当然那是极其隐秘的谈判，具体细节不得而知。

仅仅协助陈方雷变卖藏品，周忠勤压根不害怕，更不需要抛弃偌大产业潜逃。但在这之后发生了一件事，使他意识到自己跳进黄河都洗不清，只能一走了之。

灭门惨案后，洛阳古玩界非常警惕古玩的来源，唯恐误收“赃货”惹上麻烦。周忠勤也不例外，一方面关照撷云阁拒收大件，一方面亲自到开封，通过大古玩商董溥进行收购。然而怕什么来什么，回洛阳找鉴定师一瞅，完了！其中赫然包括喻家藏品董其昌大幅立轴山水画、端木家藏品元青花三耳活环经卷缸和明代德州窑彩绘仕女花觚等多件“赃货”。

显然，盗匪意识到洛阳古玩界提高警惕，跑到开封等地销赃。

周忠勤连夜赶到开封找董溥，却被告知他已失踪多日，这才悟出中了圈套，惊怒惶恐之下没敢回家，而是躲到洛阳城郊远房亲戚家。

伊宫承看了两遍供词，来到审讯室继续追问。

“你在洛阳做几十年生意了，与喻家、端木家也非全无往来，怎会对两家藏品一无所知？”

“冤枉啊冤枉，他们两家跟唐古斋走得近，对我顶多见面打个招呼，哪里谈得上往来？要是‘赃货’里有陈方雷的藏品，我肯定一看就知道，所以那帮家伙狡猾呀太狡猾！我是彻底栽了！”

“董溥与你多年生意往来，为何不惜放弃开封产业来坑你？你们之间有无宿怨？”

“他是开封很有名望的古玩商，跟洛阳这边如喻长范等收藏名家都有往来，哪里想到……”

伊宫承心念一动：“他是否认识姜志诚？”

“多年老朋友，当年姜志诚遣散家人时很多古玩由董溥接手，后来躲到洛阳就是通过董溥找我，我推荐陈方雷一手操办。”

“等等！”伊宫承和左侯齐声道，然后左侯问，“为什么推荐陈方雷？”

“陈方雷爷爷、父亲都是蓟树村村长，享有极高的威望，而且蓟树村三面环山位置偏僻，消息相对闭塞，适合隐居，因此我建议……”

“你去过姜宅？是否遇到姜海涛？”

“所有消息都由董溥转达，同样陈方雷那边由我转达，彼此不见面，说是为了安全。”周忠勤解释道，“姜志诚再三考虑同意去蓟树村，然后委托陈方雷操办，购宅、装修、找村长打点、变卖部分藏品，等等，据说姜志诚很满意。”

“也通过你变卖过姜志诚藏品？”

“那是他遣散家人出国时的事，隐居到洛阳乡下后，起初我和陈方雷打算礼节性探望，姜志诚坚决不肯，说他只认董溥的面子。陈方雷也蛮傲的，说无非防止咱们觊觎他那些宝贝，不去就不去！所以直到姜志诚去世我们都没踏入蓟树村一步。”

“也就是说你们从没见过他儿子的模样？”

“姜海涛搬到洛阳城并传出姜志诚死讯后，我和陈方雷登门拜访，原想一方面叙旧，另一方面打听《月下绛妃图》的下落，没想到姜海涛态度冷淡，绝口不提我们俩之前帮的忙。人家不讲情面，我们何必自讨没趣？随便敷衍几句就离开了，以后再也没啰唆……长官，该说的我都说了，能不能放我回家？”

伊宫承一挥手：“你贩卖赃物，参与聚众赌石，一大堆罪名起码关半年也不嫌多，回牢乖乖待着！”

回到办公室，两人同时陷入沉思。

“厘清思绪了？”十多分钟后伊宫承打破沉默问。

“以《月下绛妃图》为主线，盗匪先灭杀端木家，发现是假画，然后抢得喻家一百多万现洋，最后轮到陈家，一是找画，周忠勤虽没去过蓟树村，没准陈方雷偷偷行动；二是冲着几十万现洋……”

“怎么解释董溥故意栽赃周忠勤？”

“董溥是很复杂的旋涡中心，证明有人想把水搅浑，掩盖其真实目的……我总觉得盗匪没必要灭掉陈方雷，无论是喻长范的亲家，还是帮助过姜志诚，理由都非常牵强。”

“因此不挖出陈家被灭的真正动机，就找不到幕后凶手。”伊宫承断言道，“之前你说过姜海涛在下一盘很大的棋，我觉得不是他。”

“应该有两盘棋，姜海涛主导一盘，盗匪的幕后指使主导另一盘，但目标都是《月下绛妃图》，只不过手法不同。”

“我懂你的意思，两盘棋一明一暗，姜海涛被当作幌子吸引警方注意力，实质想掩盖一些东西……盗匪既然搞出这么大动静，摆明了不怕事大，还有什么可掩盖的？”

“我已经琢磨出点味道了，但还差两个关键环节。”

“哪两个？”

左侯竖起食指摇了摇，微笑道：“天机不可泄露……对了，明天我去中山东大街转转，打听最新行情。”

“注意安全。”

“反正你派人盯梢，我才不怕。”

左侯施施然离开后，吴探员进来说：“局座，属下总觉得这小子鬼精鬼精像泥鳅似的滑不溜手，最好提防着点儿。”

伊宫承淡淡道：“有本事把赝品做到以假乱真程度的，必定聪明绝顶，不过此案凶险异常，他既然被卷进来，唯有全力配合挖出真凶才能保住性命，对了，凡侦缉队缴获的古玩，包括瓷板都得造册登记，严加看管，防止被他偷梁换柱！”

“是，局座！”

明器巷中山东大街传统的古玩街，里面林林总总数百家古玩店，鱼龙混杂、真假难辨，每天都上演捡漏、打眼的悲喜剧，但很少有人因此告到官府，所谓各凭眼力，风险自担。

左侯在巷子里转了几个来回，瞅着斜对面马敬亭和掌柜从店里出来，陪几位客商乘车离开，便一步三摇走进唐古斋。店伙计对上次为他们解围的警局顾问心怀好感，赶紧泡茶、递毛巾，当作贵宾接待，左侯笑嘻嘻左看看，右摸摸，漫不经心跟他们闲聊。

“最近风声紧，生意不好做吧？”

“就是就是，以前只防赝品，现在‘赃货’满天飞，稍不留神就中套，听说咱店的老对头因为这个进了局子。”

“马老板想必很高兴？”

“才不是，他愁的心事太多了，说到底都是灭门案惹的祸，唉，仨收藏家俩是唐古斋老客户，别说警察，外面人也难免指指戳戳，不过咱心里有数，马老板跟案子绝对没关系。”

“怎么讲？”

“生意人和气生财嘛，为点小钱杀人放火不值得，再说马老板是朋友人，干不出那种缺德事，告诉你吧，”伙计压低声音说，“像宋大师家妻妾之间吵架、喻先生为宝贝女儿受委屈到陈家大闹、端木弄赝品青铜换姜海涛的画，都找马老板做和事佬，调解这些鸡毛蒜皮的小事一耽搁就是大半天，你说说，他能是杀人的主儿？”

“据说喻陈两家平时从不来往？”

“当然了，那回喻先生和陈先生——俩五六十岁的老头子扭打成一团，要不是马老板豁出命地拉劝真得出人命。”

“这么严重？”

“喻晓菲是喻家宝贝疙瘩，从喻先生到美国那位哥哥是真心疼她，哪能让她受一点点委屈？据说喻家打算离婚，反而喻晓菲担心脸面不好看，竭力劝阻下来。”

“噢……刚刚马老板陪客户出去了？”

“明天拍卖端木先生从开封买的古玩，真可怜，辛辛苦苦地在开封泡了两星期才弄到手，结果……货源大多数出自大古玩商董溥，绝对正宗，听说不少收藏家表示了意向。”

“倘若拍卖成功，马老板能捞不少好处吧？”

“报酬事先跟端木先生的乡下亲戚谈妥了，人家愿意给，总比分文不得好吧。”

左侯心一动，问：“乡下亲戚具体住哪儿？”

“好像是……蓟树村……位置挺偏，路也不好走……”

“喔，又是蓟树村！”

这时店里来了客人，左侯趁机告辞，又东扯西拉逛了几家古玩店，了解更多拍卖会的信息，回到警察局已临近中午。

“有啥好消息？”见伊宫承伏在桌上神情专注看材料，左侯随口问。

“没有消息就是好消息，但是不可能的。”伊宫承递给他一页纸，“第一个消息是喻荣华对警方破案效率深感失望，打算下周带喻晓菲途经香港回美国；第二个，喏，军统最新情报。”

“哦！”左侯接过来，一行黑字跃入眼帘：

苏富比拍卖行《月下绛妃图》委托人之调查：经伦敦方面情报专员调查，《月下绛妃图》委托人为香港菲德布罗公司；菲德布罗股权分散，实际控制人几经易手，目前大股东是南京飞渡远洋船舶贸易公司；飞渡有十七个股东，经排查有个叫王世海的股东，其表弟即为古玩商董溥！

“原来画被陈方雷所得，秘密通过周忠勤、董溥层层转手到伦敦拍卖，谁知董溥起了贪念意欲独吞，反而采取栽赃的手法将周忠勤卷入灭门案，也许，灭门案就有他的份！”左侯叫道。

伊宫承的手指不紧不慢地敲着桌沿：“有三个矛盾没解决，第一，姜志诚凭什么把画给陈方雷，仅仅因为陈提供隐居场所？第二，陈方雷真想保密可以直接找董溥，何必扯上周忠勤？第三，倘若盗匪知道其中关联，只需灭掉陈方雷和董溥即可，有必要大动干戈杀上端木家和喻家？端木家又没几十万现洋。”

“嗐！”左侯泄气地坐下，“确实不是好消息。”

“不过这条情报告诉我们，董溥也是灭门案关键人物……”

刚说到这里，吴探员快步走进来："报告局座，开封侦缉队打来电话，说有了董溥的下落。"

"他在哪里？快去开封把他押解回来！"

吴探员顿了顿，道："局座，他在黑潭山。"

# 第七章

灭门案发生一周后董溥就被绑架，黑潭山土匪给董家留讯警告不准报案，否则立即撕票，因此周忠勤找上门时董家只敢承认失踪。之后土匪索要赎金三十万银圆，董家倾其所有，又到处借债好不容易凑齐了送上山，换到的只是两根手指。土匪说五天之内再交三十万银圆，否则撕票！董家这才意识到上了大当，遂到警察局报案。

“早干吗去了？能相信那帮混账王八蛋吗？！”伊宫承破口大骂，“三十万白花花的银圆说捧就捧，平时让捐点军费哭爹喊娘，哼！”

左侯笑道：“起码说明董溥不是灭门案幕后指使，这是个很有趣的现象，两盘棋好像搅在一起了。”

“牵动棋局的棋子就是董溥，所以他被绑架……唉，军队能搞大会战，却没办法平一座小小的黑潭山，窝囊啊窝囊！”

“局座想营救他？”

“很困难，即使调动特别行动队秘密潜入，一不知匪窝地形和详细布局，二不知董溥目前状况，只怕……”

左侯沉吟良久，仿佛下了决心似的说：“为破案豁出去了……上次没跟付大勇开玩笑，我的确跟黑潭山打过交道。”

“既然有交情，你他娘的早应该进去打探！”伊宫承恼怒道。

“交道不等于交情。”左侯纠正道，“准确讲是有小小的不愉快。一年前土匪头子邱胡子托人稍话，说怀疑他抢的那些古玩里有我做的赝品，请我上山盘桓几天，酬劳是十根金条。”

“啊！那你干吗不去，挑自己作的假，这笔钱等于白捡！”

“造假者不能公开指认自己做的赝品，这是行规，也是自我保护，因为造假都有自己的套路和风格，有时还会故意留下暗记，要都被外人掌握了还玩屁？”

“你可以事先声明只识假，不阐明理由。”

“跟土匪还有讨价还价的余地？况且这不是最主要的。”左侯叹息道，“邱胡子占山为王十多年，强夺豪取古玩不下千件，自然有真有假，因此鉴定成了大问题，一方面‘赃货’不敢拿进城，防止人赃俱获；另一方面抓鉴定师上山又怕他们乱说一气，毕竟鉴宝的窍门很多，外行就算怀疑都不知怎么反驳。不过土匪毕竟有土匪的法子，后来他想了个‘赌命鉴宝’的花招儿——把经权威人士认定的宝贝混入需鉴定古玩里，倘若鉴定结果有差异——如应该四真一假，而鉴定为三真两假，邱胡子就认为是忽悠，当场开枪爆头！”

伊宫承咋舌：“拿性命鉴宝呀！但你专业作假，前提就是识真，应该难不倒你。”

“古玩鉴定存在很大的不确定性，观察角度不同、史料差异、古玩自身随机性缺失等因素，会导致出现截然相反的结论。自打邱胡子采取‘赌命鉴宝’，重赏之下先后十多个鉴定师进山，大概只有两人侥幸捡回性命，其他都……此后再高明的鉴定师都不敢踏入黑潭山半步。”

“那算了，别去冒险。”

“《月下绛妃图》出自董溥之手，这是案子的核心，不论从哪个角度出发我都想碰碰运气。”说到这里左侯笑了笑，“死在局座枪下与死在邱胡子枪下应该没区别，说不定他枪法还准些。”

伊宫承还是摇头：“不行，我不同意。”

正僵持不下时，电话铃响起，伊宫承拿起话筒才听第一句话脸色就变了，接完电话半晌没说话。

左侯小心翼翼说：“看来是坏消息，要不……让我进山？”

伊宫承长长叹了口气：“伦敦市场《月下绛妃图》叫价为三百万英镑，唉，又涨价了，至于重庆方面，还有戴老板说什么你就别听了，否则更烦……左侯，现在实话告诉你，虽然我自身难保，还有能力先放你一条生路，你说得不错，大家都尽力了，要承担责任我一个人扛，但你不必冒险跟土匪打交道，胜算太小……”

“哪怕一丝可能也要试试，邱胡子扣住董溥不放是有原因的，若弄清其中玄机，就可解开很多谜团。”

伊宫承足足考虑了四五分钟，道：“我派最精锐的特工暗中保护，尽最大可能接近匪窝，但进去之后全靠你自己了。”

“没事儿。”左侯笑得很轻松，“我速去速回，如果顺利还能参加明天的拍卖会呢。”

黑潭山瓦子峰山寨。

“唰”，蒙眼粗布被解开，一个满脸须发、身形彪悍的大汉站在面前，正是通缉令上的面孔，邱胡子！

“在下韦鸣同，拜见邱寨主。”

这是左侯最成功的化名之一，在中原地区造假排行榜上绝对前五位。

“去年老子左请右请不肯来，现在主动上门，你娘的打什么主意，说！”邱胡子冷不防举枪顶在左侯额头上。

“按邱寨主的要求鉴定古玩，不要金条，受朋友之托打听一个人。”

“爽快，老子喜欢，”邱胡子收起枪，“谁？”

“开封古玩商董溥。”

邱胡子眉毛一竖，枪又顶到他额头：“打听他干啥？哪个派你来的？”

“杀人偿命，欠债还钱，当然是债主讨债了。”左侯面不改色笑道，“洛阳古玩商马敬亭听说过吗？董溥欠他十几万大洋一直拖着不还，听说人在邱寨主手里，托我来打探一下。”

“这可是要命的活儿。”邱胡子阴森森说。

“没办法，谁叫我有把柄落到人家手里，不来也得来。”

邱胡子紧紧盯着左侯，左侯毫无惧色与他对视，四目相对片刻，空气像凝固一般。蓦地邱胡子放声大笑：

“好，冲韦先生这份胆量，老子也要给个机会！”

“多谢邱寨主。”

“别急着谢，是祸是福还两说，听说黑潭山鉴宝的规矩？”

“赌命。”

“知道就好，省得老子废话，这就开始！”邱胡子粗声大气命令道。

山寨广场足有两个足球场大，四周岗哨均站着荷枪实弹的哨兵，沿墙边土匪们三三两两或站或坐，有的闲聊、有的玩枪。广场中央呈口字型摆着四张条桌，上面一溜排列大大小小的古玩，在阳光下折射出神秘莫测的光芒。

“总共二十六个玩意儿，你从东到西按顺序说，限两小时，错一个当场爆头。”邱胡子挥舞驳壳枪，“怎么样，现在后悔还来得及。”

“开始吧。”

左侯静静地说，瞬间偌大的广场鸦雀无声。

“嗒嗒嗒。”左侯先绕条桌走了一圈，挑出四件自己做的赝品。邱胡子皱眉盯在上面研究了半晌嘀咕道“奶奶的仿得真像”，没细问作假标记等情况。

左侯继续围着条桌绕行，这回速度慢了很多，每件古玩前都停留几分钟，有时还用放大镜一寸寸察看，不知不觉一个多小时过去了。正午的阳光格外火辣，左侯后背全湿，也许是热汗、也许是冷汗。

邱胡子举起怀表：“还有二十分钟。”

左侯一抹额前汗珠：“有结果了，九件真品，其余都是假的。”说着动作飞快地将古玩分为两堆，然后从容站在一边。

邱胡子颇为意外，从怀里掏出纸条对照，每对一个就摸下鼻子。走到最后突然停下，冷冷道：“错了！”

“哪个？”左侯并不惊慌。

“元代宫廷画家刘贯道的《待诏图》，你说是假的，但鉴定师认为是真品，理由是刘贯道擅长写微体字，画作里都藏有‘贯道’二字，这是鉴别他作品的诀窍，不信你拿放大镜看。”邱胡子慢慢举起枪，“不好意思，准备上西天吧！”

“等等，既然是《待诏图》，邱寨主不妨用放大镜看下诏书上的小字。”

“什么意思？”

“横竖一条命，也不差这会儿，请。”

邱胡子满脸狐疑凑在上面看了看，道：“好像是奉天承运皇帝诏曰什么的……后面看不清楚……”

“这就不对了。”

“啥不对？皇帝下圣旨不都是‘奉天承运’？”

“明朝皇帝确实这么说，可元朝标准圣旨开头应该是‘长生天气力里，大福荫护助里，皇帝圣旨’，邱寨主可以找有学问的人核实，反正韦某就在开封，跑不了。”

邱胡子又凑上去看了会儿，陡地大笑：“哈哈哈哈，肯定韦先生说得对，老子又被蒙了，不过无所谓，交朋友才是最重要的，来来来，上酒给韦先生压惊！”

三碗黄酒下肚，左侯直截了当道：“邱寨主，我想尽快知道董溥的……”

“情况不好。实话告诉你，董溥是被老子绑票了，几天前夜里弄断绳子逃跑，被哨兵发现开枪打成重伤，挨到今早才断气……”

“啊！”左侯心一沉，暗想，他妈的，早说死了我何必拿命去赌？

“尸体还搁在后山没处理，你来了正好，回去给董家稍个信，叫他们明天下午到山下接尸体，那个……”邱胡子抓耳挠腮想了会儿，“人家出了六十万大洋只拿到尸体是有点说不过去，但这事儿也不能单怪老子，谁叫他想溜……总之黑潭山会意思意思，表示那个……那个哀痛……”

真是猫哭耗子假慈悲，左侯强忍住笑道：“能看一下尸体吗？”

“没问题。”

一行人来到山寨背后山谷深处的小木屋，董溥仰面躺在床上，全身是血，面目枯瘦憔悴。

“他生前有没有遗言？”

邱胡子大大咧咧地说：“没什么，就是昨天起颠三倒四说一个词——瓷板，你顺便告诉董家这个，没准跟家产有关。”

“……好！”

左侯心里猛跳数下，紧紧握紧双拳，努力抑制住兴奋。

回到洛阳已是凌晨两点多钟，伊宫承仍守在办公室等消息，见了左侯唰地站起来，上下打量一番：

“很好，毫发无损，很好！有什么收获？”

“重大收获！两个关键环节已经接上一个，离真相只差一步！对了，赶紧把付大勇押过来。”

“干吗？”

左侯不再说话，径自拿了一沓纸唰唰唰地画个不停。等付大勇被押到办公室，已经画了二十多张画像，疲倦地长叹一声，将笔远远扔开。

“看看上面的人像，有没有参与灭门案的？”左侯道，付大勇赶紧趴上去仔细辨认。

伊宫承见画像人物或站或坐，面部特征、身材甚至细微特征都画得细致清晰，不觉骇然：“去了趟黑潭山就记下这么多土匪的模样，还能画得如此仔细？”

“吃饭的本钱呀。”左侯笑道，“造假的前提是观察真品，迅速记忆所有细节……”

“有两个！”付大勇激动地指着画像叫道，“我印象很深，有一个脖子有点歪，右臂向上抬，还有个左手背有块癣，就是画的这个位置！”

“真有你的！”伊宫承拍拍左侯的肩，“冤有头债有主，起码找到从犯了，不错不错。”

“对了，拍卖会情况怎样？”

“不感兴趣，只派人进去拿了份清册，十来件东西，大半近代甚至当代的，搞不懂端木余为什么收藏新货。”

左侯拿起清册上下一扫，狂喜地叫道：“找到了！终于找到了！这幅画，谁拍走了这幅画？”

伊宫承莫名其妙："噢，水墨画《鱼趣图》，汪野亭画作，他擅长瓷板，书画方面嘛……咦，等等。"他忙不迭从保险柜里取出瓷板，"老天，一模一样！这是怎么回事？"

"奥秘就在于此！"左侯一字一顿说。

# 第八章

受战乱影响，景德镇瓷业萧条不振，汪野亭不得不卖画糊口。相比辉煌夺目的瓷板画成就，水墨画只是他微不足道的“雅趣”，不为世人熟悉。作为资深收藏家，姜志诚收集与瓷板画同题材的水墨画，是富有远见且精明的做法。

巨款拍下《月下绛妃图》后，姜志诚情知捅了马蜂窝，一方面遣散家人，另一方面为半世珍藏寻求后路。

瓷板画是引子，影射汪野亭的水墨画，姜志诚将藏匿毕生收藏的地址用微缩技术写在水墨画里。姜志诚成天把玩瓷板画并作为遗物偷偷交给村长，姜海涛其实都看在眼里，然而想破头都没悟出其真正含意。

隐居前姜志诚将水墨画半买半送给老朋友董溥，董溥压根没将这种不入流的新画看在眼里。后来端木余上门求购，遂以很低的价格卖出，不料阴差阳错落到马敬亭之手，最终上了拍卖会。

“可端木余凭什么……”伊宫承觉得一肚子问题要问。

左侯抢着说：“别的以后再说，到底谁拍了画？”

“听说竞拍非常激烈，有四家举牌竞价，最终姜海涛以超出底价六倍的价格拿下。”

“我猜就是他，快，立即抓捕！”

伊宫承稳稳当当道：“别着急，姜海涛一直被监视。”

侦缉队在院里集合时，负责监视姜海涛的探员打来电话，说他开了辆吉普车往城东方向急驰，速度太快没追上。

“通知所有卡哨熄掉灯光，监视一辆吉普动向！”伊宫承脸色铁青，“城东方向，他一定去了矶山，全体出发！”

“别忘了带上付大勇，还有他的货车。”左侯补充道。

警车驶过市区，沿途卡哨报告的行驶方向果然是往矶山。时值凌晨四点多，正是黎明前最黑暗的时分，车子在崎岖的山路上颠簸，伊宫承等人却毫无睡意。

“董溥临终前反复念叨‘瓷板’，他也知道这个秘密？”

左侯笑着摇摇头：“两码事儿，不过还有一个环节没解开，我暂时不能确定。”

“故弄玄虚。”伊宫承瞪了他一眼，“你觉得姜志诚所有藏品都藏在矶山？”

“很有可能，矶山与蓟树村相距十多里，与开封城也只有四十多里路程，对姜志诚来说是不错的地点，便于运输，偶尔溜过去看看也行，而且矶山地势险恶，山壁陡峭荒凉，是鸟都不拉屎的地方，绝少有人去。”

“姜海涛不可能是灭门案幕后指使，唉，即使查获《月下绛妃图》，调查还得继续。”伊宫承兴致索然，“喻荣华明天上午带妹妹回美国，无论如何这回咱是丢了戴老板的脸……”

吴探员试探道：“有付大勇指认，黑潭山脱不了干系，但剿匪不是咱侦缉队的事儿，局座以为呢？”

他是暗示把罪名推给黑潭山，早点结案了事。

伊宫承沉默半晌，冷冷道：“这不是军统的风格。”

至矶山最突前的银子崖附近，前方山道狭窄曲折无法行驶，只能弃车步行。伊宫承心细，特意将车开到较远些的隐蔽处。探员们四下搜索，居然在不同地点发现两辆车，一摸引擎都有点烫，显然刚刚熄火。

“奇怪，难道有人和咱们一样也跟踪姜海涛？”

“很正常，与我的推断越来越近了。”

伊宫承哼了一声，决定不理这个爱卖关子的人。

继续向前几乎无路可走，所有人全是手脚并用，在岩石、山缝和荆棘间摸索，山风肆虐，吹得遍体生寒。

“看到他了！”

最前面的吴探员悄声道，大家精神一振，立即放轻脚步呈环形围上去。此时夜色未褪，几百米开外的姜海涛黑乎乎一团，他正蹲在避风处，嘴里衔着手电，一手拿画、一手拿放大镜。

左侯轻声道：“姜志诚采用微雕技术将藏匿地点图画在《鱼趣图》里以防不测，但通过瓷板影射的妙招迷惑了所有人，直到水墨画亮相才让姜海涛悟出玄机，想到那三年秘密就在身边晃悠，估计他也很郁闷。”

“活该！”

姜海涛拿着画四下对比，边走边找又行了三四里路，此时天色渐渐亮了起来，能依稀看到远处山廓形状。

“局座，咱们动手吧，不能老这样耗下去。”吴探员请示道。

伊宫承正要下令，蓦地前方岩石缝里蹿出个蒙面黑影，猛地将姜海涛扑倒在地，手举匕首直扎要害。姜海涛拼命反抗，两人在石地上扭打成一团。

“上，两个都拿下！”伊宫承喝道。

侦缉队纷纷现身冲过去，两人听到动静赶紧停住，分头向两个方向逃。

蒙面黑影显然更有准备，灵巧地往乱石堆里一闪转瞬失去踪影。姜海涛跑了十几步被吴探员等从后面扑倒，随即夺过《鱼趣图》。

“姜代表，这回没话说了吧？”伊宫承居高临下道，“刚才抢图的是谁？”

姜海涛呼哧呼哧直喘气，不予回答。

“带走！”伊宫承转向左侯，“看出名堂了吗？”

“不在这边，继续找……那个蒙面黑影，我大抵猜到其身份。”

“我也猜到了。”

“啊？”左侯惊讶地问，“你认为是谁？”

“我也卖回关子……你真以为军统特务都是吃干饭的？”

走走停停，在山间转了两个多小时后进入一个四周绝壁的山谷，峭壁如刀砍斧斫平坦如镜，没有借力攀爬的藤蔓野草。

“就是这儿！”左侯指着放大镜下的图案说，“峭壁上两棵楝树，下面一棵小酸枣树，形成斜三角形，形状完全一致。”

“可这滑溜溜的地方，猴子也爬不上去吧？”吴探员疑惑道。

左侯倒背双手四下张望一番：“姜志诚隐居洛阳时已六十多岁，每次悄悄过来肯定孤身一人，为避免引人注目也不可能携带软梯绳索，因此附近应该有……”他突然在一处突出的石崖前停住，后退几步助跑，在石壁上连踩几下钩住岩石尖，左手往里面一摸——

果然有个人工石槽！

石槽里是一卷麻绳丝编织的软梯，拉紧后拽了拽，软梯原先隐在石壁缝隙和皱褶间，通向斜三角形地带。

两名年轻探员先后攀着软梯上去，爬到小酸枣树处才发现三棵树并非下面所见的平面，而是折成“之”形，一个半人高洞口恰好隐在死角里，洞前挂着厚实的藤条帘。

终于找到姜志诚的藏宝洞!

伊宫承和左侯等人迫不及待进洞，迎面便是天然形成的石穴，高五六米，弧形结构，由外向内逐渐缩小。十多个手电同时打开，照到洞穴最深处几十只木箱，上面盖着厚厚的帆布。

随便撬开其中三箱，里面干草和丝绸包裹着各种各样的瓷器、陶器、盘碟等，探员们顿时啧啧有声，有人眼中流露出贪婪的目光。左侯拿起几件把玩片刻，语气肯定地说：

“确为姜志诚藏品！”

伊宫承随即下令：“打开所有箱子，找《月下绛妃图》！”

洞里嘭嘭嘭一阵乱响，之后纷纷报告没发现。伊宫承不信，右手持枪，喝令所有探员高举双手接受搜身，搜一个出洞一个，最后只剩下他和左侯。

“别看了，我也让你搜。”左侯主动举手。

“不必，我打手电，你再好好翻一遍。”伊宫承咬牙切齿，“里面肯定有画！”

左侯默不作声将古玩悉数摊到地上，来回扫了两圈儿，道：“没有。”

“为什么？”

左侯长长吐了口气：“或许，这个秘密藏宝洞并不像姜志诚认为的那么可靠，从瓷板到水墨画，从村长到拍卖会，有可能泄密的环节太多太多，因此我们不是除姜志诚之外唯一进洞的。”

伊宫承激动地指着地上一摊古玩，说道：“我就不信盗宝者那么傻，面对这么多宝贝却只拿画！”

“有那幅画几辈子都不用愁，再多何益？况且携带古玩上下攀爬非常不便，弄不好磕碰损伤就得不偿失了。”

“哼，兜这么大圈子就捞姜海涛这条小鱼，实在不甘心！”

“咱们立即去洛阳机场，我担保能等一条大鱼。”

伊宫承猛地转头看他：“谁？”

“瓷板。”

洛阳机场东侧望乡亭，伊宫承等人埋伏在亭子对面小树林里。他手执望远镜看着远方：“四个小时了，你要等的人怎么还没出现？”

“放心，他必须今天出现。”

“就算此人很重要，你为何不让付大勇把姜志诚藏品装车，而把空货车开到这儿？”

“山人自有妙计。”

等待难熬而漫长，一行人躲在树林里六个多小时，个个口干舌燥疲惫不堪，连伊宫承都有点后悔太轻率，不停地看表琢磨找个理由打道回府。这时，远处路上尘土飞扬，隐隐传来引擎声。

“来了！”大家精神一振。

出现在望远镜视线里的是两辆锃亮气派的福特轿车，前端两边各插一面星条旗。

伊宫承脸色大变：“左侯，你搞什么名堂？这是美国驻洛阳办事处的车，享有外交豁免权，别说拦截，碰一下都不行。”

“叫付大勇用货车撞，制造交通事故。”

“你疯了！这是美国车，戴老板都让他们三分！”

左侯沉着说：“灭门案幕后凶手就在车里，你撞不撞？”

两辆车越来越近了，伊宫承脑中紧绷的弦快断了，额头上汗珠直滚，瞪大眼睛道：“什么理由？”

“董溥临死前说瓷板，显然以他当时的处境不可能有心思扯到水墨画，而是绕过邱胡子传达幕后凶手身份，为自己报仇。”左侯道，“瓷板画的是《鱼趣图》，鱼，就是喻！”

伊宫承如遭电击，随即命令付大勇撞车。付大勇苦着脸说那可是美国人的车，撞了要掉脑袋。伊宫承呵斥道不撞你现在就掉脑袋！要是撞成功，减轻罪名！

付大勇一咬牙，发动起货车，屏息静气等两辆轿车驶入目标区域，猛踩油门，货车咆哮着从树林里冲了过去。对方压根儿来不及反应，前面一辆被撞翻到右侧沟里，后面一辆方向失控原地转了两圈夹在两棵树中间。

马路上烟雾弥漫，最先从沟里爬出来的是司机和喻荣华，司机忙着救人，喻荣华则被飞奔过来的伊宫承拦住。

“你闯大祸了！”喻荣华英俊的脸格外狰狞，“一个小时内美国大使馆就会提出最强烈抗议！”

“放轻松点儿，处理交通事故也是侦缉队职责所在。”

司机奋力拉开后面那辆车已经变形的车门，准备拖车里的人，喻荣华急忙阻止：“慢着，一切等办事处官员来处理！”

左侯笑嘻嘻道：“救人要紧，我来搭个手。”

“滚开！车里是美国领土，你无权进入！”

双方正剑拔弩张对峙，车里人已经耐不住高温和烟熏从里面滚出来，伏在地上不停地喘气。

左侯一个箭步上前，揭开那人戴的墨镜，微笑道：“久仰了，喻先生。”

此人竟是已在灭门案中被割头的喻长范。

# 第九章

在探员们的协助下，司机陆续从车里救出其他人：办事处特使艾伯特、喻晓菲以及喻荣华的两名助手。艾伯特清醒过来后一迭声抗议，喻荣华则反复强调免责和引渡条款，喻长范不知受伤过重还是惊吓过度，昏倒在喻晓菲怀里。吴探员等人则忙着拍照、测量车祸现场——这将是日后两国交涉的重要依据。

“真相大白。”左侯说。

伊宫承眨眨眼：“有的明白，有的还想不通，具体说说，吴探员来记录。”

“破案后我的自由问题……”

“包在我身上！”

“好，咱们从姜海涛说起……”

姜志诚巨资购下《月下绛妃图》后，引来中原地区众多古玩大盗、文物贩子觊觎，其中姜海涛捷足先登，根据蛛丝马迹找到了蓟树村，暗中下毒并控制住姜志诚，日夜盘问画以及众多古玩的下落。姜志诚情知说出秘密肯定死，遂咬紧牙关苦挨，并寻找机会将瓷板托付给村长。关于瓷板，姜海涛其实一直苦心研究，却始终解不开谜团，索性佯装不知听任瓷板流出去。之后姜志诚因中毒太深身亡，姜海涛便打着他的旗号迁居洛阳。

村长拿到瓷板后，并没有严格保守秘密，起码有两个人通过种种渠道亲眼看到了瓷板，一是老村长后人陈方雷，一是老家在蓟树村的端木余。姜海涛不确定两人是否能破解瓷板秘密，拿到《月下绛妃图》，于是主导了一盘大棋。

姜海涛先通过中间人找左侯做了两件赝品，然后以痴迷青铜器为由，主动提出用《月下绛妃图》换青铜方斝和尊彝，端木余猜到他的用意，拿假方斝充数，两人尔虞我诈做了桩假中有假的交易。

谁知交易公证人喻长范却当了真。

他没看出《月下绛妃图》真假，却知道青铜迷不可能识别不出假方斝，遂认定姜海涛以假换假，真画还在手里，便私下威胁要公开真相，逼对方转让。姜海涛将计就计开价一百五十万大洋，还故意放风给喻长范的冤家对头陈方雷，既试探其是否解开瓷板秘密，顺便抬高画价，一举两得。

陈方雷始终觉得姜海涛不靠谱——如果姜志诚将所有藏品传给姜海涛，再留瓷板岂非画蛇添足？但陈方雷也很绝，有意透过周忠勤等人变卖古玩，造成欲跟喻长范抢画的假象，引诱对方上当。

喻长范铆足劲头变卖，很快筹集了一百多万大洋。这时罗格行情告急，急需一笔资金，让姜海涛打电话求援。喻长范盘算若将《月下绛妃图》拿到伦敦苏富比拍卖，没准除了竞选资金还有盈余，遂暗中委托董溥辗转若干道环节操作此事。

在这节骨眼上，喻长范在一次小范围收藏家聚会上，因为对某件古玩年份鉴定的意见不同，与陈方雷发生争执。吵到激动处，陈方雷一时冲动嘲笑对方是冤大头，喻长范有所警觉，事后暗中调查，这一查查出一身冷汗！

原来姜海涛是彻头彻尾的大骗子！

此时箭在弦上，不得不发：首先在罗格面前夸下海口，资金必须到位；其次低价变卖大批藏品，损失已经很大；再次已向苏富比交了保证金；最后，这一役将使自己在洛阳威风扫地，从此再也抬不起头来。

思前虑后，喻长范心一横，决定下一盘血腥之棋！

马敬亭发家前曾与邱胡子干过见不得人的勾当，近年来虽金盆洗手仍偶有联络。喻长范与马敬亭私交甚笃，旁敲侧击打听后亲自去了趟黑潭山，双方一拍即合达成协议。戴小桂长期跑运输，也是胆大妄为的主儿，在喻长范重金相诱下欣然应诺。

首先要灭门的便是端木家。要不是他虚情假意换下那幅画，怎会产生后面一系列圈套？尤其让喻长范心寒的是，作为多年朋友，端木余明明听说自己变卖古玩购画却装糊涂，甚至装模作样找姜海涛算账，摆明了想看热闹。杀端木还能收回假画，堵住日后可能出现的漏洞——万一弄不到真画就拿它到苏富比碰运气，即便被鉴定出赝品，总比两手空空好。

然后应该轮到陈家。喻长范最后悔的就是把宝贝女儿嫁到陈家，没料到陈秋是个有暴力倾向的恶魔，从新婚之日起喻晓菲身上伤痕从没断过。为这事他跟陈方雷吵过多次，双方都积了很大的怨气，现在正好算总账，顺便洗劫陈方雷变卖古玩的几十万大洋。

这就是左侯打听到“有人拿了不该拿的东西”的由来，第一层含意指端木余不该换假画，第二层含意指陈方雷家不该娶喻晓菲。

不过在此之前喻长范必须先灭掉自己，否则将成为最明显的嫌疑人——对喻长范来说没有丝毫心理负担，因为儿子女儿都不在家，与叔伯哥哥一家又长期不合，加上管家和家佣，死就死了，顶多流几滴眼泪而已。重要的是，喻家灭门既能使自己完美脱身，又是喻晓菲离家躲开灭门之祸的绝妙理由。

为防止警方核实死者身份，喻长范事先收起家里原照片，并要求盗匪割掉喻陈两家所有尸体头颅。饶是如此，他还是犯了个小小的错误——因担心盗匪粗手粗脚碰坏自家古玩，在动手前几天他悄悄以赝品换掉部分精品，不料正好被付大勇私藏，又落到伊宫承手里，从而露出破绽。

究竟杀不杀罪魁祸首姜海涛？

喻长范犹豫了很久。主观上仍对姜海涛抱有幻想，期望通过他得到《月下绛妃图》；客观上连续几起灭门案使洛阳收藏界人心惶惶，各自加紧戒备，警方也开始调查，继续作案的难度很大。

但还有一个人必须除掉，董溥。他与姜志诚以及洛阳收藏界如端木余、陈方雷等人有千丝万缕的联系，而且经手部分从端木和自家抢劫的“赃货”，将周忠勤坑下水，因此不排除他已分析出端倪。于是密令邱胡子绑架了他并向董家索要高额赎金，其实喻长范从开始就没打算让他活着下山。

董溥也是聪明人，很快厘清事情的前因后果，宁可冒死逃生也不能坐以待毙，被射成重伤后反复念叨“瓷板”，抱一线希望将喻长范是灭门案幕后真凶的信息传递出去。

马敬亭公开拍卖端木余生前购买的最后一批古玩，姜海涛看到清册后方恍然大悟，同时悟出玄机的还有喻长范，但喻家父子不便在拍卖会露面，暗中委托人参加竞拍，无奈姜海涛势在必得，以超出底价六倍的价格抢得《鱼趣图》。喻荣华暗中监视并一路跟踪到矶山，猝然出手偷袭，幸好被侦缉队吓阻。

喻家父子担心遭到怀疑，临时决定提前离开洛阳，没想到还是被拦截。

伊宫承疑问道：“既然所有人都在最后关头才悟出瓷板影射的秘密，那到底是谁捷足先登，取走了画？”

“很难说，也许是董溥，也许是端木余，总之知道这个秘密的人都已不在人世。”

“哼，不见得！”

“案情既已大白，剩下全是你们的活儿，”左侯笑道，“我回去洗个澡，喝点酒，舒舒服服睡一觉。”

三天后，警察局副局长办公室。

“喻长范招供所有罪行，与你的推断基本一致；喻荣华已被引渡回国；喻晓非则无罪释放，灭门案算是结了。”

“我该恢复自由了吧？”左侯满怀希冀问。

“刚刚戴老板发来嘉奖令，名单上也有你，”伊宫承面无表情道，“不过戴老板又说，鉴于《月下绛妃图》仍无下落，本人继续留任，而你，也继续担任顾问。”

左侯大叫：“不会吧，说好的事也能反悔？”

“戴老板的话谁敢不听？再说，”伊宫承说到这里头一次露出笑意，“我觉得你是不错的助手。”

# —大宋重器—

# 楔子

晚秋时节，洛阳城到处盛开着万紫千红的菊花。虽说数百里外弥漫着战火硝烟，县政府却一味粉饰太平，以金谷园赏花为主题举办了一系列联谊活动，其中就包括古玩界的重头戏——千佛会。

千佛会的主办者是洛阳富豪邱岳，一位掌控了中原近三分之一水路运输的大佬——能征服以玩命和野蛮著称的排帮、漕运帮等江湖帮派，其心机和手段可想而知。可这样的人偏偏有收藏古玩的雅兴，而且最喜欢佛像，只要听到与佛像有关的消息，不管路途多远，天大的事也能搁置下立即前往。二十多年来收集的佛像即便没有一千尊，四五百尊总是有的。

县政府对这项活动非常重视，千佛会当天，副县长率领一班官员出席仪式，发表专题讲话，接下来便是观摩佛像和其他古玩收藏，以及各类小型拍卖会，热热闹闹的场面持续到傍晚才告一段落。

大批宾客离开后，仅剩六位客人留下共进晚餐。餐后进行了一轮小范围古玩赏鉴，当然是没在白天展示的精品，最后闲聊了近两个小时才各自回客房休息。

第二天清晨，邱岳被发现死在书房里，右手握着手枪，太阳穴有弹孔。高管家只看了一眼就断定主人并非自杀——邱岳是左撇子，不可能右手开枪，随即报警并封锁无为山庄，挽留下所有宾客，三小时后洛阳警察局副局长兼侦缉队队长伊宫承和古玩鉴定顾问左侯赶到现场。

# 第一章

无为山庄坐落于城北郊区，背倚苍茄山，前面则是洛阳城的主航道黑水河，依山傍水，是令人羡慕的风水宝地。邱岳虽在城里置了宅院，但大部分时间都住在山庄。水路运输纠纷多，时常牵涉血案仇杀，十多年来江湖上要买邱岳人头的传闻始终不绝于耳，因此山庄从修建伊始就特别注重安全问题，除却背后的山壁，三面围墙全是山石加混凝土，墙头架设电网，保镖昼夜巡逻，入夜后大门紧闭，仅邱岳有钥匙，且无论何时开门，都会发出清脆的铃铛声。

杀手来自山庄外的可能性极低。

山庄内部共十四人，高管家和五名佣工、两名厨师、一名花匠都跟随邱岳至少三年以上，另外五名保镖来自洛阳保安公司，具有丰富的保安经验和良好的口碑，且保镖皆是双人巡逻，可以相互证明。

书房位于三楼东首，窗户装有钢质栅栏，无法出入；书房门则是精钢所铸，上方有个小窥视孔，也就是说若非特别熟悉或信任敲门者，邱岳断断不可能在所有人都入睡后开门。

经鉴定，邱岳所握的手枪上有安装过消音器的痕迹，可见杀手并非临时起意，而是早有预谋。

自然而然，六名宾客被确定为嫌疑人，他们分别是：洛阳排名第一的鉴定师宋楚云、洛阳大古玩商陈秋华、开封大古玩商季丹、收藏家范一东，另外两人的身份有点特殊，一是刚从广州回来的徐晔晔，一是自称来送东西的吴越。

“有多少人知道你家主人是左撇子？”伊宫承首先问高管家。

“虽然是左撇子，但主人吃饭、写字都用右手，平时无人察觉，大概只有四个人知道此事——夫人、他的两个儿子，还有我。”邱夫人喜欢听戏、打麻将，所以长期居住在城里，绝少到山庄这边。两位邱少爷一个在上海做生意，一个在香港读书，今年都没回来过。

“正因为不知情，杀手才犯下这种低级错误，”伊宫承道，“你觉得杀手是谁？”

高管家犹豫片刻，道：“昨天晚餐气氛很怪异，要我说六个人都有嫌疑，但……最值得怀疑的还是徐晔晔，他到无为山庄根本就是成心惹事。”

“怎么讲？”

“具体情况我也不清楚，总之这家伙说话挺冲，昨天上午一露面就把主人拉到旁边说话，晚餐后又到书房密谈，中途我进去送水果，两人好像吵过架似的，脸色都很难看。”

“其他人呢？”

“都不对劲，嗯，除了宋大师，”高管家停下来理顺了思绪，接着道，“刚开始主人兴致蛮高的，直到吴越送了个箱子过来，打开一看，主人的脸就沉下来了……”

左侯赶紧问：“箱子呢？”

“还放在书房，待会儿带你去看……后来陈秋华、季丹和范一东都跟主人私下聊过，我从远处看，觉得气氛都不太好，再后来就是徐晔晔。”

接下来盘问徐晔晔。

“我在广州某商行上班，昨天上午刚回洛阳，参加千佛会的目的就是找邱岳算账——之前联系过他，总是一味搪塞推诿，所以必须当面说清楚。”

伊宫承颇有耐心地问：“生意方面的纠纷？”

徐晔晔瞪大眼反问：“你们想哪儿去了？难道你们不知道我是徐海鹰的儿子？”

“徐海鹰？”

伊宫承之前在军统做事，对古玩界一无所知，但左侯却如遭电击，从椅子上跳起身，瞪大眼看着对方。

十五年前，徐海鹰是洛阳最有名望的收藏家，其收藏的钧窑天青釉长颈圆弧胆瓶堪称大宋重器。

早在唐代官府就立下“钧不入葬”的铁律，到了宋徽宗钦点钧瓷为宫廷御用，严禁民间私藏，为此宋代就有“黄金有价钧无价”“纵有家产万贯，不如钧瓷一件”之盛誉。而长颈圆弧胆瓶更是钧瓷中的翘楚，其制瓷水平已达到宋瓷技术巅峰，造型设计则美轮美奂，集艺术与匠造之大成。说它是大宋重器，一点都不过分。

尤为难得的是，这件宝贝居然是徐海鹰年轻时用十块大洋从日本收藏家手里买来的。

后来一个大雨滂沱的夜晚，一伙蒙面人开着重型卡车强行闯入徐宅，杀死徐海鹰及家人，抢走包括钧窑胆瓶在内的三十多件古玩。当年徐晔晔只有十四岁，案发那天正好去舅舅家玩耍并留宿，幸免于难。事后舅舅帮着处理后事，拍卖家产，并将他送到广州上学、工作。

事实上这是他十五年来第一次回洛阳。

“专程从广州回来就为了找邱岳？”伊宫承问。

“他可能参与了当年的抢劫杀人案，至少是知情者，”徐晔晔直截了当地说，“内地古玩价格相对低廉，转运到香港甚至欧美就能翻番，每天都有大批报单从广州经过，我在商行主要负责这项业务，两个月前有笔上海来的单子引起了我的注意，通过拆箱检查，确认其中一件永乐黑白雕牡丹花纹梅瓶是我家的藏品！”

左侯疑问道：“永乐梅瓶固然稀有，但非孤品，目前公布于世的少说也有十多件，凭什么认定那件属于徐家？”

徐晔晔冷笑道：“论古玩我一窍不通，根本不能跟你们行家相提并论，可那件梅瓶曾被我失手打破，为此遭到先父责罚，印象之深可想而知。先父请能工巧匠精心修补，在瓶底加了暗箍，又钉了三枚铆钉，总算勉强复原——你们可以去查当年徐家财物遗失清单，肯定有这件东西。上海的朋友帮我找订单卖家查询，得知委托人来自洛阳，名叫邱岳。”

“电话联系时邱岳怎么回答？”

“含糊其词，一会儿说受朋友之托，一会儿说记不清了，反正前言不搭后语，就是存心糊弄我。”徐晔晔气愤地说。

“所以你赶回来追查，他却不愿配合，你一气之下开枪杀了他。”伊宫承推论道。

“才不是！刚开始他很抗拒，后来见我态度坚决，改口说找些人了解情况，并且打电话给助手安排行程，谁想到夜里就……”

伊宫承阴沉沉地说道：“徐先生在说笑吧？邱岳是何等人物，岂会被你三言两语吓住？你一定握有他的把柄！”

徐晔晔很坦率：“人都死了，说出来也无所谓。那批运往香港的货是有问题的，除了梅瓶，还有七八件古玩都背有血案，准备拿到欧美市场去销赃，要是我捅给新闻界的朋友，哼！”

“他承认那批货就是自己的？”

“那倒没有，借口帮几个朋友做的，他也搞不清来源。唉，反正这家伙说话真真假假，谁知道哪句话是真的。”

“回房后就睡了吗？”

“当然……哦，有件事可以证明，夜里吴越从床上摔了下来，声音很大把我惊醒，遂特意过去敲门询问，他开门说没事，回房我看了下时间，当时是一点二十五分。”

之后轮到自称送东西的吴越，他是洛阳收藏家曹志训的管家，五十多岁，右腿有点瘸。曹志训听说要开千佛会，特意让吴越送了件佛像助兴。

“单送佛像，没有别的？”伊宫承问。

“应该是，邱先生当面把箱子打开的，然后脱口说‘怎会是这个’……”

“什么意思？”

吴越耸耸肩：“不清楚，昨天早上曹老板交给我时箱子已经封好，而且我只喜欢青铜器和瓷器，对佛像没研究。”

“走，一起看看去。”

一行人来到书房，高管家打开箱子，小心翼翼地捧出一尊形状怪异的佛像：头上红色竖立，发际末端一字排开五个骷髅；左耳垂挂着小蛇，右耳垂挂着小狮子；腰间插了本账簿，左手拿着骷髅棒，右手端着盛满鲜血的骷髅碗。看上去狰狞凶恶，杀气腾腾。

“原来是这个！”左侯惊讶地说。

伊宫承狐疑地看着他：“咦，你也这么说？”

“这是吉祥天母，藏传佛教里地位尊贵的护法神，”左侯戴上手套仔细把玩佛像，“一般来说中原地区很少收集藏传佛像，何况这一尊年代不算久远，是清末至民国时期的铁铸像，看不出有什么收藏意义，难怪邱岳拆开箱子后便送进书房，并未拿到展厅。”

“看到佛像，他还说了什么？”伊宫承继续问。

吴越想了想：“他叫我等会儿，准备回封信给我家主人，可惜昨天他实在太忙，不停地跟人打招呼、聊天，一直等到傍晚他突然看到我，歉意地说干脆在山庄留宿，保证你明早带着信回城，结果……”

“晚餐后他找你单独聊过？”

“没有啊，吃完饭我就回房睡觉了，没参加他们的活动。”

“夜里从床上摔下去过？”

吴越不好意思地笑了：“我平时睡相就不好，客房的床又比较窄，不知不觉就……徐晔晔专门过来看了一下，然后继续睡觉。”

这时高管家将邱岳晚餐后的活动情况整理了出来：

十八点四十分，晚餐结束，吴越回房休息，其他人到客厅喝咖啡；

十九点十分开始，邱岳和高管家陆续从密室搬出珍藏古玩，鉴赏活动持续了两个多小时之后，徐晔晔感觉疲乏提前回房；

二十一点四十分，邱岳将所有古玩锁回密室，大家兴致很高地继续聊古玩，直到二十三点三十分左右结束，各自回房。到门口时徐晔晔又出现了，要求找邱岳单独谈话。两人进了书房，整个过程高管家一直守在外面，直至谈话结束目送徐晔晔进房间休息。之后邱岳让高管家先睡，说自己要在书房处理些杂事，高管家注意到他情绪很差，脸色也不好看，没敢多问，也回去睡觉了。

因为客房是每人一间，理论上谁都有可能悄悄到书房敲门，进去后行凶。

“还没搜到消音器？”伊宫承皱眉问吴探员。

“包括六个客人在内山庄所有人都搜了身，另外每个房间、花园、厨房等地方都搜过了，暂时没发现。”

“继续搜！消音器不可能凭空飞了，肯定藏在山庄某个地方！”伊宫承粗声粗气地说。

# 第二章

宋楚云在洛阳城有“鹰眼铁口”之称，伊宫承前些日子查案时与他打过交道。除了为人孤傲，宋楚云的人品、鉴定技术都没问题，目前为止没听说与黑道等不三不四的人有来往。

他出席千佛会的目的最单纯，就是碍于面子前来捧场。邱岳收藏的古玩绝大多数经过宋楚云鉴定，算是黄金客户，这次展出数百件佛像，邱岳担心有赝品混入其中，令他贻笑大方，特意请宋楚云提前到山庄先将展品过了一遍。

“以大师对邱岳的了解，昨天有无异常？”

“嗯，情绪不太好，特别晚餐时有些强颜欢笑，”宋楚云边思索边说，“还有，昨晚他并没有拿出镇庄之宝，譬如元青花螭波纹枇杷瓶、宋代越窑白釉剔花执壶，都是由我鉴定并出具证书的，当时大家赏兴正浓，我悄悄提醒了一下，邱先生恍若没听见似的，我一想或许他另有考虑，也就没再啰唆。”

左侯惊叹道：“元青花？真厉害啊！”

“回到客房后有没有单独去过他书房？”

“没有，不过……”

伊宫承敏锐地问："大师一定听到过什么动静？"

"也许听错了，"宋楚云说，"洗漱后上床前似乎听到左侧关门的声音。"

"谁住在左边客房？"

"范一东。"

在洛阳收藏界，范一东是比较低调的，中原大战时跟朋友合伙做军火生意发了大财后，便金盆洗手做了安稳寓公，偶尔淘些古玩怡情养性。与邱岳也是贩运军火时结下交情，当时水路运输是相对安全的渠道。

出乎意料的是，范一东爽快承认私下与邱岳交谈过，但不在书房，而是邱岳主动敲门，两人在客房里聊了会儿，宋楚云听到的应该是邱岳离开时的动静。

"他找你何事？"

"借钱……"

伊宫承目光闪动："开玩笑吧？邱岳的身家即便没有上千万大洋，六七百万大洋总不成问题，怎会向你借钱？"

"他只说急用，没解释原因，其实这些年来尽管我们交情不错，却从未有过资金往来，顶多古玩方面以物换物，看得出这回他真的很紧张，我没多问就一口答应了。"

"借多少？"

"六十万，他要求现洋，而且务必两天内凑齐。"

"这么大一笔钱，你没关心下到底用在哪里？"

范一东摇摇头："既然把钱借出去，怎么用是他的事。"

"够朋友！"伊宫承赞道，"除了借钱，还谈了些什么？"

"没有，不过感觉他……"范一东啧啧嘴，"怎么说呢，好像心事重重，白天拉我到一边，张口就说'兄弟有麻烦了'，本以为他会具体解释，不知何故突然转而谈起了佛像，临了在我耳边低语‘晚上找你’……”

“当时身边有哪些人？”

“很多，都是鉴赏佛像的客人，我也没注意……对了，他右侧站着季丹，后来他们俩聊了会儿。”

“其他还有什么——你觉得对破案有帮助的？”

“昨晚离开前，他非要送一方端砚给我，”范一东从怀里掏出砚台，“听说是五年前在北平琉璃厂那边花三两黄金淘来的，也许知道我最喜收集文房四宝，不过这当儿送总觉得非同寻常……”

“没准跟你愿意借钱有关。”伊宫承幽幽道。

左侯用掌心托过砚台，反复摩挲数遍，道：“名列四大名砚之首的端砚，今天总算见到了，跟古籍描述的一样，‘体重而轻，质刚而柔，温软嫩而不滑……据说它砚心水气足，呵口气都能研墨呢。”

翻到背面，砚台中间刻着一块墨石，上面寥寥数枝兰花，左侧题了两句诗：造物亦何心，春风自含吐。

“不错，真不错。”左侯捧着砚台赞不绝口。

伊宫承道：“从没听过这首诗，前两句是什么？”

左侯搔搔头：“啊唷，一时想不起来了。”

“正因为他的举动异于平日，我才觉得奇怪。”范一东道。

伊宫承见左侯捧着端砚把玩个不停，遂夺过来揣到怀里，示意高管家传唤季丹。

不等伊宫承提问，季丹便一口气道：“我在开封的古玩店紧邻寺庙，经常收些佛门器物，所以和邱先生来往比较密切。这次专程参加千佛会，正好刚收了两件明代佛像，顺便问他是否感兴趣。”

“成交了吗？”

“他……有点心不在焉，说过几天到开封看看，就这样。”

“昨晚回房后，有没有单独到书房找他？”

“没有没有，陈老板到我房间谈了会儿生意方面的事，然后打着哈欠各自睡了。”

“大概多长时间？”

“二十多分钟吧。”

最后一位嫌疑人陈秋华确认了季丹的说法：“不超过三十分钟，出门时我还开玩笑说过零点了，不是明天见而是今天见。”

“你也是参加佛像鉴赏顺便谈生意的？”

“纯粹捧场，邱先生很多佛像交易通过我达成，双方经常来往，算是老朋友了……异常情况？有一点，昨天他明显不在状态，谈话时前言不搭后语……单独聊天？哦，是这么回事，他委托我打听一件北魏时期的造像碑……”

左侯插嘴道：“那可是价值连城的宝贝，不过跟唐伯虎的字画一样，赝品居多，难见真品。”

“涉及大件我们通常相当谨慎，万一走了眼传出去要被人笑话，因此我只答应先从外围打听，并未深谈。”

“你觉得谁最有可能杀邱先生？”伊宫承冷不丁地问。

“呃……干古玩这一行只看东西不看人，昨天没注意太多，但那个徐晔晔似乎有点不对劲，尤其看邱先生的眼神，像有深仇大恨似的……”

做完笔录已到了中午，尸体鉴定、现场痕迹检查等情况陆续汇总过来：邱岳大致死于凌晨一点，一枪致命，凶器即握在邱岳右手，无其他人的指纹；现场无打斗、挣扎痕迹，也未发现书房有翻动和失窃现象，地板上提取了三个人的脚印，分别是邱岳、高管家、徐晔晔，与笔录相符。

无为山庄西侧假山、亭台、人工湖错落，东侧三幢小洋楼呈“品”字形，最前面的洋楼是接待区，后面两幢分别是展示区和生活区。客房位于小洋楼一楼，成环形分布共十二间；二楼是书房、小客厅和小展示室，即昨晚邱岳主要活动的区域；三楼是卧室。

如果六位客人中的某一个为凶手，只要从开门到上楼梯这一段不被人发现，便可从容行凶。而根据他们的身份，几乎每个人都能让邱岳打开书房门。但从证词来看，似乎彼此都能证明不在案发现场，实在蹊跷。

关键是作案动机。

前提是解开几个疑点：邱岳为什么心事重重？为什么向范一东借六十万现洋？曹志训为什么送吉祥天母？邱岳见了之后为什么要回信？

伊宫承蹙眉想了半天，道：“中午回城找曹志训，这边嘛，还得委屈六位暂住几天，这是县政府关注的大案，在抓住凶手之前谁都不能离开。”

宋楚云等人都表示理解，只有徐晔晔大声抗议，说难得请假回来，行程都被耽搁了，又说要给新闻界的朋友打电话，等等。伊宫承恍若未闻，吩咐探员们严加监视，不准任何人与外界联络。

“发现线索没有？”出了小客厅伊宫承问。

“信息量太大，需要慢慢琢磨，”左侯笑道，“到了收藏家的地盘，难道不想欣赏一下真正的古玩精品？”

“嗯。”

伊宫承叫高管家打开小洋楼下面的密室，拉开沉重的双层钢门，扑面而来一股冰凉之气，高管家解释里面有冷气设备，全天不间断降温、抽湿。密室足有两百多平方米，包括字画、瓷器、陶器、青铜器、石碑、玉器等，林林总总超过千件。

左侯说有生之年能收集到这里十分之一就心满意足了。伊宫承泼冷水说藏品很丰富，可死了能带到阴间?

冷酷啊冷酷，不愧为军统出身。左侯感叹道，一圈浏览下来后疑问道：“元青花螭波纹枇杷瓶，以及宋代越窑白釉剔花执壶两件镇庄之宝哪去了？”

高管家道：“所有藏品都在这儿，镇庄之宝是什么我不懂也不知道。”

“不对啊！这里收藏固然丰富，价值也不菲，只是……不太符合邱岳这个等级的收藏家身份。”

伊宫承立即问：“最近他是否变卖古玩？”

“平时这密室只有主人单独进出，偶尔搬重物才叫我搭把手，至于少了什么多了什么我一概不知。”

“有蹊跷，一定有蹊跷。”伊宫承说。

驱车回城，刚进警察局就有探员上前报告，南城区芦家胡同发生一桩命案，死者名叫曹志训。

“曹志训？”伊宫承心头一震，立即转身道，“去现场！”

芦家胡同紧邻洛阳的“绸缎一条街”东兴街，里面住户近一半做绸缎生意，曹志训是其中比较成功的商人，自从三年前从北平迁居于此，短时间内便站稳脚跟并抢得几个利润丰厚的销货渠道，赚得钵满盆溢。

尸体是上午九点钟发现的，但尸检结论死亡时间应该在昨天上午十点左右。曹夫人中午约了女伴打牌，十点钟离家，玩到凌晨两点钟回来，当时书房亮着灯。曹志训有独自反锁在书房里玩赏古玩的习惯，其间不允许任何人打扰，家人都习以为常。今早曹夫人起床后见书房灯仍亮着，觉得不对劲，遂让男佣撞开门，发现曹志训太阳穴中了一枪，伏在书桌上全身冰凉。

书桌上有幅未完成的画作：悬崖中间长了棵大树，树干上缠绕着羽毛状的藤花。毛笔夹在手指间，宣纸上有墨汁沾污的痕迹，说明曹志训正在凝神作画时被冷枪偷袭。

笔录显示，曹夫人离家后大门一直关着，之间没有访客。

“密室杀人？”左侯饶有兴趣道。

伊宫承四下打量一眼，摇头道：“那倒不是，书桌对面的窗户通往后院，凶手八成开枪后跳窗逃跑——当时曹家人都在前院。没有打斗，没有财物遗失，书房陈列的几件古玩也没动，凶手的目的就是杀人。”

“与邱岳之死异曲同工。”

“对，这样看来，曹志训送吉祥天母给邱岳就更值得玩味了，他是想传递什么信息？”

“求救？从时间点分析，他死在邱岳之前。”

“嗯，不太像，”伊宫承想了会儿，突然问，“曹志训藏品中最值钱的是什么？”

左侯立即明白他的意思，道：“对，看他的收藏！”

曹家古玩密室的门隐匿在假山背后，拨开藤蔓，沿着盘旋的石阶下去，曹夫人在最前面开了灯，入眼便是四排两米高的玩赏架，上面陈列着各式古玩。

粗粗一估有五六十件。

“这么少？”伊宫承失望地说。

左侯也很吃惊，问道：“还有别的密室？”

曹夫人道：“没有啊，一直就这样。志训喜欢不停地流动，看中的古玩买回来把玩一阵子，然后稍微加点钱就卖了，很少长期收藏的。”

左侯目光闪动：“这样的收藏家着实罕见。”

“知道他为何派吴越送礼给邱岳？”

“朋友之间往来吧，有时邱先生也送东西给他。”

“前两天情绪如何？”

曹夫人想了会儿：“他为人内向，有心思都藏肚里，不轻易流露，对了，昨天他没去公司，吃了早餐就待在书房，还特意关照不准任何人打扰。因此到了午餐、晚餐时用人们都不敢敲门……”

“邱岳没邀请他参加千佛会？”

“收到请柬，他说约了客户谈生意。”

“可客户一整天都没出现？”

“是啊……”

“也许为表示歉意，他让吴越送了尊佛像？”

“这个我倒不清楚，也许吧，反正吴越一大早就出去了。”曹夫人蹙眉说。

左侯问：“收藏清册在哪里？”

“嗯，不太清楚，或许有吧……”

出了密室来到后院，看得出曹家疏于侍弄花草，原先布局精巧的小花园被茂盛的杂草荆棘淹没。伊宫承蹲在草丛里像猎犬似的东闻闻西看看，隔了半晌用指头扶起两根折弯的草叶。

“听说军统的追踪专家能根据草叶折断程度、草坑凹陷深浅判断出身高体重？”左侯问。

“没那么神。”

沿着痕迹一路向前，延伸到书房窗下。伊宫承双臂撑在窗台比画一番，道：

“倘若窗户开着，凶手不必进屋就能一枪命中；关着也无妨，有专用工具能从外面撬。可见曹志训是在毫无准备的情况下被职业杀手所杀，与无为山庄的熟人行凶略有区别。”

“为什么一定是职业杀手？”

“根据草丛里的痕迹分析，脚印坚实有力，每一步间隔距离相同，说明杀手事先摸过地形，心理素质相当稳定，且一枪命中太阳穴，绝无拖泥带水，非普通行凶者可比。”

书房西侧有道长长的甬道通到中院，那里是厨房和仆人们睡觉的地方，最东面是管家吴越的单间，也仅仅多了张桌子而已，床和衣柜同样狭窄细长。可见曹志训无论是财力还是为人都不如邱岳。

从中院到前院，出了门便是东兴街。询问实力与曹志训差不多的绸缎商孙浩。提及三年来曹志训在洛阳超常规扩张，孙浩愤愤不平：

“按理逝者为大，不应该说他的坏话，但这家伙实在是……洛阳的绸缎市几乎被他搞砸了，低价恶意促销、不惜手段争夺大单，其实还不是靠日本人在背后撑腰？”

“日本人？”

“北平绸缎商谁不知道？就因为在那边把名声搞臭了没法混下去，才灰溜溜地跑到洛阳。咱们做生意为了赚钱不假，但眼下国家正跟日本人打仗呢，跟敌人勾结不是汉奸是什么？”孙浩越说越激动。

“日本人为何给他撑腰？他们勾结起来干啥？”

“具体也说不清楚，反正他成天鬼鬼祟祟的，能做什么好事？”

“你们在一条街上做生意，肯定观察到他跟其他绸缎商不一样的地方，好好想想。”

“嗯……”孙浩摸着后脑勺苦苦想了会儿，“对了，他经常发货到外地，而且走水路运输。同行们都想不通，因为绸缎买卖的区域喜好性很强，中原产的绸缎拿到上海肯定卖不动，同样北平产的绸缎贩到中原也不讨好，何况绸缎最怕沾水，从水路运输岂不是自找麻烦？”

水路运输必然涉及邱岳，这是一条极其重要的线索。

“都抓起来！”伊宫承厉声道，“我在军统还没见过不肯说话的人！”

左侯叹了口气：“又来了。”

# 第三章

当天下午侦缉大队抓了二十多人，包括邱岳控制的商行、运输公司负责人和财务总管，以及几个歇在家里的船老大。

他们一致承认曹志训的确经常从水路运绸缎出去，目的地主要有上海、青岛、烟台等地，每次船一抵岸就有人接应，从来不多说什么，卸了货立即离开。

有个船老大曾与接应的伙计聊过，对方也是当地专门搞运输的，接受中间人委托过来拿货，然后直接送到指定地点即可。这位船老大还注意到每次到岸边接应的人都不一样，显然是为了防止双方过于熟悉生出闲话。

伊宫承问："绸缎上船后吃水重不重？"

"俺留意过，应该是绸缎没错，挑的时候担子轻飘飘，往船板上一搁也不觉得坠，肯定不是长官怀疑的军火。"船老大咧嘴笑道。

"会不会是鸦片、烟土之类？"

"沿途水警查得紧勒，一到关卡几条大狼狗冲到船上闻，那可是专门训练的，烟土味道哪瞒得过它们？就是绸缎，错不了！曹老板是老洛阳，跟邱总将近二十年交情，怎么可能坑朋友？"

"老洛阳？"伊宫承诧道，"他不是一直在北平做生意，三年前刚回来吗？”

“他是十多年前去北平的，老洛阳都知道。”

“当年曹老板做什么生意？”

“古玩商，所以才认识咱邱总，去北平后不知啥原因改行了，其实贩古玩蛮赚钱的。虽然人在北平，宅院一直空着，回来后稍微修葺一番就能住了。”

“今早有没有本来不该出港，却临时离开洛阳的船？”

“呃，没有，应该没有。”

运输公司负责人证实了他的话，码头上所有船只出港都由运输公司的调配员从船坞开出来，然后船员在检查员的监督下上船，人数什么的都有记录。

询问的重点是财务主管赵睢宁，一个面容姣好、身材曼妙却态度冷淡的少妇，按说处于这个位置的漂亮女人九成跟老板有一腿，可她却是例外，因为她另一个身份是排帮老大赵雄的妹妹。有人私下叮嘱伊宫承言辞方面注意一点，七个月前她丈夫死于帮派火拼，目前她正处寡居之中。

赵睢宁表示所有账簿都可以备查，而且税务局每年都有例行检查，账务方面肯定没问题。

“你是说邱岳有很多往来根本不从账上走？”伊宫承说。

她冷冰冰道：“我只负责分内事，其他一概不管。”

伊宫承吃了个瘪却不好发作，遂让人搬来十五年前徐家抢劫杀人案卷宗，细细研究。

作为知名收藏家，尤其有令人眼红的大宋重器钧窑天青釉长颈圆弧胆瓶，徐海鹰非常重视宅院安全。高墙电网，钢锁厚门，密室是德国工程师设计并用混凝土浇筑而成，三重锁，钥匙分由三个人掌管，必须同时到场才能开门。歹徒最终采取野蛮而直接的办法，用句俗语就是“野牛闯进瓷器店”——动用重型卡车强行突破！

歹徒想必精心分析过徐家布局，撞开院门后，他们径直冲到卧室、书房、佣工休息区杀掉了包括徐海鹰在内的十一个人，一名用人重伤，幸亏昏迷不醒才逃过一劫。歹徒以重锤砸开密室钢锁，抢走了钧窑胆瓶等三十多件古玩。等邻居报警后警车赶到时，歹徒已经逃之夭夭，整个行动只花了大约十七分钟。

重型卡车就扔在现场，车内没有指纹、脚印和有价值的线索。经查卡车窃自城南某公司，车主被彻底盘问、调查了近一年，最终确定与此案毫无关系。

唯一有价值线索是徐宅右侧的邻居劳德勇提供的，他有失眠的毛病，每晚总要在院里东摸摸西看看，磨蹭到凌晨一两点钟才睡。当听到“轰”一声巨响，他第一反应是跑到左厢房窗户朝外看，然后叫醒用人从后门出去报警。来回这么一折腾已十多分钟，再回左厢房时歹徒正好往外跑，跳上停在对面的小轿车急驰而去。劳德勇数了下黑影，共有四个人。

卷宗里附有根据证词画的人像，由于是深夜，劳德勇又处于高度紧张，描述比较含糊，连最基本的身高、体型都前后矛盾，几乎没有参考意义。

事后警方秘密调查开封、北平、上海、广州等古玩交易火爆的地区，均未发现徐家失窃清单上的古玩，就这样查了两年多始终没有进展，也就不了了之，卷宗束之高阁，再无人过问。

“受重伤的用人哪去了？”左侯问。

“报告里没交代，可能怕歹徒灭口，住院没几天就失踪不见。其实多虑了，歹徒行动时全部蒙着脸，加之漆黑一片，哪里分辨得出？”

“当时有哪些嫌疑对象？”

伊宫承在泛黄的档案里翻了半天，抽出一页清单："徐家收藏甚丰，密室里古玩近千件，能在短短几分钟内迅速搬走其中最值钱的三十多件，参与者必定精通古玩鉴定，甚至到密室参观过，因此凡与徐海鹰打过交道的收藏家、古玩商都是怀疑对象……"

指尖一行行向下移，突然在一个名字上停住，邱岳！再往下找，又有几个熟悉的名字：曹志训、宋楚云、陈秋华、季丹、范一东。

"有意思，除了上门算账的徐晔晔和跑腿的吴越，似乎嫌疑人会聚一堂，"左侯笑道，"是因为徐晔晔扬言揭开内幕，他们几个商量对策吗？"

"照这么说死的应该是徐晔晔，而非邱岳，杀人灭口是最直接有效的办法，"伊宫承不同意他的看法，"清单囊括当时洛阳城稍有名气的收藏家、古玩商，但后来通过各种侦查手段排除了他们的嫌疑，因此不要过于敏感……"

"等等，"左侯深吸一口气，"季丹是开封古玩商，怎么会出现在清单里？"

"也许跟曹志训一样，后来转到开封……呃，感觉过于巧合，得查查他的底细，先看下当时的调查结论……"

证词显示，当晚邱岳不在洛阳城，而是随船去青岛跑了趟生意，案发后第四天才回来；曹志训独自在书房，家人做证他整晚没出门；宋楚云应邀在某商人家鉴定古玩，凌晨三点才由马车送回；陈秋华陪朋友看折子戏，散场时已接近零点；季丹当天身体不舒服，中午起就在卧室休息，第二天下午才勉强下床；范一东在家设私宴接待同学，因多饮几杯明显有了醉意，最后被用人搀扶进卧室。

"这些证词……"左侯笑了笑没说下去。

伊宫承替他说道："严格意义上讲，除了宋楚云自始至终有旁证，其他人至少在理论上都存在作案可能。从时间看，整个作案时间只有十七分钟，如果用事后逃逸的小轿车接送，十分钟可以抵达他们中任何一家——有几个还是顺路，也就是说一共需要三十七分钟。对曹志训而言，从后墙进出应该轻车熟路；相对于动辄几个小时的折子戏，偷偷溜出去四十分钟并不引人注意；而装病和装醉更是掩护行动的好借口。真想不通，当初负责查案的人为什么让他们轻易过关！"

"都是有钱有势的人哪。"

"行贿或许是原因之一，"伊宫承翻开十五年前的台历，"当时中原地区军阀混战，硝烟弥漫，可谓城头变换大王旗，那种情况下，警方办案态度可想而知，更何况案发时间是凌晨一点多钟，硬要强求所有嫌疑人提供不在场证据有些勉强，尽管如此，有些疑点毕竟显而易见……"

他说着陷入沉思。

这时赵局长闯进来，说刚接到县长秘书电话，要求不能长时间把人拘禁在无为山庄，否则传出去影响不好，哪怕案子没有进展，最迟三天放人！

伊宫承气得脸色铁青，等赵局长离开一拳捶在桌上。

左侯笑道："刚刚我俩还苛求当年查案人员，实际上各有各的苦衷。"

"我绝对不可能放过凶手！"

等怒火平息，伊宫承叫来几个探员分派任务，有的调查曹志训的背景资料，有的到河港了解近几天人员出入情况，还有的上门询问宋楚云、陈秋华、范一东等人案发前行踪。

伊宫承用铅笔勾画出今年以来曹志训发往青岛、烟台两地的运单，打电话请求两地军统办事处协助调查。要说军统办事效率实在令人咂舌，三个小时后电话响了，青岛方面说尽管运单收货方写的是鲁辉商贸公司和海阳货行，经调查，货物最终都转到了一家名为"悦成株式会社"的日本贸易公司，而烟台方面实际收货的也是一家株式会社。

两家株式会社都已被军统列入监视目标，原因是它们表面上从事日常品贸易，暗底下却大量收购日本国内缺乏的贵金属、稀有矿产以及军需原材料。他们胃口很大，出手豪阔，每年交易额动辄数千万大洋，上年悦成甚至达到一亿四千万大洋的巨额数字。

“跟咱们有何关系？”左侯一时无法理解。

“关系很大，甚至有亡国之忧！”伊宫承站起身指着地图说，“根据可靠情报，日本人占领东三省后首先就是修铁路，干吗？把那边的煤炭、铁、铜等一车车运到本国海边填埋，一层层往上压，这样即使后面打了败仗，几十年内都无须为资源发愁；再比如黄金白银，日本人把抢来的黄金白银全部化成一块块运回去……”

“他们同样对古玩感兴趣！”

“我们有几千年文明史，古玩历史价值高，向来是欧美收藏家觊觎的目标，但国弱积贫，连年打仗，相比成熟的欧美市场价格处于低谷，因此他们一直有计划、有预谋地搜刮国宝级古玩，包括之前的《月下绛妃图》，还有这次的钧窑胆瓶，都在戴老板的保护清单内。”

长长吸了口气，左侯道：“我懂了，原来古玩背后的水相当之深……如此说来曹志训以绸缎生意为幌子，实际上暗地里帮日本收购古玩精品，然后通过邱岳的水路运到日本人控制地区——他娘的，难怪曹志训密室里古玩那么少，而邱岳的镇庄之宝不见踪影，原来都卖给了日本人！”

“那就更奇怪了，”伊宫承皱眉道，“日本人需要他们俩继续做事，不可能下手；徐晔晔想通过邱岳寻找钧窑胆瓶，也不可能下手。凶手的作案动机是什么？换而言之，他们俩死了，对谁有好处？”

屋里顿时安静下来，隔了五六分钟，左侯打破沉默：

“虽然想不出谁是受益者，但回想曹志训特意在千佛会当天送的那尊佛像，感觉别有深意。”

“吉祥天母？”

“她腰间插了本账簿，意喻专门记载人们所作坏事的档案，恶人都将受到剥皮处置，也许曹志训暗示邱岳有人上门算账。”

“会是徐晔晔吗？不对，徐晔晔只跟邱岳联系，这尊佛像由邱岳送给曹志训还差不多。”

“以邱岳在洛阳的根基和实力，凭徐晔晔根本无法撼动，顶多制造些小麻烦罢了，让他们感觉威胁的应该另有其人，这个人的身份被曹志训查到了，由于事发突然，或者还有其他因素，总之曹志训不便出面，因此以送佛像的方式隐晦地传递消息。”

伊宫承沉吟片刻：“之前他们肯定圈定了几个怀疑对象，因此邱岳一看到佛像就明白了，脸色变得难看起来……嗯，吉祥天母是女性，赶紧排查一下邱岳身边的女人！”

“不必，我已想到一个人，”左侯微笑道，“吉祥天母在藏传佛教中主司命运和财富……”

“赵雎宁！”

# 第四章

赵睢宁能稳坐运输公司财务总管的位置主要有两方面原因：一是她在英国留学时主攻会计，精通财务、税务和做账技巧；二是邱岳平衡手底下几大势力的结果，势力最强的排帮获得运输公司副总和财务总管两个关键位置。

虽说帮日本人收购精品古玩的收支不可能在运输公司账目里反映，但大额交易垫款在所难免，碰到头寸紧张的时候，邱岳偶尔会从公司支些钱，时间久了便会留下蛛丝马迹。而赵睢宁精于理账，很容易判断出他在暗中搞鬼，也许还追查出更深层次的秘密，然后联合其他势力展开行动。

排帮势力虽不小，赵雄仍畏惧邱岳的能量，因此从曹志训身上突破是不错的选择。有可能暗中调查被曹志训所察觉，为不打草惊蛇，让吴越送了尊佛像来暗示。邱岳长期浸淫于佛像研究，又心怀鬼胎，自然一看便懂。如何处理尾大不掉的排帮势力，彻底弥补破绽成了他心头大患，故而情绪低落，心不在焉也就情有可原了。

“整个推论似乎合情合理，勉强解释了前面遇到的疑点，但最大的问题是，赵睢宁或者说她代表的排帮势力做的手脚就算被对方察觉，也不敢动手连杀两人，他们活着的价值超过死亡。”听完左侯推理，伊宫承评价道。

“那倒未必，事实上这些年来邱岳凭一己之力降伏各派势力，也很辛苦。

随着战火不断向南蔓延，水路航运的地位急速上升，庞大的市场和丰厚的利润使眼红者越来越多，有试图搅局渔利的，有欲取代邱岳位置的，还有伺机拆散其联盟另起炉灶的，总之哪里有利益哪里就有江湖。”

“那个女人是突破口！”伊宫承愁眉不展，“但瞧她那副拒人于千里之外的样子，想让她说实话也难，唉。”

仅仅过了五分钟，机会就来了。

驻守在无为山庄的吴探员打来电话，说宋楚云闹着要回家，理由是邱岳有部分藏品存放在公司仓库，他的遗孀已与公司高层协商好，请宋楚云到场根据收藏清单挑出来。

“大概有多少？”

“七八百件吧，都是邱岳早期收藏的古玩，后来喜好有所改变，就把基本不赏玩的寄存到公司。那里虽说是仓库，但安全系数很高，安装有德国进口的恒温恒湿和自动报警装置……”

放下电话，伊宫承道：“该你出马了，给你两天时间搞定那个小寡妇，用什么手段我不管，懂我的意思？”

左侯“呸”了一口：“好龌龊的想法！凭什么非要我去？我又不是警察。”

“你没参加对运输公司的问讯，他们不认识你，正好代替宋楚云，公司那边下午问话时我已了解清楚，这几天只有李副总、后勤吉主任和赵雎宁在，陪同你进仓库的不会超出他们仨，好好把握！”

第二天上午，左侯拿着宋楚云亲笔签名的委托书敲开了邱岳在洛阳城内的宅院，三言两语解释之后，他与邱夫人两人一起来到岳河运输公司。如伊宫承所分析的，李副总要在前台值守，邱夫人对古玩一窍不通也全无兴趣，留在办公室喝茶，遂由吉主任、赵雎宁陪同左侯进仓库。

当初修建仓库是为了保存诸如航行日志、维修记录、帮派人员清册等重要档案，毕竟运输公司主要是走船，一旦出了意外根本没时间抢救档案资料。后来帮派重要财产、公司与社会机构互赠礼品，以及邱岳的藏品陆续进来，刚开始尚能做到严格按区域摆放，时间久了，中途进进出出便混到一起。

幸好各自都有入库清单，至少数量不会搞错，但古玩甄别的专业性很强，必须有鉴定师到场把关。

仓库如同火柴盒结构，隔为方方正正的十间，邱岳的藏品在八到十号货舱。由于摆放凌乱，且跟其他杂物混在一起，分拣进度非常慢——当然也有左侯刻意拖延的成分。

吉主任是个一团和气的中年人，属于那种混成精的老江湖，表面上态度和蔼有问必答，其实休想从他嘴里挖出有价值的料。赵睢宁从进仓库起就双臂交叉护在胸前，一脸戒备的样子，说话从不超过三个字。

即便如此，左侯还是打探出吉主任属于邱岳手下另一大派系——漕运帮的人，实力仅次于排帮，故而能占据副总位置。吉主任与赵睢宁关系很紧张，几乎不怎么搭话。

僵局持续了两个多小时，左侯找个借口将吉主任打发出去，先从赵睢宁的戒指着手，再到耳饰、吊坠、手镯，说得妙趣横生天花乱坠。她虽然还是冷冰冰的模样，眼中却闪动着好奇和说不清的东西。跟运输公司打交道的基本是商人、船老大、跑船的黑道人物，哪像左侯这样风度翩翩能说会道？不出半小时，就答应他晚上去她家“鉴别”两块古玉。

刚敲定好时间，吉主任便满面笑容地回来了。好险！左侯暗自庆幸。

拖到傍晚收工，左侯说工作量太大还需要两天时间，吉主任嘴上说没事却掩饰不住失望。挨到晚上，左侯精心装扮后兴冲冲地来到赵睢宁寡居的小宅院，进门便献上一束鲜花。

“好漂亮。”她难得露出微笑。

“古玉在哪里？”

“在……卧室……”

白皙姣美的脸上抹过一丝晕色，左侯心里更有底气：对正值妙龄的少妇来说，寡居七个月实在太寂寞了。

走进昏暗的房间，进入眼帘的首先是张欧式豪华大床。

“真气派的床啊！”他赞道。

“想到床上躺会儿？”

他听出语气不对，赶紧转身，却见她恢复冰冷倨傲，手里握着一柄小巧精致的手枪！

“这……这是干什么？不是说好鉴别古玉吗？”

“少来这套！别以为我看不出你存心引诱——说，谁派你来的？”

他娘的，大风大浪都闯过来了，偏偏栽在阴沟里！左侯念如电转，慢腾腾道：“既然知道，何必明知故问？杀我就能一了百了？”

赵睢宁紧咬牙关，恨恨道：“果然如此！你们到底想干什么？”

蒙对了！

“你心虚了，”左侯斟字酌句道，“如果是清白的，你白天就该拆穿我，对不对？”

“不错，我很想知道漕运帮玩什么鬼把戏！”

漕运帮与排帮一向面和心不和，急欲在岳河公司取得更多话语权。

感觉摸到门路了，左侯继续试探：“你应该知道我们的想法。”

“你们太贪心，要价太高，没法谈。”

“事情总要解决的。”

她脸色一变："你威胁我？"

"枪在你手里，我可是手无寸铁。"

赵雎宁目光游离不定，像在考虑什么，过了会儿说："我不杀你，回去告诉他们，除非拿出确凿证据，否则绝无可能答应任何要求。"

左侯冷笑道："若手里没有硬货，我岂敢踏入此门？"

"其实邱老大的死跟我们没关系，凶手另有其人，哼，该不会是你们漕运帮下的毒手，反而倒打一耙？"

"或许我们可以到警察局说清楚。"

"放屁！"她叱喝道，"道上的事轮不到警察管！给我滚出去！滚！"

左侯假装灰溜溜出门，独自走了一段，见四下无人，叫辆黄包车直奔警察局，将发生的事一五一十告诉伊宫承，当然除了自己心怀不轨那段。

"好厉害的女人，"伊宫承道，"正好与我刚了解的情报相符，看来邱岳和曹志训之死的波及面越来越广了。"

近三年漕运帮大举扩张，势头直逼稳居第一把交椅的排帮，同时樊剑峰也对岳河公司保持十五年不变的股权结构以及分红制度提出异议。邱岳是两头和稀泥，企图用以往屡屡得手的拖延战术稳住大局，然后暗中侵消其力量。然而他疏忽了一点，那就是眼下岳河公司的年收益是十年前的四十倍。利字当头，谁都不可能轻易退让。

为化解矛盾，在邱岳的主持下，赵雄和樊剑峰接触了几次，由于要价相去甚远，每次都不欢而散。

左侯说："作为获利最多的邱岳，让两大帮派之间保持适度冲突反而更有利于巩固自己的地位吧？"

"钢丝上的平衡，邱岳玩这套已有二十年，早就驾轻就熟，但这回似乎有点失控——漕运帮在江苏、山东的风头已盖过排帮，再拿下中原地区就等于完胜；对排帮而言，中原地区是最后的据点，一旦失掉，今后很难翻身，因此双方都不可能让步。”

“换作我，如果不想跟强敌两败俱伤，索性干掉邱岳皆大欢喜。”

“问题就在这里。尽管排帮和漕运帮人多势众，但能在中原地区通行无阻全靠邱岳，”伊宫承解释道，“他弟弟在省交通厅做事，航运、牌照、水警、检疫等都能关照到，要是换个人……就拿今天下午来说吧，岳河公司已有十四条船在郑州被扣下了，人走茶凉啊。”

“原来这么复杂。现在的情况就是赵雎宁肯定在里面搞鬼，漕运帮那边说不好，最直接的办法是把两个老大抓到警察局审问！”

“赵雄和樊剑峰都跟杜月笙拜过把子的，认识的高官比你我见过的还多，平时想见他们一面都难，岂能说抓就抓？还得从赵雎宁这边突破。”

左侯嘲笑道：“还有军统惹不起的人，难得啊难得。”

“人在江湖嘛，总会有些顾忌。”伊宫承不以为意，转而警告道，“一天过去了，离县长的期限还剩两天，你可得抓紧点。”

“那个小寡妇刀枪不入，我有什么办法？局座总不能单指望这条线索，其他方面也得齐头并进嘛。”

“下午曹家送来了收藏清册的抄件，里面没有吉祥天母，而且曹家上下一致证明从未见过那尊佛像。”

“这就奇怪了，”左侯想了会儿，“据我所知，洛阳经营佛像的店铺当中，很少有涉足藏传佛教的，即使偶尔为之想必印象很深……”

伊宫承会意，当即安排两名探员拿吉祥天母的照片逐店询问，然后又说起了解到的陈秋华等三人的情况。

陈秋华经营的古玩店到这辈已是第四代，虽说规模不大，却以经营精品、真品在圈内小有名气，很多资深收藏家与他有往来，邱岳也是其中之一，且关系比较密切。

季丹原来在洛阳开了家金店，因为业务与古玩有所交集，与他们时常走动。徐家杀人抢劫案后第三年，季丹以儿子在开封办厂为由举家搬迁，然后也做起古玩生意，最初几年主要从陈秋华这边进货，后来做熟了才另辟渠道。

从日常交往应酬看，邱、曹、陈、季四人的亲密程度明显超出寻常古玩商与收藏家的关系。如曹志训的管家吴越就是邱岳手下漕运帮所推荐，季丹古玩店的掌柜原是陈秋华的二掌柜，至于下面的伙计更是随时相互调遣，根本没有误工费一说。

范一东则是另一回事，或许因为贩卖军火时共同经历过生死劫难，范、邱两人关系十分融洽，有几年端午、中秋都是两家一起吃的团圆饭，平时无话不谈，甚至彼此帮助对方处理过家庭矛盾。不过范一东与陈秋华等人只是泛泛之交，平时鉴赏、买卖古玩主要通过宋楚云的圈子。

总结下来有两点引人关注：一是十五年前邱岳、陈秋华、季丹和曹志训四人经常在一起打牌；二是徐家杀人抢劫案中歹徒用的枪支，经鉴定为汉阳造，而范一东贩运的军火主要就是汉阳造系列。

“四个牌友，四个杀人抢劫犯，还有一个提供枪支的密友，真让人浮想联翩，”左侯笑道，“可惜活儿干得实在利索，竟没留一丝线索，佩服啊佩服。”

“是的，好不容易让徐晔晔凑巧发现失窃古玩，能扯上联系的邱岳却突然死了，线索戛然而止……”

左侯打岔道：“有没有可能陈秋华和季丹为防止真相泄露，悍然灭口？”

“那曹志训是谁杀的？事关身家性命，他们不敢让更多人知道。”

“说得也是，”左侯坐在转椅上连转四五圈，随便问，“事隔多年重聚，四个牌友还凑在一块儿玩吗？”

“我问过，据说每次季丹回洛阳都会玩通宵。”

“在无为山庄？”

“不是，他们最喜欢去一家叫清和乐的茶庄。”

“清和乐？很熟悉的名字，”左侯低头想了会儿，“哦，我跟朋友在那儿喝过茶，环境不错，茶也正宗，而且有茶艺表演，是个白白净净的日本少女，艺名伊藤花……糟糕！”

“怎么了？”

“曹志训临死前的画作——大树上缠绕着藤花……”

“他暗示凶手就是伊藤花？”

“当时还不知道伊藤花打算灭口，但两人肯定约好那天见面，在等候的闲暇无意中把自己的处境画出来了。”

“什么处境？”

“大树生长在悬崖上，本身处境十分危险，却仍被藤花缠绕。”

伊宫承也呆住，两人大眼瞪小眼对视片刻，他一咬牙道：

“我带几个信得过的兄弟过去秘密抓捕！只要能抓住她，哼，我在军统还没见过不肯说话的人！”

左侯耸耸肩。

# 第五章

三辆警车悄无声息地包围清和乐茶庄时，时间接近零点，打探的探员说客人走得差不多了，作为主角的伊藤花已卸妆后回房休息。

“动手！”

伊宫承留了五名探员在外面接应，亲自率领三名探员行动，左侯好奇地缀在后面。

穿过漆黑的甬道，径直来到她房间前，伊宫承打个手势，两名探员运足力气陡地踹开门，伊宫承一个箭步冲进去！

屋里“砰砰”几声闷响，几个人影接二连三地飞出来，重重摔倒在地。左侯从未见伊宫承如此狼狈过，正待上前搀扶，“啪”，屋里灯亮了，缓步出来个和服女子，高髻宽袍，灯光下细长的颈脖呈优美的弧线，格外好看。

手握一柄手枪！

他娘的，今天邪门了，遇到的女人都会玩枪！左侯心里暗骂道，躲在阴影里大气都不敢出。

伊藤花以悦耳动听的汉语道：“将入门，问敦存；将上堂，声必扬。这是你们古人说的，局长忘了吗？”

伊宫承虽趴在地上姿态极为不雅，却不失威严道：“警察局有突击检查的权力，外国人也不例外。”

“哦，今法大于古训，看来小女子唐突了，”伊藤花居然真的深深鞠躬，“敢问局座突击检查什么？”

“与一桩命案有关。”

“曹志训？”

“伊藤小姐承认就好。”

“纯属猜测……”

右侧一探员悄悄摸到地上的手枪刚欲有所动作，她闪电般抬手一枪，正中他手腕，探员捂住伤口翻滚着哀号。混乱中伊宫承飞身而起直扑伊藤花，她来不及开枪，索性上前搏击。

两人出手极为迅疾，转瞬过了十多招儿不分上下。这时两名探员一左一右夹攻，她急退两步，冷不丁反身一枪打碎灯泡，伊宫承连忙喝道“趴下”，紧接着黑暗中她连开数枪，四下里寂静无声。

隔了两三分钟，茶庄外传来油门轰鸣声，探员们才战战兢兢点燃打火机，伊藤花果然失去踪影。询问守在外围的探员，说伊藤花开了辆吉普车向城西方向逃窜，有两辆警车追击。

“务必将她抓住！”伊宫承恨恨地摸了摸额头上的肿块。

回到办公室，左侯刚要说话，伊宫承抢先道：

“谁料到她竟然是柔道高手，只要一贴身就被抱摔出去，我们几个都是措手不及吃了大亏，但正好能证明她受过专业训练，身份很不简单。”

“八成是日本人派驻在洛阳的特务，以茶庄为据点联络曹志训等人，下达任务或评估所收购的古玩，顺便监视他们的活动。”

“杀曹志训的动机呢？”

“悬崖上的大树！这些年他们被日本人榨干了，连邱岳私藏的镇庄之宝都献出去了，可日本人的贪婪永无止境，他们试图反抗，然而被伊藤花提前获悉，先拿曹志训开刀。”

“谁杀了邱岳？”

“陈秋华和季丹两人中必定有一个是叛徒，一方面向伊藤花通风报信，另一方面按她的要求杀掉邱岳。更或许两人都是，按证词，晚餐后陈秋华在季丹房间谈生意，不排除合伙行凶。”

伊宫承闭眼想了会儿：“合乎情理的分析，以伊藤花为中心基本把线索串起来了，只有一个问题，赵雎宁那边又是怎么回事？”

“她说过没杀邱岳，我觉得排帮私底下可能做了些手脚，但还没发展到最后一步。”

“嗯——双管齐下吧，邱岳身上的事复杂得很。”

过了一个多小时，两辆警车都回到警局，探员说伊藤花驱车驶入琅山，那里地势险恶，山深林密，没敢继续追下去。

第二天早上伊宫承赶到无为山庄突击提审，陈秋华和季丹坚决否认是凶手，也跟徐家杀人抢劫案无关，不过经伊宫承反复盘问、诱导，终于承认有暗中替日本人收购古玩的行为。

据陈秋华交代，事情要追溯到六年前。当时他收购了一尊乾隆粉彩带盖将军罐，打算以三千大洋出售，消息传开后伊藤花立即带着现洋上门，价格一分不还，条件是必须保证将它安全运达青岛——中原地区文物出土丰富，政府在各地设置关卡，严禁国宝级古玩外运。但邱岳掌控着水路运输，夹带几件古玩不成问题。

之后伊藤花以高利相诱频频委托他们出面收购，陈秋华在洛阳，季丹在开封，曹志训回来后也被拖下水，将古玩藏在绸缎里从水路运到日本人的势力范围。起初四个人干得挺带劲，既能鉴赏把玩古玩精品，又顺便赚了钱，可谓一举两得。后来日本人胃口越来越大，普通精品已不放在眼里，将目光转向国宝级古玩。陈秋华等人开始害怕了，因为这个级别的古玩目标太大，且绝大多数在政府保护名录内，万一被揭发肯定身败名裂。然而上贼船容易下贼船难，想洗手不干谈何容易？

就这样，连邱岳以镇庄之宝名义买下的元青花螭波纹枇杷瓶、宋代越窑白釉剔花执壶都流入日本人囊中。他们的异常行为已引起收藏界关注，如宋楚云就多次提出要看镇庄之宝，其他收藏名家已从不同侧面打听曹志训、季丹的藏品是否完好。四人商量风声太紧，请求歇段时间，等风平浪静再作打量。孰料伊藤花非但不听，又拿出一份据说是东京方面发来的清单，他们看了大惊失色，心理近于崩溃。

“清单上列了些什么？”

“商周青铜器、唐三彩、宣德炉、宋瓷、元青花、清粉彩，还有历代名家字画，每件价值均在十万大洋以上，”陈秋华颓然道，“国家级古玩，有些藏家追寻一辈子都难饱眼福，却让我们不惜手段收购然后转给日本人，实在……”

四人再次秘密磋商，觉得无论是跟伊藤花争个鱼死网破，还是主动报警，均非良策。总之洛阳城已经待不下去，不如趁早远走高飞，躲到重庆、成都等地享享清福。为此邱岳暗中吩咐排帮安排逃亡路线，并向老朋友范一东借钱，打算一旦时机成熟，四家同时从水路离开。

千佛会这天是他们最后一次聚会，将敲定具体时间、接应地点，落实车、船运输四家藏品和细软，可不知何故事情出了意外。

伊藤花居然提前获悉他们即将出逃的消息，托人带话要求面谈！

因为茶庄通常从下午起营业，而一个日本女子上门拜访实在太过令人瞠目，遂约定曹志训在书房静候，伊藤花从后墙翻进去——以她的身手自然小菜一碟。她想说服四人，而曹志训则代表他们争取最有利的条件——之前他们商量的底线是至少休息一年。

这验证了曹志训虽收到请柬却没参加千佛会的原因，他确实在等一位客人，虽然是从后墙翻入。

陈秋华和季丹如约来到无为山庄，却心神不宁，急切等待谈判结果。城区到山庄约两小时路程，曹志训许诺谈判结束后立即雇车赶过去会合，商量下一步计划。

谁知上午十点多钟时吴越冒了出来，交给邱岳一尊佛像，三个人都蒙了，不知曹志训葫芦里卖的什么药。

从时间点分析，吴越动身时伊藤花肯定没出现，既然事先都已做好预案，在没开始谈判前曹志训突然送吉祥天母像意喻何为?

着急也没用，原定当晚的聚会也因为曹志训没来而取消，三人约定第二天清晨一起去曹家看个究竟。不料当夜邱岳死于枪杀。

“我们俩不可能杀邱岳，无论从哪个角度出发都不会，”陈秋华和季丹申辩道，“别的不说，要从水路逃亡全靠他，另外还有运输方面的一大堆杂事，我们一窍不通。”

伊宫承道：“要这么说，基于同样理由伊藤花也不会杀邱岳。”

两人苦笑：“确实如此。”

“如果别的原因呢，比如说徐晔晔找上门追问当年徐家杀人抢劫之事？”

伊宫承边说边紧盯着两人，陈秋华呆了一呆，季丹很诧异地反问：“他是徐海鹰儿子？邱岳从头至尾没跟我们提起！”

“对啊，那天只感觉两人言辞有冲突，但我们压根儿不知徐晔晔的身份。”陈秋华终于反应过来，附和道。

“徐家血案后几年，季先生迁至开封，曹志训远走北平，不会纯属巧合吧？”

季丹涨红脸道：“要是做贼心虚，应该四个人都离开，就像我们这次所计划的，伊宫局长未必牵强附会。”

陈秋华也说：“徐家那桩案子不单我们几个，洛阳古玩界、收藏界近百人接受过警方盘问，当时就排除了作案嫌疑。不能因为做了错事，就把其他坏事一股脑儿推到我们身上。”

两人说话滴水不漏，伊宫承一时没奈何。

探员们在山庄挖地三尺，终于在池塘近岸的塘底烂泥下挖出了消音器，经痕迹测试正是装在杀死邱岳那把手枪上的。

正如预料，消音器上没发现指纹，伊宫承让探员们大张旗鼓地采集山庄内所有人的指纹，暗中观察每个人神情。结果大家都很配合，全程未见找理由逃避、抗拒或是异乎寻常紧张、惶惑的情况。

上午左侯继续来到仓库。因大批船只被扣在郑州，吉主任火速前去处理，李副总独撑大局，只得由赵睢宁和办公室一年轻小伙子陪同，没多久，小伙子也被叫走有事。

“事情很明显，邱岳的死跟日本人有关。”

左侯盯着一具石膏维纳斯雕像呆呆地出神，良久突然冒了一句。

“哦？”

“所以排帮秘密替他安排逃亡路线。”

赵睢宁顿时神情紧张地朝外面瞟了一眼，反手关上门，道：“你还知道什么？”

“排帮以此换取岳河公司控制权。”

“唰”，她又掏出手枪抵住他额头，语气冰冷道，“我打听过，你不是漕运帮的人，而是密探！”

“所以呢？”

“所以你必须死！”

她边说边扣下扳机，与此同时左侯闪电般出手，右手钳住她的手腕巧妙一扭，瞬间夺过手枪，同时身体向前猛撞，一路将她推到墙边，左臂紧紧压在她胸前，恶狠狠道：“最讨厌女人老在我面前玩枪！”

她的身体因恐惧而僵硬，吃吃道：“你……你要干吗？”

“逃亡线路是什么？”

“你知道得罪排帮的下场吗？”

“吓唬我？漕运帮暗中指使黑帮假借斗殴杀掉你男人，赵雄敢放半个屁？现在不是江湖人的天下，做事风格应该改变了。”

大滴眼泪从赵睢宁脸上滑落，她哽咽道：“我绝不会放过那帮杂种！”

“前提是你要活下去，”左侯将手臂稍微松了点，把枪塞进兜里道，“邱岳被杀前几天到底发生了哪些事？”

“他跟日本人闹僵了，日本人的脾气是睚眦必报，手段非常狠毒，因此他很害怕，考虑到成都躲一阵子，这事儿由我秘密安排排帮的船和人员……”

“为何如此小心？”

“漕运帮历来跟日本人暗中勾结，特别在山东，排帮基本被挤了出去。谁想到尽管步步小心，还是走漏了风声……没办法，跑船的人多嘴杂，流动性大，保不准哪个酒后吐真言。”

“就算被警察发现，帮邱岳出逃能有多大事儿，你在担心什么？”

“究竟谁派你来的，警察？漕运帮？还是日本人？”

“一个值得你信任的人，”左侯微笑道，手指从她额头慢慢向下滑直至下巴，“一个好人。”

她的脸莫名其妙一红，嗔道："哪有好人这副流氓样？"

话虽这么说，气氛却无形中缓和下来。她整理一下衣服，道："邱老大躲日本人只是一方面，另一方面他还有桩麻烦——关于十五年前徐家血案……"

"哦，他承认是自己做的？"

"那倒没有，他帮朋友做了笔单子，其中有件徐家的永乐梅瓶正好被徐海鹰儿子发现，从广州追到洛阳，他觉得有理说不清。徐家收藏的钧窑胆瓶是国宝级文物，上面追查得紧，如果警察知道排帮协助嫌疑人逃跑，今后怎么在中原混？"

"难怪你昨晚一言不合就掏枪，"左侯若有所思，"要是我今晚再去，还会被顶着额头？"

她忸怩道："枪不是刚被你缴走了吗？"

他心一荡："倒忘了这茬儿……那我胆子更大了！"

"没鲜花不准进门哟……"她声音越说越低，说到最后一个字已几乎听不清了。

# 第六章

左侯回到警察局已是晚上十一点多钟，伊宫承办公室灯火通明，正独自伏在桌前研究资料。

见他进来随便瞟了一眼，道："又去小寡妇家献殷勤了？好像还抱了具缺胳臂的石膏像？"

"什么都瞒不过局座。"左侯干笑道，赶紧转换话题将赵睢宁所说的内容复述了一遍。

伊宫承当即精神大振，起身站到地图前道："漕运帮与日本人有勾结，这一点很关键，"他用铅笔在图上画了个圈，"昨夜伊藤花逃入琅山，而漕运帮在洛阳的分舵就在琅山脚下的白桦溪，肯定不是巧合……"

"你认为漕运帮收留了伊藤花？"

"眼下这态势，伊藤花不投靠漕运帮哪还有容身之处？做好夜里大干一场的准备！"

左侯吃惊道："你亲口说过樊剑峰跟杜月笙拜过把子，能量大得怕人。"

"可是漕运帮贩卖毒品，警察局不能不管吧？"

"贩……什么毒？"

伊宫承狞笑道："我会叫兄弟们带过去！"

“栽赃啊。”左侯恍然大悟。

凌晨四点，夜色如墨，正是人们睡眠最深且习惯早起者还未起床的时候。

六辆吉普车驶到琅山脚下，离白桦溪数里外停下，十多名探员穿着软底胶鞋继续步行，穿越一个山谷，临时扎筏子渡过一条七八米宽的水潭，赶到白桦溪的前沿狗皮沟时，冲在最前面的探员与漕运帮暗哨打了个照面，双方二话不说便交上火。不过侦缉队是有备而来，短兵相接中占据人数优势，而漕运帮精干汉子均在外面跑船，驻守在家的实力有限。经过激烈枪战，漕运帮被撂倒六七个人后军心溃散，忙不迭往深山密林里钻。不料伊宫承已提前派人到背后包抄，一阵穷追猛打，剩下的乖乖束手就擒。

“那个日本小娘们儿在哪里？”伊宫承揪起一个投降的厉声问。

“在……在石龙泉背后的院子里。”

绕过竹屋便是石龙泉，泉池南边郁郁葱葱的小树林里隐蔽着一个四合院，青砖红瓦，院门虚掩，东首坐落着气势轩昂的假山，西首则是花圃，正屋门半开半掩，里面传来悠扬的琴声。

伊宫承冷笑：“死到临头还充风雅，兄弟们，冲进去抓活的！”

“慢！”

屋里传来清脆的声音：“若踏入院子半步，我立即自尽。”

“此地已被警方重重包围，你插翅难飞！”

“我知道局座想要什么，可局座不知我想要什么。”

“哦——你凭什么提条件？”

“我掌握的秘密足以让局座结案。”

伊宫承沉吟片刻，道：“继续说，或许我会考虑。”

“让左先生进来，我有话问他，彼此解开一些困惑。”

“这个……”

就在伊宫承迟疑的当儿，左侯主动站出来，笑道：“承蒙伊藤小姐厚爱，在下不胜荣幸。”说着高举双臂示意没带武器，快步走进院子。

“麻烦左先生了。”伊藤花和婉地说。

进了堂屋，一股淡淡的香气扑鼻而来。伊藤花身穿碎花锦团和服跪坐在屋子中央，面前摆着一具古琴，见了他莞尔一笑，道：“左先生请坐，嗯，今天算第三次见面了，对不对？”

左侯暗暗心惊，道：“伊藤小姐把我算糊涂了。”

“第一次是两年前，当时左先生不姓左，而姓张，身份是古玩商；第二次是昨夜，当时伊宫局长和手下都趴在地上，唯有左先生躲在墙角，我没说错吧？”

“左某无话可说，只有佩服。”

“当警局顾问实为戴罪立功，为过去那些年做古玩赝品的过失赎罪，不过左先生在鉴赏方面也有相当深厚的功底。”

左侯渐渐沉下脸：“你叫我进来就为了揭我的老底？”

“不敢，”她深鞠一躬，“关于我在洛阳的真实目的，既然警察局深夜找上门来，想必已有定论。我自幼爱好收藏，到洛阳后更领略到中华文化的博大精深，虽四处拜访名师并苦研数年，仍有不解之处，盼左先生指教。”

“这是过关测试？倘若回答正确，关于曹志训的死以及邱岳……”

“必定如实相告！”她正色道。

“没问题。”

她嘴角轻扬露出迷人的微笑，随即从袖里取出一方玉璧，约九寸见方，中间镂空，璧面布满谷钉，中间隐隐有淡淡的朱砂，看上去非常精致。

“这是曹志训收购的北宋仿汉代的谷钉佩璧，据说盗自封疆大吏的古墓，这个级别的官员才允许在陪葬品下面铺一层朱砂，因此有朱砂痕，价值自然不菲，花掉九百大洋，可惜，”她叹了口气，“宋大师只看了一眼就认定其为赝品，后来又暗地请了几位名家鉴定，都说是赝品，但又有所保留地不肯说明原因。左先生以为呢？”

“赝品无疑。”

“理由？”

“右下角半颗谷钉。”

她轻咬唇边，皱眉道：“璧面上共有十六颗半谷钉，小女子甚至用高倍显微镜研究过，都是老的，应该没问题。”

“古代玉匠，特别是宫廷玉匠在制玉工艺方面要求很高，不允许出现任何瑕疵，加工这种佩玉，璧面上排列多少颗谷钉——一般是双数，怎样排列才能达到最好的视觉效果，事先要有非常精密的计算，绝对不可能出现半颗谷钉。反之只有两种可能，假冒者计算错误，或者是次品；至于朱砂痕太简单了，有十几种方法做得出。”

伊藤花长长“哦”了一声，双掌合十道：“把工艺做到极致，不愧匠家精髓，受教了。”

“那么……”

“曹志训是我亲手射杀，”提到杀人她面不改色，仿佛倒了杯茶似的，“他与邱岳、陈秋华几个密谋逃往成都，有损我大日本帝国的利益，为震慑起见必须杀掉曹志训。”

“邱岳呢？”

“与我无关，事实上他活着比死了更有用，我们要借助岳河运输公司运送货物，杀曹志训就为了让他乖乖听话。”

“他们为什么逃？与你们要求越来越高有关？”

“不是，”她出人意料地否认，“其实是因为钧窑天青釉长颈圆弧胆瓶，徐家血案就是邱岳他们四个人干的。”

“啊！你有证据？”左侯立即猜到陈秋华和季丹不敢承认与胆瓶有关是怕惹火烧身。

“自然有线报……总之我们知道胆瓶在邱岳手里，所以出两万大洋买，他坚决不肯，说不是钱的问题……”

左侯会意地笑道：“万一走漏风声，肯定会顺藤摸瓜查到他们是凶手，贩卖文物事小，杀人抢劫可是死罪。而且他们的确很喜欢那件胆瓶，不愿意流转给你们日本人。”

“东京方面态度强硬，要求一定要得到——其实这件胆瓶早在一百多年前就曾被我大日本帝国的武宫家族收藏，后其家道中落，后人武宫慎又不识货，将胆瓶低价变卖给徐海鹰。消息传出后举国震怒，武宫慎因此切腹自尽……”

“竟有这段典故。”

“就在左右为难之际，接到邱岳等人密谋逃往成都的消息，我不得不出手告诫，谁知当晚邱岳也被仇家所杀……唉，胆瓶的线索又没了。”她语气萧索，“不能完成上司交办的任务，实在有愧，即使逃入深山老林像野人似的苟且偷生也没意思，所以就在枪响一刻起我便下决心自杀以向天皇谢罪！”

左侯心有不忍：“伊藤小姐请三思而行。”

她缓缓摇了摇头，盯着他看了会儿，突然绽放出甜蜜的笑容：“在生命终结前解开佩璧谜团，我应该感到幸运才对……”

说到最后一个字她脸色越发灰暗，明亮的眼眸逐渐失去光芒，隔了会儿头往旁边一歪，接着整个身躯也“扑通”倒地。

听到动静，伊宫承带人冲进来，见到此状大为懊恼，连忙问："她临死前说了什么？"

"承认了，她亲手枪杀曹志训，邱岳也死于她的安排。"

"凶手是谁？"

左侯手一摊："没说就死了，总之可以结案。"

"是吗？"伊宫承满脸狐疑说。

无为山庄终于解除封锁，宋楚云赶紧回去处理被耽搁多日的委托，范一东离开时应伊宫承要求将端砚暂时留下。

陈秋华和季丹则因为勾结日本人输出珍贵文物为同行不齿，无颜在中原待下去，各自回家匆匆收拾细软仓皇乘船南下，此后再也没在洛阳露过面。

徐晔晔急着回广州，伊宫承只说了一句话就让他改变主意：

"不想要回胆瓶吗？"

"事情已过去十五年了，警方还能追到它吗？"

伊宫承笑了笑："跟我回警局，真相即将大白于世。"

# 第七章

局长办公室，伊宫承悠然自得坐在转椅上把玩端砚，面前站着迷惑不解的左侯、徐晔晔和吴越。

“局座单叫我们几个来……似乎别有用意？”左侯试探道。

“当然。”

徐晔晔到底年轻沉不住气，直截了当地问：“当年那几个凶手是谁？胆瓶被藏在哪里？伊宫局长快公布真相吧。”

伊宫承道：“目前我还不完全清楚，但左顾问已尽在掌握。”

“啊？”徐晔晔和吴越同时瞪大眼看着左侯。

左侯苦笑道：“没有吧……”

伊宫承沉下脸：“伊藤花杀邱岳是所有可能性中最不可能发生的事，凭这一点就知道你在说谎！”

“我只不过想帮局座尽快结案……”

“还有，通过前段日子的相处我已看出，凡是你特别在意的东西，往往假装不在意；而与案情无关的细节，你通常表现得很感兴趣，这一点没说错吧？”

“局座观察真是细致入微。”

“比如说这方端砚，邱岳不会无缘无故地给范一东，对不对？”

左侯长长叹息一声：“完了，弄了半天我的小聪明还是斗不过局座的大智慧，认栽、认栽。”

伊宫承不为所动，平静地说：“赶紧分析案情，从哪儿开始？”

左侯想了想，道：“先说杀邱岳的凶手吧，用排查法来分析，既然陈秋华、季丹、宋大师和范一东都不可能，徐晔晔暂时也不会动手，那凶手必定就是吴越……”

话一出口吴越脸色顿时惨白，身体微微动了一下似乎想往外面冲，但看到伊宫承摆在桌上的手枪又打消了念头。

“怎么可能？”徐晔晔大叫道，“那天夜里我明明看到……”

“你在撒谎！”左侯打断他的话，“邱岳命案主犯是吴越，而你是协犯，做伪证使得吴越摆脱嫌疑。”

“胡说八道！你根本没有证据，不能无端指控我们！”徐晔晔嘶吼道。

伊宫承冷冷道：“听他说完。”

两人用仇恨的目光死死盯住左侯，左侯熟视无睹，清清嗓子说出案子的来龙去脉。

十五年前徐家血案仅有一位用人因为重伤昏迷得以幸存，他目睹四个蒙面人的身材、举止以及简短对话，并猜到他们的真实身份——平时与徐家有来往，经常一起鉴赏古玩，喝酒聊天的邱岳、曹志训、陈秋华和季丹。

在医院苏醒后，他意识到以他们的势力和背景，即使出面指证也难缚之以法，何况没有任何证据。遂偷偷地溜了出去，投靠了漕运帮的好友。

此人便是吴越，瘸腿也是当年受伤留下的。

吴越立志要挖出当年他们行凶的线索，为徐家报仇。他利用漕运帮与排帮的矛盾，收集邱岳为日本人干活的证据，后来曹志训从北平回洛阳，他又被漕运帮推荐做了曹府管家，成为伊藤花监视曹志训的棋子。

十五年来吴越始终与徐晔晔保持联系，当徐晔晔根据永乐梅瓶追查到邱岳时，吴越意识到时机成熟！

他故意向伊藤花透露邱岳等人就是当年徐家血案真凶，并藏有大宋重器钧窑胆瓶，日本人大感兴趣，软硬兼施地逼迫邱岳。

这还不够，吴越让徐晔晔从广州回来再添一把火，重压之下邱岳挺不住了，开始密谋逃亡成都。

这个计划当然被吴越第一时间通报给伊藤花，她大为震怒，打算杀掉曹志训以达到杀一儆百的目的。

当天早上吴越按照伊藤花要求在后院做好接应工作，并悄悄虚掩书房窗户，以便她开窗后一枪命中，然后带着吉祥天母佛像来到无为山庄。

以他和徐晔晔的设想，邱岳看到暗示“有人要算账”的佛像后会惊慌失措，千佛会一结束就和陈秋华、季丹离开山庄从码头逃亡。而他俩紧随其后，在途中联合漕运帮进行偷袭。不料邱岳尽管十分恐慌，却仍怀侥幸心理等待曹志训进一步消息，并未按设想行事。

这一来吴越陷入被动，因为他很清楚伊藤花当天必杀曹志训，倘若邱岳知道其死讯肯定会加强戒备，再下手就难了。商量再三，他和徐晔晔决定当夜铤而走险，直接在书房下手。本来还准备索性连陈秋华和季丹一起杀了，但那么做一是客房隔音效果不好，容易被发现；二是山庄入夜后即关闭，他俩也跑不了，只得作罢。

“左顾问说了这么多，我没听到一句有证据证明的。”吴越慢条斯理地说。

左侯咧嘴一笑：“别着急，接下来就有了。为摆脱嫌疑，徐晔晔说你从床上摔下去弄出动静，他特意过去关心了一下，吴越给出的理由是床太窄，这就不对了。”

徐晔晔横眉冷对：“怎么不对？”

“后来我和局座到曹家勘查现场，发现吴越的房间包括床都很窄，比无为山庄客房的床铺还要窄，所以摔下来的理由就不存在了，还有，我们已证实伊藤花去曹家是事先安排好的活动，邱岳等人也事先知道，曹志训根本没必要在她到访前突发奇想送佛像示警——他们还打算跟伊藤花谈判呢，没料到她早有杀意，所以……”

伊宫承又刺了一枪：“至于吉祥天母，曹家收藏清册里并没有，我专门派人到洛阳各个专卖佛像的古玩店打听过，结果有老板指认是你购买。”

听了这话，吴越僵直的身体反而慢慢放松开来，朝徐晔晔深深瞅了一眼，道：“事已如此，我舍弃这条命也罢，只求你们放过晔晔，他是徐家仅存的独苗，又没直接杀人，无论如何……”

“邱岳命案已结，”伊宫承截断道，“如你所说，一切只是推理，警方并无指控你们俩的直接证据。正如徐家血案，哪怕你亲眼所见也是孤证，不可能站到法庭上指认，明白吗？”

“是这样啊……”吴越又惊又喜，扭头冲徐晔晔道，“你明早就回广州，以后再也别回洛阳了。”

“我懂的，我懂的。”徐晔晔如释重负道。

左侯笑嘻嘻道：“局座法外开恩……不，应该说坏人死有余辜，这才是完美的结局，大家各散吧，累了这么多天，我也要好好休息休息。”

谁知伊宫承还有话说：“什么才算完美？追查到真凶，还要追回失物！钧窑胆瓶价值连城，以前属于，今后还应该属于徐家。”

徐晔晔简直不敢相信：“胆瓶找到了？”

伊宫承眼睛直勾勾地盯着左侯，过了半晌，左侯闷闷从他手里接过端砚，指尖慢慢划过上面的题词，表情忧伤。

“我猜，邱岳自知凶多吉少，或者即便举家远迁也不想带着胆瓶，因此将秘密藏匿在端砚里，赠送给最信任的朋友，”伊宫承道，“当时我问端砚背后题诗的前两句，你说忘了，我有点奇怪，以你对古玩知识的掌握程度，怎会忘呢？为此特意查了查，原来前两句是‘郑生太迂鲁，画兰不画土’，意思是那位叫郑生的画家个性张扬，画兰花的时候从来不画土。可端砚背面明明刻着墨石和兰花，其实是有土的。”

左侯叹息道：“画面与题诗相冲突，所以局座发现问题了。”

“再仔细看，端砚背后的诗刻深度比画浅一点点，痕迹也有点新，我猜是邱岳后来镌刻的，找来放大镜一瞧，果然他采用了微雕技术在‘春’字里刻了一行小字——岳河运输公司仓库，随即暗中派人将仓库搜了一遍，并没有找到，然后突然想起你最近一段时间一直在仓库……接下来轮到你说了。”

左侯又叹息——在伊宫承面前他除了叹息好像没有别的办法，道：“看到‘造物亦何心，春风自含吐’，我就想通其中的奥妙，利用把玩端砚的机会暗暗找到微雕印痕，用力按在手背上……”

伊宫承摇摇头：“难怪总感觉你拿端砚的时间有点长，真厉害。”

“得知胆瓶藏在仓库后，正好又过去清点藏品，四下查找一番后发现了一座维纳斯像，它是仓库里唯一的西方塑像，而且是不值钱的石膏像，掂掂重量，比纯石膏像沉些，由此断定胆瓶肯定藏在里面，才向邱夫人讨要后运到赵雎宁家过渡一下……”

听到这里伊宫承拍案而起：“糟了！半小时前刚接到情报，赵雎宁已乘船离开洛阳！”

“啊，”左侯吃吃道，“按说她不知道石膏像的玄机……”

“你以为赵雎宁只是寂寞难耐的小寡妇？赶紧动身去她家！左侯，如果她确实带走胆瓶，你就死定了！”

“不会，一定不会！”

坐在吉普车里，左侯忐忑不安：天底下最捉摸不透的就是女人，鬼才知道赵雎宁是否看透自己的诡计，反过来摆他一道。

离目的地越来越近了，左侯手心里沁出冷汗，不知道等待自己的将是什么。

# 晚霞染秋

# 楔子

星期四傍晚，府文庙附近的明德中学——洛阳最好、费用最昂贵的私立学校，于放学时发生一起绑架案：两辆没牌照的吉普车左右钳制前来接孩子的轿车，几名彪形大汉硬是从车里抢走一名十二岁的男孩。

经《洛阳日报》记者查证，被绑架男孩名叫谢思觉，父亲是洛阳大法官谢悟灵，近两年来重责重罚惩治了一批囤货抬价、团伙走私和欺行霸市者，受到舆论一致好评，据悉重庆方面正履行考核程序，一旦通过便调到司法部委以重任。

洛阳各报社记者均在第一时间抵达谢公馆，等警察局副局长兼侦缉队队长伊宫承率队匆匆赶到时，公馆前后门已被堵得水泄不通。

“他娘的，又惹上麻烦事了！”伊宫承恨恨嘀咕道。

晚霞染秋

# 第一章

“勿报警，等电话。”

这是绑匪在车里留的便条，普通信纸，字是从报纸上剪下拼凑而成。

一小时后绑匪打来第一次电话，先让谢悟灵与儿子说了两句，然后要求赎金三十根金条，以及顺治皇帝书写的《归山辞》交换，时间地点另行通知。

“《归山辞》是什么东西？”伊宫承没料到绑架案居然与古玩有关，而谢悟灵竟然是低调的收藏家。

谢悟灵脸色很差，没搭理他，径直回书房打电话筹集金条。

“快把左侯叫来！”伊宫承当众碰钉子，窝了一肚子火。

警局古玩顾问左侯就在附近古玩市场晃悠，十几分钟后赶到公馆时，谢悟灵正将《归山辞》拿到客厅当众展开。

伊宫承道：“依我看这字写得一般般。”

“顺治字画水平比康熙乾隆差不止两个档次，在历代帝王中处于中下游水平，但他在位时间短，流传于世的多为戴明说等臣子代笔，真正御笔亲书的作品极少，物以稀为贵嘛，反而比较抢手。”左侯解释道。

“值多少钱？”伊宫承最关心这个。

“呃，一千多大洋……”

伊宫承满脸失望：“不贵啊。”

谢悟灵听不下去了，训斥道：“收藏帝王字画注重历史渊源和文化底蕴，其传承性和厚重度岂能动辄以钱来衡量？”

“那倒是，没准儿绑匪头目就好顺治这一口。”左侯赶紧打圆场。

这时警察局老大，大腹便便的赵局长带着一帮人过来，一进客厅便连连向谢悟灵表示歉意，并吆三喝四地将探员们指挥得团团转，却把伊宫承冷落在旁边。显然赵局长极不喜欢这位军统出身，突然空降打乱自己人事部署的副手。

下午六点多钟时，绑匪第二次电话来了，要求所有警察全部撤出谢家，留一个砍谢思觉一根手指！

“儿子性命要紧，谢某必须按绑匪说的做，对不住各位了。”谢悟灵道。

赵局长眼珠一转：“侦缉队跟伊宫局长撤，我在这儿陪着谢法官，也便于及时联系。”

伊宫承何尝不知他想溜须拍马的小九九，但谢悟灵已下了逐客令，继续留着也没趣，不如躲到外围协助。

夜色渐浓，侦缉队探员们乘警车一批批离开，蹲守在公馆外的记者们也绷不住了，三三两两或休息，或喝酒解乏。

晚上七点三十分，公馆那边还没动静，不知是绑匪一直没电话，还是赵局长故意不通报消息。

“与赎金相比，总觉得《归山辞》分量不够，”伊宫承正伏在公馆斜对面屋顶上，“绑架大法官儿子可是罪上加罪的活儿——不对劲儿！喂，据你所知谢家有没有更值钱的东西？”

左侯道："他是洛阳最低调的收藏家，没有之一。圈内流传着谢悟灵的'三不'：一不在洛阳本地购买、交换古玩；二不邀请任何藏友上门玩赏；三不参加收藏圈活动，因此大家对他的收藏情况一无所知，不过……"

"不过什么？"

"算了，道听途说的事儿不能乱讲。"

伊宫承眉头一皱，准备逼他就范，这时有轿车慢慢驶出公馆侧门，路灯下依稀看到车里坐的竟是谢悟灵！

"怎么搞的，居然让他去？"伊宫承大惊失色，赶紧让屋底下探员前去拦截，同时拨通临时架设的专线。

"赵局长，是不是绑匪要求谢法官携现洋和字轴亲自到场？"

"绑匪很狡猾呀，我是竭力劝阻，无奈谢法官救子心切……"

"绝对不能让他去，以防绑匪有更大的阴谋！"

"难道眼睁睁等对方撕票？"

"换人！谢法官弟弟谢悟恩跟他身材、模样几乎一样，加上夜色掩护，绑匪肯定分不清！"

"伊宫承，你得清楚洛阳警察局谁说了算！"

"赵局长非要戴老板亲自打电话？"

话筒里沉默片刻，"咔嚓"，赵局长把电话摔了。

左侯叹息道："你动辄把戴老板挂在嘴边，难怪大家都不喜欢。"

"我受戴老板委任来破案，无须讨他们喜欢！"伊宫承硬邦邦道。

"谢法官是中原地区仅有的三名有特赦权的法官，如赵局长之流讨好奉承很正常。"

吴探员驱车到谢公馆接出谢悟恩，然后急驰数十里追上被拦截的谢悟灵。尽管十二分不情愿并大发雷霆，在吴探员的坚持下谢悟灵勉强与谢悟恩交换衣服，之后车子继续驶向绑匪指定的交换地点——铁盘桥。

此时夜幕如墨，铁盘桥位于最荒凉的城北郊区，没有路灯，道路泥泞颠簸，等驶至桥南边凉亭时已是晚上十点多钟。

按绑匪要求，司机将车停在凉亭西南两棵桂树间，没熄火，车灯正对二十多米远的南桥头。谢悟恩一手提装有金条的箱子，一手拎字轴，战战兢兢地走过去。

"人在北桥头，过了桥一手交钱一手交人！"这是绑匪在电话里的要求。

三百多米外，伊宫承躲在树梢间通过望远镜监视——他一路尾随到此，但担心绑匪设有暗哨，没敢太靠前。

"不对劲儿。"

左侯懒洋洋道："今晚你一直觉得不对劲儿，是不是因为赵局长亲临现场指挥？"

"我并非争权夺利之徒，只是……这种交换人质的方式不同寻常。"

"如果绑架勒索都按照固定套路，当警察岂非很容易？"

"各行各业都有既定的规则和窍门，正如你搞古玩造假，仿得再像也瞒不过同行，当警察同样如此，有些规律无法改……"

正说着，谢悟恩慢腾腾来到北桥头，东张西望了会儿继续向前。蓦地，桥边草丛里蹿出两个蒙面人，挥舞匕首当胸便刺！

"行动！"

伊宫承大喝一声，埋伏在四周的探员们纷纷起身冲过去，吴探员则发动警车加大油门直奔桥面。

两蒙面人瞬间放倒谢悟恩后往草丛里一钻，等伊宫承跑到桥中央时，河面上传来轻微的马达声，原来蒙面人乘坐事先准备的快艇跑了。

"他娘的！"

伊宫承恨恨地一跺脚。

北桥头探员们扶起谢悟恩，他胸口、腹部等要害均被刺中数刀，血流如注，几分钟后便气绝身亡，装金条的箱子、字轴都被抢走。

“如果来的是谢悟灵……”左侯喃喃道，“局座，你救了他一命。”

伊宫承面无表情：“没用，只要有人死了，警察就得负责，这也是行规。”

一行人垂头丧气回到谢公馆，赵局长已得到消息，跑得无影无踪，谢悟灵非但不感激救命之恩，还劈头一顿痛骂。

原来五分钟前绑匪又来了电话，指责谢悟灵不按指令行事，说杀掉谢悟恩是一个警告，金条和字轴作为违约金，前账一笔勾销，交换人质的事重新再来，具体要求夜里随时听通知。

也就是说一条人命、三十根金条外加《归山辞》全打了水漂，难怪谢悟灵气急败坏。

四个小时过去了，歹徒还没消息，公馆上下如热锅上的蚂蚁，谢悟灵更是坐立不安，拒绝回答任何问题，独自反锁在书房里生闷气。

因为事发仓促，尸体停放在后院临时腾空的杂物间，伊宫承实在受不了谢家的白眼，灰溜溜地躲在这里。

谢家兄弟身高、体型相仿，如果穿相同衣服，晚上乍一看很容易弄混。交易前谢悟恩在车里换上上衣外套、长裤和皮鞋，并特意戴了谢悟灵的金丝眼镜，远看活脱脱就是大法官的模样。

“兄弟俩互换是我临时决定，衣服也是在车里换的，公馆这边绝无可能泄露风声，可是绑匪凭什么看出破绽并下了毒手？”伊宫承深思道。

左侯猜测道：“与走路姿势有关？那段长长的桥面足以判断一个人的走路特性。”

“这个可能性是存在的，可这需要对谢家兄弟做多少研究啊？而且绑匪要的东西都带了，换个人交易有啥问题？除非……除非绑匪本来就想又要钱又要命！”

“但绑匪为何能迅速知道杀错人，并且准确提到谢悟恩的名字？”

伊宫承长叹口气：“此为本案的疑难之处，难怪赵局长第一时间逃之夭夭，临阵脱逃原本就是他最擅长的。”

尸检结果出来了：谢悟恩身中九刀，均刺在要害，从创口深度分析绑匪是抱定必杀的决心出手，且谢悟恩根本没有反抗的机会，身上没有遗物，也未留下绑匪的指纹等线索痕迹。

这时在北桥那边现场勘查的探员们也陆续回来。他们在歹徒潜伏的桥边草丛里发现几根细若毛发的麻丝，估计原本粘在歹徒鞋底，受潮碾压后缠在乱草里。另外吴探员还在离桥头二十多米远的河岸边找到五个烟蒂，略有温热，可能是绑匪潜伏时打发时间抽的烟。

“排查有麻丝的工厂、作坊，连夜突击搜查，天亮前必须呈上报告！”伊宫承果断命令道。

前院传来一阵喧哗声，过了会儿有名用人飞跑过来，道：“伊宫局长，绑匪来电话了，老爷请你过去商量。”

“怎么说？”

“提了条件，这回只要一样东西，”用人停顿一下，道，“老爷最心爱的《晚霞染秋图》。”

# 第二章

宋徽宗是史上唯一兼任宫廷画院院长的皇帝，这期间北宋书画水平爆发式飞跃，涌现出一大批经典名作，如《清明上河图》等。但宋徽宗本人遗留的画作并不多，主要因为他的瘦金体写得实在太好，至今无人超越，掩盖了他绘画作品的光芒。因此，凡宋徽宗题诗作跋的画作，即“御题画”便显得格外珍贵，而《晚霞染秋图》更是其中的极品。

作为宋徽宗全盛时期的经典画作，它有两个异于寻常的地方：一是皇帝、皇后联袂题诗。宋徽宗在书法上自视甚高，绝少让其他人在自己画作上题诗，这幅画不知是因为他当时心情好，还是郑皇后备受宠幸，居然得以用隶书在下方题曰“开缄日映晚霞色，满幅风生秋水纹”。二是画上有当朝宰相蔡京题的字“莫道桑榆晚，为霞尚满天”。抛开大奸臣身份，蔡京的书法能名列北宋“苏黄米蔡”四大家，其艺术造诣可想而知。

凭借非凡的出身，《晚霞染秋图》从诞生起就受到名家追捧，北宋之后一直在皇室权贵、名门望族间辗转，每次转手皆有详尽记载，到明末崇祯年间为褚王朱由徵所藏。之后历经李自成起义、清军入关等战乱，此画突然杳无踪迹。一说褚王府被义军攻占后一把火烧得精光，连同这幅画在内的大批古玩都化为灰烬；一说此画落到义军手里之后几经辗转，被某铁帽子王爷收藏。

两年前洛阳收藏界隐隐风传《晚霞染秋图》在谢悟灵手里，似乎是花重金从北平某破落八旗子弟手中购得——这倒符合第二种说法。由于谢悟灵从来不与洛阳古玩商、收藏家来往，故而风传仅仅是风传，无人证实。

客厅里鸦雀无声，所有人屏息静气看着如雕塑般僵坐在沙发里的谢悟灵，他像是苍老了十岁，原本硬朗的身板、坚毅的脸庞全都耷拉下来，目光定定地看着地面，仿佛想挖个洞钻进去逃避一切。

“那幅画真在谢法官手里？”伊宫承打破沉默问。

他喟叹一声，迟缓地点点头。

“值多少钱？”伊宫承最关心这个。

谢悟灵又要发火了：“根本不是钱的问题，而是……说了你也不懂！”

左侯恰到好处捧了一句：“名画，有德者居之。”

“嗯，这小伙子有见识。”谢悟灵道，“欧美那帮无良无德的收藏家们早就在打它的主意，上年在香港喊出六百万美元谢某都没动心，你说它值多少钱？”

客厅里一片惊叹声，伊宫承也被天文数字吓了一跳，一时没接上话。

左侯道：“六百万美元不贵，欧美拍卖会上，盖有宋徽宗名章的画都在五百万左右，皇后的题诗加一百万，蔡京的题诗再加一百万，依我看，加起来不止八百万。”

“确实如此。”谢悟灵认同他的说法。

又是死一般的寂静。

良久，伊宫承道：“绑匪起初只要三十根金条并指明由谢法官亲自到场，其实是想绑架，增加勒索的砝码，警方临时换人打乱了绑匪的计划，这样一来是否交画，主动权已经不在绑匪那边。”

谢悟灵摇摇头，伤感地说："错了，完全错了，思觉是我们谢家唯一的男孩，这个问题上根本没有选择，主动权……还在绑匪手里……"

"它可是价值近千万的名画，一旦交出去恐怕难以追回。"伊宫承沉声道，"或许可以利用天黑光线差拿其他画冒充，一是换回谢思觉，二是伺机抓获绑匪，请谢法官斟酌后定夺。"

谢悟灵瘫在沙发里，乍看像一团布，半晌不吱声，隔了四五分钟挣扎起身，步履蹒跚走向书房，伊宫承和左侯紧紧跟在后面。到了书房门口，他突然挺直腰杆，瞬间又变回到威严冷静的大法官，道："我单独静会儿！"

说罢进去，"砰"地关上门。

两人面面相觑，左侯苦笑道："原来官越大脾气越大。"

"可以理解。"伊宫承自嘲道，"所有绑架案侦查过程中警方都是受气包。"

只等了不到十分钟——绑匪要求半小时内做好准备，然后会有电话通知新的交易地点——谢悟灵神情颓废地从书房出来，手里握着幅泛黄的卷轴，长约四十厘米，宽二十多厘米，符合北宋宫廷画的标准制式。为防止被毁污，他还特意用牛皮纸套装着，似乎不是奉送给绑匪，而是要和朋友一起赏玩。

左侯见猎心喜，不顾谢悟灵冷眼，上前摸了摸卷轴，试探道："久闻郑皇后笔锋刚劲，而蔡京却字圆笔润，是以为《晚霞染秋图》的看点，不知是否属实？"

"言过其实。"

谢悟灵根本没有让众人一饱眼福的意思，径直坐到刚才位置，两眼盯着电话机，把卷轴像宝贝似的抱在怀里。

左侯大失所望，直勾勾地朝卷轴看，恍若丢了魂。伊宫承实在看不下去，轻轻推他一下悄声道："你该不会想看到真迹后回家做一幅赝品吧？"

"哪有那种水平？单瘦金体就得练三四个月，还有蔡体字、郑皇后的字……很麻烦的。"

"你敢说心里没琢磨过这事儿？"

"没……"

电话铃响了，夜深人静里格外刺耳。谢悟灵一个激灵，以与年龄身份不相称的速度迅速抓起话筒，就听到里面阴惨惨地说："二十分钟内限你本人赶到城北殊敕桥，桥东一手交人一手交货，不准玩花样，过时不候。"

"殊敕桥？"伊宫承一算里程，吃惊道，"时间太紧张了，未必来得及……"

"我这就动身。"谢悟灵顺手拿起帽子匆匆走到门口，扭头道，"不准跟踪，有本事等我儿子换回来后再抓他们！"

没多会儿，轿车从公馆急驰而出，伊宫承有意等了三四分钟才令警车尾随其后。

"谢法官发现的话会发火的——这还是小事，要是绑匪一怒之下把谢思觉杀掉，麻烦就大了。"左侯道。

黑暗中伊宫承冷冷道："《晚霞染秋图》名列戴老板国宝清单第七十九位，别说谢思觉，哪怕谢悟灵赔进去，都必须把画留住！"

"哪件古玩排多少位你都记得？"

"记忆是军统特务最基本的技能。"

"老天！"左侯随即想到一个可怕的问题，"你们戴老板会不会一直把我拴在你身边追查这些国宝啊？"

伊宫承干巴巴地说："戴老板的心思谁也猜不透。"

"千万别那样！我希望过无拘无束、自由的生活。"

“随心所欲地制造赝品，然后欣赏傻瓜们受骗上当的情景，是不是让你很享受？”

左侯赶紧否认：“绝对不敢了，我早已下决心金盆洗手、痛改前非……”

说话间谢公馆的车陡地停住，谢悟灵跳下车，在司机的陪同下急匆匆赶路。

“前面的路断了，车没法开只能步行。”开车的探员熟悉这一带地形，解释道。两辆警车的探员全部下来，成扇形缀在谢悟灵后面。

一团漆黑中走了四五百米，前方小树林里蓦地挑起一盏灯笼，伊宫承等人差点被照个正着，忙不迭就地卧倒。

谢悟灵示意司机退后几步，自己快步迎上去，举起卷轴扬声道：“我就是谢悟灵，东西带来了，人质在哪儿？”

树林里传来瓮声瓮气的声音：“过来，就你一个人。”

谢悟灵救子心切，当下毫不犹豫，大踏步进了林子。伊宫承一行人犯了难——若强行突破，必然要经过灯笼照射的那片空地，对方很可能埋伏有狙击手；若原地不动，不管谢思觉下落如何，那幅画肯定落入绑匪囊中。

思前虑后，毕竟顾忌谢家父子的安危，伊宫承命令四名探员大范围迂回，绕行七八百米包抄树林两侧。

时间一分一分地流逝，谢悟灵自从进了树林后便悄无声息，司机原地转着圈子，嘴里不停地咒骂。转眼五分钟过去了，执行迂回战术的两路探员似是遇到障碍，迟迟没有信号。

伊宫承一跺脚：“不能再等了，弟兄们，行动！”

他们飞速越过呆若木鸡的司机身侧，旋风般冲进树林，这一路竟没遭遇冷枪袭击，使伊宫承产生非常糟糕的感觉。

“他也被劫走了？”左侯问。

“哼……”

在丛林里搜索了十多分钟，负责包抄的探员才露面。原来两侧都有山涧阻隔，他们临时砍树枝铺架木桥才得以通过。七八个人在林中拉网式推进，终于在西南角一棵百年老树下发现了全身被缚成粽子、嘴里塞着毛巾的谢家父子。

“人没事就好！”伊宫承脱口说，此时倒是他的真心话。倘若画丢了，父子俩也被灭口，明天起各大报刊肯定长篇累牍地攻讦警方办案不力。

待解开束缚，左侯凑上前问了句废话：“画被拿走了？”

“幸好……儿子没事。”谢悟灵用力搂了搂谢思觉，满脸怜爱。

伊宫承蹲到谢思觉面前温和地问：“思觉小朋友，看到那些坏人长的模样了吗？”

“嗯。”谢思觉用力点点头。

# 第三章

因为谢思觉年龄小，而且从放学劫持到转移至小树林，当中辗转过多次，前后换了三茬人，绑匪们没在他面前蒙面。未料将门虎子，谢思觉将他们的面貌特征记得一清二楚。根据他的描述，基本确定是小岈山土匪干的。其首领张横原先是黑潭山邱胡子的手下，跟了九年只学会两样：一是杀人；二是收藏古玩。后来他跑到小岈山单干，手段比邱胡子还毒辣。小岈山和黑潭山都属于邱沙山脉，背后纵深数百里，绝无人烟，政府军也奈何不得。

谢悟灵倒没提供有价值的线索，毕竟是成年人，又是极其敏感的法官身份，绑匪对他严加防范。在树林里现身的两个人都蒙着面，双方简单交谈后，其中一人突然将他打晕在地，直到被探员们发现。

回到警察局已是黎明时分，负责全城突击检查的探员们也纷纷归队，其中一支分队在西大街一处荒弃的手工作坊里发现与案发现场规格相同的麻丝，屋后角落里的烟蒂经查与绑匪躲在草丛里抽的牌子一样。说明那是行动中转站，绑匪们从各个方向前来集合并潜伏，然后趁放学时间动手。

探员们向作坊对面西医诊所的唐医师打听后得知，前天晚上有辆马车在作坊前停了会儿，车主可能是专门在城里跑腿的左瘸子。探员们随即堵住左瘸子家门，将他从热被窝里揪了出来。吓得半死的左瘸子连忙交代是接了这单活儿，有两个彪形大汉从城北郊区河垛村上的车，还带了一大包东西，感觉很沉，拉到作坊附近时下的车。汉子给钱很大方，随手扔了两块银圆。

这就对上号了：河垛村离小岈山只有三里路，说明绑匪从那儿携带武器进的城。

伊宫承对着地图比画了半天，叹了口气，扔下铅笔。

“军统也拿他没方法？”左侯问。

“山深林密，地势险峻，不利于大部队展开队形和使用重型武器；派突击队袭击也有问题，首先不熟悉地形，其次据可靠情报，匪窝纵深拉得很开，前沿枪声一响，后面大本营便有足够的时间撤退到邱沙山脉；还有，小岈山一带山民都被张横收买，见到陌生面孔立即通报，难以进行渗透。”

“那就没辙了？谢法官能咽下这口窝囊气？”

“办法倒是有，不过……”

左侯见他眼睛扫到自己脸上，不由倒吸一口凉气：“不会吧，又拿我当炮灰？”

“尽管劫持谢思觉，又勒令谢悟灵亲自交换，张横对画的真假恐怕还是半信半疑，另外他跟邱胡子差不多，这几年抢了不少古玩，但自身眼光不行，又不敢拿进城请专家鉴别，急需……”

“明白了，局座想让我像上次闯黑潭山一样再跑一趟。”

“上次有造假大师身份掩护，邱胡子对你还有几分敬重，这回不同，张横刚刚抢到东西你就上门肯定会引起怀疑，所以只能被动地让他拦路抢劫。”

左侯一屁股坐到椅子上，连连摆手：“枪弹无眼，搞不好被人家一下子毙了还不知道咋回事，不去不去。”

“有护身符在，张横舍不得杀你。”伊宫承稳稳当当地说。

“护身符？”

“漯河那边出了桩金额达六十万的古玩诈骗案，为公平起见，法院决定邀请异地古玩鉴定师当庭鉴定，宋楚云作为咱洛阳第一高手自然要去，两天前他以执行公干为由到警局申请随行保护……”

“好大的谱儿，要是出国是不是得派专机？”

伊宫承解释道：“最近漯河一带不安生，外围主要干道均被封锁，宋大师只能从小路穿插进去……”

“哦，这样的话小岈山是必经之地，难怪他需要警察贴身保护。”

“洛阳警局向来人手不足，而且两三个警察根本吓不住张横。我建议宋大师乔装打扮混在药商队伍里，他认为有失尊严坚决不肯，这事儿就僵住了。如果由你出马，两桩难题一块儿解决。”

左侯何等玲珑，立即听懂他的意思，笑道：“有趣，有趣，不妨试试。”

第二天道上传出消息，宋大师身体有恙不能到漯河出庭，改由其弟子喻小同前往。喻小同是富家子弟，平时极为低调，绝少参加公开活动，外界只闻其名未见其人，是最好的掩护身份。

就在紧锣密鼓暗中准备期间，谢公馆又出了麻烦。

在商议谢悟恩葬礼细节的全家会议上，谢老爷子突然发难，认为谢悟恩死得蹊跷，而谢法官要对弟弟的死负责。父子俩吵得不可开交，谢家亲戚则分成旗帜分明的两派，平时鸡毛蒜皮的不愉快都翻了出来，各说各的理，公馆乱成一锅粥。

争执到白热化，盛怒之下的谢法官命令用人将棺材从堂屋强行移到偏屋，未料谢夫人带着儿子拦在棺前！这个举动让所有人都愕然，谢法官脸一阵白一阵青，重重地哼了一声，拂袖离开公馆。

不到一个小时整个洛阳城都传遍了：谢公馆叔嫂乱伦！

两个小时后伊宫承匆匆赶到公馆灭火，当众澄清真相：“绑匪要求谢法官亲自到场，他也乘车前往，是本人在监视路口发现后拦截下来，临时让谢悟恩换下谢法官；与绑匪交易时，警方全程监视，谢悟恩确被绑匪所杀，整个过程谢法官没有任何责任。”

谢家亲戚各自散开，老爷子也被扶进屋休息，伊宫承将谢夫人单独叫到书房，反锁好门，沉着脸盯着她。

“刚才的举动突兀了，我不该把儿子卷进来。”她坦然认错。

“你跟谢悟恩……是从什么时候开始的？”

“……十三年四个月……”

谢思觉今年十二岁！伊宫承不由暗暗心悸，又问：“谢法官知道吗？”

“从没提起过，但我觉得他……也许真不知道。”她苦笑一声，“他眼里只有权力和古玩，除了这两样什么都不放在眼里。多少个晚上我独守空房，他整夜坐在这里欣赏古玩，有时盯着东西一两个小时不挪身……”

“根据你观察，平时兄弟俩关系如何？”

“能好到哪去？一个是高高在上的大法官，一个是财务公司的普通职员；一个喜好古玩，一个沉迷于钓鱼，根本说不到一块儿。老爷子偏爱小儿子，偷偷塞过几件祖上留下来的古玩，悟灵得知后大发雷霆，跟老爷子吵过几次。”

“他对儿子呢？”

“我懂伊宫局长的意思，儿子……我可以肯定是悟恩的，不过悟灵似乎很宠爱，平时舍不得斥责，孩子提什么条件都答应，可我总怀疑……”

伊宫承温和地说：“价值八百万大洋的国宝，换作有些人，即便亲生儿子被绑架都未必舍得，就冲这一点，你恐怕多虑了。”

“只是直觉而已。”

“还有，倘若谢法官有恶意，独自进树林后完全可以要求绑匪杀掉思觉，对绑匪来说这根本不算事儿，对不对？”伊宫承正色说，“谢法官赴重庆任职在即，为公馆声誉着想，奉劝你凡事三思而行，切勿因小失大。”

谢夫人边拭泪边连连点头。

出了公馆，伊宫承驱车直奔谢悟灵在法院的办公室，禀报事端已经平息。谢悟灵微微点头，沉吟片刻道：“那幅画有办法追回吗？”

还念念不忘《晚霞染秋图》，在他眼里果然古玩高于家人。伊宫承心中暗叹，遂道：“警方会尽力而为。只是有件事很奇怪，谢法官收藏此画的事，洛阳古玩界、收藏界鲜有人知，而长年在小岈山打劫的张横如何知情？会不会公馆内部有内线，或者谢法官办案时不慎露了口风？”

“这也是谢某百思不得其解之处。”他皱眉道，“当年通过密友购买此画是在极其隐秘的情况下进行的，售画者原是京城非常有名气的玩家，变卖家产实属无奈，再三叮嘱我们不可外传。回到洛阳，谢某守口如瓶，从未跟任何人……嗯，唯一一次例外是两年前处理一桩盗墓案，可能一时兴起多说了几句。”

“盗墓案？”伊宫承迅速反应过来，“是不是王贵川那桩？”

“正是。”

两年前洛阳警方查获一起盗墓大案，逮捕了以王贵川为首的盗墓团伙二十多人。移交法庭后，谢法官经过缜密分析和精心审讯，陆续追查出负责销赃的银魁古玩行，以及明知是赃品而低价收购的收藏家任家富、张宏达等人。之后古玩行被查封，任家富等不得不变卖藏品，交了巨额罚金，以免除牢狱之灾。

法庭上，有幅南宋著名画家夏圭的山水画作为证据出示，正巧上面有宁宗杨皇后的题诗“宝瓶梅蕊千枝绽，玉栅华灯万盏明”等句，任家富认为此画绝无仅有。

本来也就随便一说，不料谢悟灵瞬间犯了书呆子气，忘了自己大法官身份，引经据典予以反驳，扯到了皇帝、皇后、重臣的联袂之作，虽没点出《晚霞染秋图》，但凡研究过唐宋历史、涉足古玩的都能听出其中的意思。

伊宫承道："既是名作，谢法官断无不知晓之理，点评几句也无妨。"

"唉，谢某错在急于卖弄学识证明自己，不小心谈到'僭越之印'的位置，当时就觉得不对，可惜悔之晚矣……"

宋徽宗画作完成后，照例加盖印章和独创的"千古一人"画押，隔了几日郑皇后小心翼翼在左下方题诗，两个月后蔡京进皇宫赏画，又在郑皇后题的下方写了几句——这是约定俗成的规矩，嫔妃臣子的名字包括印章的位置不能比皇帝高。到了南宋，著名收藏家——宋太祖十一世孙赵孟坚得到此画后欣喜若狂，一时忘了礼数，竟把名章盖在左上角位置，正好位于宋徽宗印章头顶。赵孟坚是正宗皇家血统，把名章盖在皇帝，且是自家祖辈之上，属于不折不扣的"僭越"。事后赵孟坚懊恼异常，将画作秘密封存并叮嘱子孙"永不面世"。

没见过画的，大都以为"僭越之印"位于宋徽宗印章正上方，其实不是，应该位于斜两指半上方。正因为谢悟灵当众说出"斜两指半"，外界才开始揣测他收藏了《晚霞染秋图》。

"那天还有哪些人出庭？"

"此案为不公开审理，任家富等五名收藏家集中听证，除此之外就是法警、书记员，他们不懂古玩……回头叫负责档案的把名字找给你。"

那次出庭审讯的五个人是：任家富、张宏达、郁情、刘文科、肖自忠，其中郁情去年染病而亡，刘文科一年前去了厦门，肖自忠家财散尽，缴了罚款后家道中落，如今在德缘茶馆做账房先生。

唯有任家富和张宏达继续收藏古玩，是洛阳古玩圈和收藏圈的活跃人物。

# 第四章

上午十点多钟，一行商队进入小岈山。

前面六七个人牵着背负木箱和包裹的骡子，从隐隐露出的草茎枝叶和浓郁的药香味推断，其中应是药材。后面十多人中有商人，有书生打扮的，还有和尚——拦路抢劫有“三不”：不杀不抵抗的；不抢药品药材和书本；不伤害商人、老师和出家人。黑道有黑道的规矩，若不遵守就会犯众怒，连土匪都做不成。除了药商，其余都是打听到消息后结伴而行的。

左侯装扮成私塾先生混在当中，与其他人相反，他希望强盗早点冲下来抓自己进山寨，否则任务便成泡影。

“如果张横放我过去怎么办？”出发前他问。

伊宫承道：“漯河的案子办完了，明天再经小岈山回洛阳。”

“简直乱折腾！”

行至土匪经常出没的石栈道，左侧是黑咕隆咚的深渊，右侧是高逾千尺的悬崖绝壁，耳边响着时隐时现的不知名野兽的嗥叫，尽管是大白天，仍令人有几分心惊肉跳。商人们明显紧张起来，相互压低声音提醒注意。

没走多久，栈道两侧草丛里响起枪声，紧接着传来喝令声：“下车下马，接受检查！”

骡夫们赶紧蹲下身双手抱头，后面跟着的则高举双手聚到一块儿。就听草丛里有人喊道：“那个叫喻小同的站出来！”

大伙面面相觑，左侯知道不能爽快承认，也一脸懵懂的模样。

声音转为严厉：“喻小同快站出来，其他人离开，否则全部杀掉一个不留！”

为首商人站出来道：“哪位是喻小同，请主动出来以救大家的性命！”

左侯深深吸了口气，向前迈了两步，拱拱手道：“在下喻小同，给大伙儿添麻烦了。”

草丛里声音说：“你站旁边，让他们滚蛋！”

一行人如释重负，急急从他身边经过，为首商人拍拍他的肩：“喻兄弟，对不住了。”

“没事儿。”他微笑道。

左侯被蒙住眼睛，跌跌绊绊来到一处地点，解开蒙面布，却见大厅正中大马金刀地坐着个暴凸金鱼眼、满脸凶光的黑须汉子，正是土匪头目张横！

“宋楚云呢，为什么派你去漯河？”张横开门见山问。

“重感冒卧床休息，在下是大师最信得过的弟子……呃，之一。”

“把委托书拿出来！”

左侯将信交由身边土匪递上前，张横出人意料地从怀里掏了张纸两下比较了一番，眯着眼说：“是宋楚云的字，不过有没有本事不能凭嘴皮子，得拿点真章！来啊，把东西端上来！”

老规矩，是骡子是马拿出来遛遛。

一土匪捧了件古色古香的铜香炉放在桌上，张横指着它说：“瞧瞧看这件宣德炉是真是假？”

左侯手指轻轻一弹，大拇指伸进去沿内壁摸了一圈，笑道：“香炉必落宣德款，因为宣德炉太完美太漂亮，而且流传极少，从明代就开始仿，一直仿到民国，仿的水平越来越高，破绽越来越少，可假的就是假的，假的真不了，真的假不了。”

“假在哪里？”

“质地、包浆、分量都没说的，可内壁上几个砂眼……宣德炉不可能有砂眼，估计是清仿。”

“啪啪啪”，张横轻拍几下巴掌以示赞许，“能看出假的不稀罕，但只用这么短时间确实少见，有两下子。接下来还有件东西，说对了明天派人护送你过去，错了的话，嘿嘿嘿……”

“没问题。”

左侯一脸不在乎，心里怦怦直跳。这回张横亲自到后面取，隔了很久抱着个卷轴出来，小心翼翼地平铺在八仙桌上，一寸寸地展开，表情肃穆地注视良久，道：“瞧瞧这个。”

左侯踱到他身边，手指沿卷轴上下摸了一遍，再戴上手套将画卷压平，仔仔细细瞅了足有十分钟，道：“宋徽宗的《晚霞染秋图》。”

“画上写得很清楚，谁要你看这个？”张横不耐烦斥道。

“在下的意思是，此画为真迹。”

张横当即眉开眼笑：“真的？你看清楚了？”

左侯假装不悦：“寨主说笑了！术业有专攻，在下自然要对鉴定结论负责，要不，拿笔墨来，在下当场写生死契！”

“不必不必。”张横解决堵在心口的石头，狂喜之情溢于言表，双手叉腰在大厅转了两圈儿，道，“来人，陪喻先生到后院歇会儿，好酒好肉伺候着，回头还有些东西瞧瞧。”

“寨主，刚才不是说好瞧完这个就……”

张横脸一沉，恶狠狠地说："老子说明天就明天，别不识好歹！"

中午果然没亏待他，一副大碗喝酒大块吃肉的气派：整条羊腿、整只猪头、整根牛舌牛尾等盛在脸盆大的盘子里一字排开，酒也是拍开泥封直接往粗瓷大碗里倒，没有筷子，吃什么全是用手直接抓。左侯推说不胜酒力，头晕会影响鉴定，张横也没勉强，跟一帮土匪光着膀子举碗豪饮，踞案大嚼，吆五喝六，好不热闹。

左侯赔着小心凑在里面，假意专心吃喝，暗中细心观察周遭情况：参加聚会狂欢的土匪共二十二个，另有八九个在外放暗哨、沿山巡逻；张横自然是绝对的老大，除此之外土匪们对一个叫肖天宇的比较尊重，敬酒顺序仅次于张横。那厮面白无须，目光阴冷，神色间却有股说不出的凶悍。他似乎是参谋的角色，时不时与张横低声交谈，目光不停地扫视全场，看得出是很有想法的人。

喝完最后一坛酒，土匪们醉醺醺地回房休息，肖天宇却叫了两人押着左侯绕过后寨监视岗楼，从僻静隐蔽的角门来到后山，在蜿蜒曲折的山路走了十多分钟，进入一处四周皆为绝壁的山谷。

原来土匪抢来的古玩都藏在一个隐蔽的石洞里。

肖天宇掏出一大串钥匙打开三道大铜锁，示意两名土匪守在外面，他和左侯一前一后进了洞。二十多步后眼前豁然开朗，出现个天然的、巨大的弧形洞穴，从入口左侧向里画了个半圆，地面铺了层厚厚的实木板，四具博古架纵向排列，上面陈列着形态各异的古玩。

"如何？"肖天宇面有嘚瑟问。

左侯一路看过去，淡淡道："赝品不少。"

肖天宇被噎了一下，冷着脸不再说话。左侯也不敢过分激怒对方，喝了口水便开始鉴定：凡他认为是真品的便保持原状，赝品则搬到石洞角落。不出两个小时已鉴定完第一具博古架上的所有古玩，留在上面的不到五分之一，其他都堆到了地上。

肖天宇脸沉得要挂到地上，强抑怒火问：“这么多赝品，你确定？”

“地上这些随便拿一件到古玩店，能卖掉我喻字倒过来写。”

“《晚霞染秋图》是真的？”

这是很简单的问题，不知为何，左侯总觉得话中有话，略一思索道：“此画数百年来从未公开展览，历代图谱、资料多为道听途说，鉴定要领也只是意会，在下是综合所有典籍后得出的结论。”

“拿到国外能卖八百万大洋？”

“像这等国宝级文物——它不是普通古玩，是具有历史意义和文献价值的文物——一千万都不算贵。”

“你老实说，根据刚才鉴定的情况，洞里这些古玩一共值多少钱？大概数目，不必太准确。”

“嗯——”左侯环顾四壁，“一百多万的样子吧。”

“这么多瓶瓶罐罐，加起来才……抵不到那幅画的几分之一？”肖天宇大为震惊，“就是说这些年我们白忙活了？”

“古玩这行当有时需要一点运气。”

“嗯，你继续干。”

接下来肖天宇显得心事重重，抱着双臂紧锁眉头，在洞里踱来踱去，还不时停下来盯着某件古玩，目光游离不定。

“想拿出去卖？”左侯试探道。

肖天宇断然否认：“不……你为什么这么问？”

“要不拿它干吗？”

“关你鸟事！”肖天宇粗声粗气地说。

有问题！

左侯感觉在如何处理画的想法上，张横和肖天宇存在明显分歧。这让他心中一丝窃喜：如此价值连城的宝贝极有可能引发内讧，倘若及时把消息放出去，伊宫承从外面施加压力，不是没可能夺回此画。

打定主意后他加快了鉴定进度，更换了两只火把后便全部完成。

看着满地赝品，以及博古架上稀稀拉拉的古玩，肖天宇手指关节捏得咯咯直响，冷冰冰道："招子放亮点，别乱来，你在洛阳城是有家有姓的，出了岔子当心咱杀上门去！"

左侯一脸自信："地上的别扔，回头在下抄列清单一式两份，若有一件验出来是真品，在下按真品价格十倍赔偿！"

"好狂妄的家伙——就这么着！"

出了洞外面天色已晚，肖天宇命人给左侯凑合吃了点，而后将他双臂反绑到背后，押到后寨一个小木屋，里面只有一张床、一张木椅，没有窗户。

"这样绑着怎么睡？"左侯一脸苦相。

肖天宇不为所动："让你不能乱跑！睡不着就坐，挨一夜明天出山。"说罢转身出去，还不忘关照土匪在外面落了道锁。

夜深人静，山寨里渐渐安宁下来，只有远处山风呼啸和不知名野兽的嗥叫。巡逻后寨的人大约半小时经过小木屋一次，也许因为他双手被绑且屋外有锁，每次都没有特意察看。

黑暗中左侯摸索着记下绳子绑的形状和位置，手指灵巧而迅速地穿梭其间，只花了两三分钟便解开绳结。轻轻将绳子放到床下，凑近门缝向外看了会儿，他在右手戴的戒指上以巧妙的角度一拨，戒面便弹出一根细针！

他手指慢慢插入门缝，努力将细针伸进锁眼里，边仔细聆听边不停地调整针尖位置，不到五分钟，只听"咯"的一声，铜锁被打开。

此时巡逻的土匪已经走向前寨，偌大的后寨漆黑一片，唯有中间土围高处有个小窗户透出灯光。左侯紧贴墙根一步步摸索过去，靠近土围时发现台阶上有个哨兵，倚在墙上呼呼大睡。他轻巧地迈过去，身体掩在阴影里蜷到窗户底下。

屋里有人说话。

“……人在江湖重的就是‘信’字，哪怕坏事做绝都不能失信！”这是肖天宇的声音。

紧接着张横重重“呸”了一声：“咱就是无恶不作的土匪，守不守信算个屁啊？”

“老大！黑水潭那边早看咱们不顺眼，一直想找借口吞并，这事儿要被捅出去……诚呀信呀那些固然是扯淡，但能拿作幌子抢画，毕竟值八百万大洋，谁不想发笔横财？”

“你这话老子不爱听。”张横越说越生气，“凭啥别人能发财，老子不能？告诉你吧，中午老子其实没睡，躺在床上琢磨怎么处理，现在已经想好了，卖画！也别净想美事儿，弄个七百万就可以了，大伙儿分分，然后散伙回家做小买卖去。没有一辈子的土匪，明白吗？”

肖天宇似被说动，屋里安静下来，只有灯花“噼噼啪啪”的爆裂声。

“可是……姓任的那边怎么交代？”

“就算硬拿，凭他任家富能把咱怎地？”张横一语道破幕后指使者名字，左侯心头剧震，暗想不枉此行，总算顺利完成任务。

“还是得找个由头，八百万大洋不是小数目，咱最好别沾腥气味儿。”

“哦，你有啥主意？”

“再想想，再想想……”

接下来谈话内容已无关紧要，左侯悄悄地溜回小木屋，一夜无话直到天明。早上张横和肖天宇都没露面，两名土匪带着他抄近路穿过小岈山，送达通往漯河的路口。左侯按事先部署，假意到警察局、法院兜了一圈，晚上宿在漯河城，第二天清早才慢悠悠原路返回。

再度混在药材商队里经过小岈山，山里静悄悄的，预想中的土匪没有出现，似乎山寨出了事，而且与《晚霞染秋图》有关。

左侯顿时感觉不对劲。

# 第五章

任宅位于东大街中段李三胡同，是去年刚购置的，之前祖上传下来的七进的大宅院被变卖支付罚金——三十万大洋对于家境殷实，还有茶叶店支撑的任家富也不啻于当头一击，除了变卖房产，私下通过朋友转让了好几件珍贵藏品才勉强渡过劫难。

“不能说冤案，收购赃货的事儿任某从不否认，可姓谢的判得太重也是不争事实。”提及案子任家富仍恼怒不已，“洛阳城古玩圈、收藏圈流转的那些个古玩，起码三分之一是从墓里挖出来的，要都这样判以后别玩了！”

伊宫承婉转地提醒：“卷宗记载你在法庭上认罪认罚。”

“那是律师玩的鬼，说已经跟谢法官沟通过，以罚金代替判刑，这样能保全面子，也免除牢狱之灾，心想罚就罚吧，罚个八千一万任某倒给得起，谁想判决书下来居然是……三十万！”

“因此你对谢法官耿耿于怀，想找机会报复？”

“唉，这么说太看得起任某了。”任家富哂笑道，“任某一介小商人而已，耽于古玩导致玩物丧志，出了事只能怪自己，何况受罚的又不止任某一个，跟谢法官较什么劲？”

“也跟《晚霞染秋图》无关？”伊宫承索性挑明来意。

任家富一怔，瞬间脸上闪过很奇特的表情，反问道：“难道绑匪向谢法官勒索了那幅画？他给了？”

“你对那幅画了解多少？”

“只是典籍上介绍的皮毛而已。”

“谢法官曾在法庭上跟你讨论过？”

任家富很惊讶：“审案的时候只讨论有没有收购赃货的行为，不是探究鉴定技术的场合。”

“谢法官是否说过‘僭越之印’和‘斜两指半’？”

“这个……”他深思了足有两分钟，“‘僭越之印’是谢法官说的，‘斜两指半’则是任某所说，具体为哪幅画争论倒忘了。”

双方说法出现差异，麻烦的是或许书记员觉得这些内容与案情无关，卷宗里没有相关记载。

伊宫承道：“若‘斜两指半’出自你口，外界怎会传闻谢法官收藏了《晚霞染秋图》？”

“任某确实不知。”他长长地叹了口气，“结案后任某卖房卖画差点没缓过劲，情绪一度低落消沉，遂到老家长沙乡下住了两年，回来后就听到这些传闻……其实知道‘斜两指半’不算什么，任某也是从古籍里看到的。”

“案发当天你在哪里？”

“邀了几位同道好友在家里赏玩名器，下午两点开始活动到晚上九点多钟。对了，其中也有当年一起受罚的张宏达，哈哈哈……”

与任家富相比，张宏达在圈内更有名气。他在城西开了家茶壶店，以卖紫砂壶为主，伊宫承找上门时，他正托着把茶壶吹得天花乱坠。

首先核实案发当天行踪，张宏达的说法与任家富一样，而且解释之前患了热伤风在家里连躺四天，这一点医生和药房抓药的伙计可以做证。

关于“斜两指半”到底谁说的，张宏达表示没印象。案子虽是集中审理，五名从银魁古玩行购买过赃货的都站在庭上，但庭审为逐个审讯，张宏达排在第一个，回答完所有问题便暂时退出去，因此没听到谢法官与任家富的对话。

“圈内为何有谢法官收藏《晚霞染秋图》的传闻？”

张宏达呵呵笑了一阵：“据说他专程跑了趟北平，那边有风声传过来，也可能跟法庭上聊过这事儿有关——本来就是以讹传讹，谁说得清呢？”

“被罚三十万大洋，多少有点恨谢法官吧？”

“无所谓，花钱消灾啦。”他一副看得开的样子，“搞收藏容易走火入魔，那阵子确实急了点。谢法官……下手是蛮狠的，不过换其他法官也差不多吧，反正官府是打算敲我们的竹杠，工具而已。”

最后在德缘茶馆找到做账房先生的肖自忠，年近五旬的他明显混得不如意，精神不振，憔悴衰老。收藏对他来说仿佛是另一个世界的事，而那桩案子如同心头之刺，再也不愿意提起。

“都忘了，一点都想不起来，真的。”他反复强调。

伊宫承对付这种人很有经验：“没关系，我坐那儿边喝茶边等，直到你想起来为止。”

哪个老板都不乐意招个警察像门神似的坐着，肖自忠叹了口气，头垂得更低：“问吧，也许有点印象。”

“关于你们几位收购赃货的事，从头说起，慢慢说，别着急。”

“有啥可说的，法院不都有吗？”肖自忠唉声叹气地说，瞅瞅伊宫承眼神，还是屈服了。

事情由死去的古玩商郁情引起。三年前一个冬日，他神秘兮兮地叫来几位老主顾，即任家富、张宏达、刘文科和肖自忠，先出示了一件大开门的定窑白釉双娃闹春圆枕，然后说瓦绿街有批刚出土的货急待出手，价格只相当于市面十分之一，还能商量，品相品质绝对没问题。

“瓦绿街？”张宏达毕竟是茶壶店老板消息灵通，“是不是王贵川那帮人最近干的一票？”

肖自忠连忙说：“这家伙胆大妄为，只要有利可图连自家祖宗的墓都敢盗，早被警方盯上了，咱别蹚这潭浑水。”

郁情啐了他一口：“没出息！越是大人物的墓里面越有名堂，东西也真，再说这些年中原地区被挖了多少墓，出来多少玩意儿，哪个碍事？”

“听说王贵川挖了明末一个王族的墓，建制规格都很高——哎，家富以为如何？”张宏达说。

四人当中任家富实力最强，也最舍得在古玩上花大价钱。他考虑良久，说：“要不这样，我和宏达先跟卖家接触一下，一是看看有没有值得出手的东西，二是试探对方的诚意，还有圈子里知道此事的人多不多，回头大家再商量下一步行动，如何？”

“好的好的，我这就着手联系。”郁情巴不得买卖成功，少不了一笔丰厚的中介费。

隔了近一个月，肖自忠都快忘了这件事的时候，郁情又召集齐四个人，说任家富、张宏达已经与对方谈妥了，共有二十六件古玩供他们选择，价格肯定低得出奇，唯一条件就是成交后三年内不准公之于世。肖自忠和刘文科见向来老成持重的任家富拍板，自然没什么可担心的，遂爽快应允。经过把玩和讨价还价，最终肖自忠买了两幅宋代佚名画家的山水画，以及明代早期官窑民制瓷器；刘文科喜欢收藏古玉，挑了两块中坂田黄石石雕；任家富只买了一件青铜器；张宏达专收小件，象牙雕、鼻烟嘴、玉坠儿、文镇等共七件。

“我一共花了不到三百大洋，结果罚掉三十万……”肖自忠笑得苦涩而无奈。

伊宫承问：“之前类似案例罚金多少？”

“中原这疙瘩，凡与古玩沾点边的，哪个没碰过？法不责众嘛，根本不管这档子闲事。”

“因为盗的是明代王族的墓？”

肖自忠欲言又止，搂着长长的旱烟竿大口大口地抽。伊宫承见问不出什么便起身出去，走到门口听到他在后面说：“长官……真没听说点传言？”

“我不是跟你聊天的，是找你调查案件！”伊宫承威吓道，“若跟我打马虎眼，以后有你好日子过！”

肖自忠枯瘦的脸皮哆嗦几下，道：“反正是传言，讲出来也没啥——据说……拿到我们跟前的那二十六件只是走过场，真正的大买卖早在前期接触中就谈成了。也就是说，我和刘文科给人家打掩护还多掏了三十万大洋！还有，据说张宏达的三十万也是任家富出的钱，所以姓张的根本没受伤。”

“一下子出六十万，任家富有那么多钱？”

“他不是变卖祖宅吗？七进的院子，还卖掉几件青铜器精品和宋明两代的字画，起码保住了大家伙。”

“什么大家伙？”

肖自忠摇摇头：“真不知道，反正非常值钱，远远不止六十万。”

“郁情知道这些情况？”

“多少知道点，但也不完全，因为他只搭了个桥，后来任家富把他撇掉，单独跟王贵川接洽的。”肖自忠道，“说来郁老板比我命苦，好不容易挨过这场风波，安定下来，生了场病就去了……庸医害人哪！”

“王贵川现在哪儿？”

“判了二十年监禁，有生之年怕是出不来了。”

第二天清早伊宫承驱车来到位于城东郊区的神洛监狱，说明来意后监狱长遗憾地耸耸肩：“局座来迟一步，王贵川上周就死了。”

“死了？”伊宫承大吃一惊，“死因是什么？”

监狱长让秘书调来相关卷宗，上面简要写着：上周二下午放风时段，王贵川与其他犯人发生冲突，打斗中负伤出血，因当天狱医正好请假，临时进城请医生过来，可能耽误了治疗时间，当夜便断了气。

再看诊断书，只龙飞凤舞写了四个字：失血过多，下面是诊断医生签名：唐闻彬。

不知为何，伊宫承脑中“咯噔”一下，似乎触动了什么，但又模模糊糊抓不住头绪，隔了会儿才问：“唐闻彬就是临时请来的医生？”

“很有名气的西医，监狱这边每逢狱医请假时有犯人需要治疗就请他。”

“为什么事冲突？”

监狱长无所谓道：“这些混蛋隔三岔五就要闹点事，打架斗殴是家常便饭，鬼才晓得啥原因……有时候根本没有原因，看你不顺眼上来砰砰两拳头，哈哈哈……”

“有当天参与打斗犯人的名单？”

“哪有工夫慢慢盘问？一院子犯人全部关禁闭！”

回城途中伊宫承越想越不对劲儿，索性靠边停车，独自坐在车里仔仔细细琢磨了好长时间才重新启程。进城后没回警察局，而是拐到南大街开盛胡同，找到寡居在家替人做针线活的于四珠——郁情的老婆。

从锦衣玉食、珠光宝气到靠到处打零工生活，面对如此悬殊的落差，于四珠倒很平静，边飞针走线边说：“小时候过惯了苦日子，这点磨难算啥？再苦再穷咱得挨下去，好歹得把娃抚养成人……”

“他因何而死？”伊宫承直截了当问。

“起初是肠胃不舒服，嘴里经常泛酸水，哪怕吃一点点生硬冷的东西胃子就绞痛不止，严重的时候满床打滚，前后找了几位中医开方子调养，谁想不但没见好情况反而更糟糕，一天三顿只能吃开水泡馍，不然就上吐下泻肠胃剧痛，后来有朋友建议看西医……”

“哪个朋友，叫什么名字？”

“还不是圈子里那些人。”她无奈摇摇头，“倾家荡产缴了罚款后，没钱捣鼓那些玩意儿，可心还是痒痒的，一旦听说圈子里谁谁新买了什么，立即屁颠屁颠跑过去瞧热闹，唉，真没办法。那些人说小病小热看中医还凑合，大病肯定得看西医，然后介绍了西大街的唐医师……”

伊宫承顿时心中雪亮：“唐闻彬？”

“是的，唐闻彬医师，态度蛮和气，检查得也很仔细，然后开了四五种西药，还配了针剂，三天下来人精神不少，甚至能下床吃东西了，可是第四天……说也奇怪，既没减药也没换药，一直按方子吃的，到夜里就不行了，陡地全身抽搐、口吐白沫，眼珠直往上翻，全家慌成一团，连夜求唐医师赶过来急救，折腾了五个多小时还是没用……后来说是药物过敏什么的，一大堆听不懂的术语；邻居们唆使我到诊所闹事逼唐医师赔钱，我一想人都死了，何况唐医师一直态度不错，为一点钱何必呢？”

“关于那桩案子和罚款，他私下说过什么？”

于四珠认真想了想：“那段时间成天在家长吁短叹，说明明是心照不宣、大家伙都干的事儿，偏偏就逮了他们几个倒霉鬼，偶尔也埋怨是被任家富和张宏达拖下水……”

伊宫承敏感地问：“不是他主动找任张两人吗？”

“后来他们俩自行跟王贵川联络，把他撇到一边，可判决的时候不管这些曲折，认定为团伙作案。唉，反正人都死了，事情都过去了，再计较也没意思。”她说完便专心致志继续做针线活。

回到警局，一头碰到风尘仆仆从小岈山回来的左侯，他带来一个爆炸性消息：肖天宇偷了《晚霞染秋图》逃出山外！

# 第六章

为商议如何处置《晚霞染秋图》，张横和肖天宇接连商议了两天，昨夜临睡前，张横亲手将卷轴锁入卧室夹壁保险箱里，还特意加了两道锁。一夜醒来，张横感觉头痛欲裂，晕沉沉两腿直打战，四肢无力，不由暗吃一惊。

他是土匪出身，当然知道这是被人下了蒙汗药的副作用！赶紧吃了解药，第一时间打开保险箱——

不出所料，卷轴已不翼而飞，箱里别的名贵珠宝、几万元美钞也被搜刮一空！

昨晚他一直跟肖天宇在一块儿，只有肖天宇有机会在茶水里下药！跑到前山询问，哨兵说天没亮肖天宇就出山往洛阳方向去了。

张横暴跳如雷，随即派出几路土匪穿便装潜入洛阳，分头寻找肖天宇下落，同时严查过往商旅，限制马队、大宗商品过境。左侯因为之前混了个脸熟才轻松过关，饶是如此，张横依然要他带话给警察局，一旦抓到肖天宇必须交还小岈山按寨规处置，否则撕破脸以后大家都没好日子过。

“一个小小的土匪头子竟敢威胁警察局，真是无法无天！”伊宫承气得脸色铁青，“早晚要收拾这些家伙！”

左侯笑嘻嘻道：“局座休怒，恶人自有恶人磨，他不是被肖天宇摆了一道吗？”

“你觉得肖天宇会往哪儿逃？”

“从前夜偷听两人对话来看，张横是想私吞《晚霞染秋图》，肖天宇倒有几分义气，注重‘信’字，既然整件事是任家富在幕后策划，肖天宇豁出命也要把画交到他手里。”

“我这就派人盯着任家富，不过我们都能想到，张横也会想到，而肖天宇更清楚此时不知多少人守在任宅外围，一时半会儿不敢露面。”

“反正张横的人会替我们守住各交通卡口，肖天宇绝对逃不出洛阳城。”

伊宫承默想了会儿，道：“你在小岈山看到的那幅画到底是不是谢法官的？”

“千真万确。”

“如果肖天宇铁了心要送画，经手人必定是任家富，对不对？”

左侯堪称七窍玲珑心，这回却没悟出对方的心思，疑惑道：“应该如此，以肖天宇之精细，除了任家富本人出面，绝计不可能轻易拿出卷轴。”

“我的计划是，把任家富抓起来，换你到任宅冒充，坐等肖天宇上钩。”

左侯愣了半晌，吃吃说：“我跟任家富长得不像，再说，任宅上下肯定不会配合……”

伊宫承狞笑道：“老子既然有理由抓他，就不怕他的家人不合作！”

左侯叹了口气：“这倒是，局座干这种勾当已不是第一次了。”

晚上七点多钟，天色尽墨，伊宫承带着几名探员身穿便装来到任宅，反锁大门后亮出搜查令，半小时后，有探员在后院杂物间搜到一枚挖自明代高官古墓的金印。

任家富何尝没听到小岈山风波，又何尝不知这是栽赃？但人为刀俎，自己又有前科，只能忍气吞声接受调查。当下安排左侯从今晚起以主人的身份“生病”，一日三餐皆送入卧室，除知情的任妻和两个孩子外，其他人一律不准探视。同时伊宫承威吓任妻等人：“若泄露风声，任家富性命难保！”唬得他们脸色苍白，只知道一个劲儿地点头。

安置好左侯，任家富遂穿上左侯的衣服，被探员们挟裹着从后门小巷直奔警察局。

审讯室里，任家富矢口否认策划绑架案，并反复强调罚金虽重，还不致构成毁灭性打击，平时该玩什么、该吃什么一样没落下，根本没必要冒险绑架谢思觉。

“伊宫局长，咱们直说吧，从今儿起几路人马守在家门外，那是白蹲。不论我打没打过那幅画的主意，人家也压根儿不可能送画上门，不信走着瞧。”

伊宫承沉着脸道：“你要是打开窗户说亮话，我也不客气了。回过头来看那桩案子很有问题，一是你为什么替张宏达交罚金？二是郁情和王贵川死得很蹊跷，八成有人做了手脚！”

任家富微吃一惊，沉吟片刻道：“肯定是肖自忠多嘴，不过没事儿。我跟张宏达是几十年的交情，不忍心朋友破产，拉一把乃人之常情，何况赃货的事明摆着他受了牵连——当然肖自忠也很冤，但我实在没能力再帮了。”

“你跟唐医师也是多年交情吧？”

“呃——”任家富摇头叹息，“欲加之罪何患无辞？不错，我年轻起就相信西医，有了毛病也只吃西药，自然与唐医师熟悉。郁情生病期间，朋友们都劝他找西医，我就推荐了唐医师……可是……就凭这一点就断定我买通唐医师杀郁情未免太荒唐吧？当年参与的几位，张宏达和肖自忠不都活得好好的？”

他说得滴水不漏，而有些情况伊宫承暂时不好公开，遂冷冷道：“绑架的事以后再说，先好好反省收购赃货的事！”

“这……我家根本没有过那块金印……”任家富哭笑不得。

回到办公室没多久，谢法官打电话要求他立即去谢宅。伊宫承心里咯噔一声，不知哪儿又招惹了他，二话不说驱车过去。经过谢宅侧门，伊宫承习惯性四下扫了一眼，心里又咯噔一声！

他快步走到绑架案当晚和左侯埋伏的地点附近，在路灯附近兜了两圈，脸上露出复杂难言的表情，站在阴影下好一会儿才慢腾腾地走进谢宅。

客厅里气氛非常冷，谢老爷子似乎刚发过脾气，双手拄着拐杖坐在正中，两边分别是三大姑四大姨，个个拉长着脸。

“他在书房！”连管家都像吃了爆竹，语气硬邦邦的。

难道谢家又闹了矛盾，谢法官让自己前来调解？带着疑惑，伊宫承敲门进了书房。

谢法官端坐在书案前，正凝神研究一尊青铜器上面的铭文，说：“请坐。”隔了好一会儿放下放大镜，用绒布盖住青铜器，道，“外患内扰，让伊宫局长见笑了。”

“不敢不敢，但凡有能效力之处，谢法官尽可吩咐。”

“今天收到重庆方面信函，最迟下个月中旬委任状就会下来，新职大概是司法委员会……”

“恭喜高升！”

谢法官面无喜色：“我已决定孤身赴任，为此引发家里轩然大波。”

伊宫承也觉得无法理解，斟字酌句道：“中原自古乃兵家必争之地，眼下日寇猖獗，战火绵延到洛阳是迟早的事，为安全起见举家搬迁是情理中事，想必重庆方面不至于……”

“伊宫局长的夫人可在洛阳？”

“唉。”伊宫承黯然，“按军统规矩，家眷以安全为由迁到成都去，一年有二十天探亲假。”

“司法部也有类似规定，分流方向可能是贵阳甚至更远，与其变卖祖产背井离乡不如留在洛阳，可惜全家都不相信，居然以为我打算抛弃他们独自到重庆花天酒地——真是天可怜见。”

基于谢法官的立场，不可以把这种等同于挟持人质的行为描述得太具体，因而引起全家误解。

“慢慢劝说吧，事关整个家族未来走向，急也急不来。”

谢法官摆摆手：“无所谓，今晚找你来是为另一桩事……你可知陈布雷是谁？”

“他是总裁最信任的幕僚，有总统府文胆之称，也是党国第一支笔啊！”

“前段时间他不知从哪儿打听来的消息，知道我收藏了《晚霞染秋图》，多次托人捎话想借过去赏玩些日子。我何尝不懂‘借’的含义？人家要是不还，你好意思闯到总统府索要？所以我一拖再拖；而今我马上要到重庆赴任了，天大的理由也说不通……伊宫局长明白我的意思？”

“哦——”

伊宫承瞬间悟出对方在施加压力。找不回画事小，万一得罪了总裁的幕僚长，后果可想而知。对谢法官来说只需拿出《洛阳日报》，上面详细刊登了绑架案始末，最终责任还得警察局和伊宫承扛。

“谢法官最快何日动身？”

“我下午与司法部办公室通过电话，洛阳这边明天就能收到电文，着手移交工作，我打算周六乘飞机去重庆。”

今天是周一，掐头去尾只剩四天！

伊宫承心头沉甸甸的，气堵在嗓子眼比卡了鱼刺还难受。告辞出谢宅，又在对面路灯下转悠了好几分钟，才驱车返回警局。

危机迫在眉睫，必须烧把火推进此事！在办公室枯坐两个小时后，伊宫承终于下了决心。

周二全天波澜不兴，左侯躲在卧室里，任家约束家人和佣工不得随意出门，任宅外不时有形迹可疑的陌生人出没，但始终没有车辆或人试图靠近宅院。夜幕降临后，一辆马车突然停到任宅大门前，紧接着左侯身穿任家富平时最喜欢穿的深褐色马褂一个箭步上车，马车沿着大街向东飞驰。

任宅附近监视的几路人马被突如其来的变故惊呆了，起步要追，哪里还赶得上？唯独一辆早早埋伏在斜对面巷子里的轿车赶紧发动，在巨大的轰鸣声中紧紧追赶，开出两三百码后，被两辆警车迎面逼停。

马车继续在大街上奔驰，跑了四里多路后前方十字路口右边陡然冲出一辆马车，车夫急忙勒缰，就这瞬间路边有条黑影迅疾无比地跳入车厢！

坐在车里的左侯还没来得及有所动作，就被黑影强劲有力的右手扼住咽喉，过了会儿，黑影冷冷地说："你不是任家富。"

正是偷画出逃的肖天宇！如伊宫承所料，他不敢到任宅附近，只能选择在外围等待机会。

左侯挣扎着挤出声音："在下……喻小同……"

手顿时松开，肖天宇明显十分恼怒："为什么是你？"

左侯道："任先生得知我鉴定过《晚霞染秋图》，很感兴趣，特意请我到任宅询问一些细节。他也听说你手里有画，表示了收购的意向……"

"废话！就是他指使咱小岈山绑架谢法官儿子拿到这幅画，不给他给谁？"

"这……任先生没对我说这些，只说目前他不方便出面，倘若遇到你，可代收下此画。"

“不行，画必须亲手交给任先生，这是当初的约定。”

“任先生亲口这样要求？”左侯试探道。

“……总之我不相信你！”肖天宇生硬地说。

“那怎么办呢？你不可能总将画捂在手里，眼下风声这么紧，多耽搁一天就多一分危险。”

“我必须见到任先生。”

眼看陷入僵持，左侯脑中高速盘算，冷不丁道：“其实你并不认识任先生，对不对？”

肖天宇身体微微一颤，犹自嘴硬：“胡说八道，这桩交易就是我跟任先生谈成的。”

解开一团乱麻中关键线头，左侯刹那间想通了好几个疑点，但他清楚不能把对方逼到墙脚，否则闹翻了反倒不好，遂微笑道：“昨晚警察已经找过任先生的麻烦，任宅周围的情况你也知道，因此无论如何任先生都不可能出大门半步。要不要画无所谓，不能把命赔进去。我觉得——个人观点，眼下最佳方案是把画藏到任先生指定的地点，你呢也找个地方藏起来，等风头过去再做打算，怎么样？”

“遇不到任先生，我哪里晓得那个地点是不是他指定的？”

“我会请他写张有亲笔签名的便条。”

肖天宇恶狠狠咒骂了一声：“老子根本没见过他签的名！”

“那……那我也没辙了……”

黑暗中两人相对无言，过了五六分钟，肖天宇打破沉默：“你去漯河是帮警察做事，万一这回也是呢？我凭什么相信你？”

左侯从怀里掏出一块古玉，递到他手里：“这是任家传了六代的护身玉符，中间刻有一个‘任’字，不信你摸摸看。”

肖天宇径自点起火折子看了会儿，以他粗浅的古玩知识也能判断出这确实是块古玉，中间“任”字至少镌刻了上百年，新刻压根儿做不出那种味道。

“哼，暂且信你一回，要是敢跟老子玩花样，早晚杀你全家！”肖天宇威胁道，“钱带了没有？”

“什么钱？”左侯心里一个激灵，诧异地问。

“老子辛辛苦苦帮他搞到画，难道半点好处都没有？”

“抱歉，任先生什么都没跟我说，更没谈到钱。”

肖天宇将古玉扔给他：“没钱啥也甭谈！我走了，叫姓任的自个儿找我！”

左侯脸上保持笑容：“真抱歉，有缘再会。”

谁知肖天宇并没有挪身，静静坐了会儿，突然道：“可惜老子耗不起！算了，先把藏画地点给你，验货后我自会上门取钱。”

“我只负责转告，钱的问题是你和任先生的事。”

“哼！”

肖天宇从鞋子内侧取出个香烟长短的铁管，重重往左侯手里一拍，然后很快消失在夜幕中。

远远地，隐匿在墙脚暗处的两个黑影迅速尾随而去。

# 第七章

铁管里卷了个小纸条，上面写着：昭姜胡同 4 号院西屋夹墙地下室。

“这么古怪的地方。”伊宫承深深皱起眉头。

左侯不解：“古怪？”

“那是西大街治安最差、最难管制的区域，居民多为烧窑工、车夫、跑堂伙计以及无业游民，成天打架斗殴、聚众滋事，警察都懒得去管。”

“以肖天宇的身份，把画藏在那里很正常啊，没准儿整个 4 号院就是小岈山土匪的秘密据点。”

伊宫承叹了口气：“或许吧，我是担心那帮人不好惹，稍不留神就闹腾得鸡飞狗跳，会给警察局造成不良影响……唉，硬起头皮干吧，一切后果我来承担！”

伊宫承遂连夜召集侦缉队全体人员，又涎着脸求治安队抽调十多名警察，一共挤了三辆大卡车，杀气腾腾地直奔昭姜胡同。

封锁胡同口，找来保丁一打听，才知道肖天宇为何放心将画藏在此处：4 号院住的是赫赫有名的蒋老三——码头老大，手下两百多号五大三粗的运输工人，是黑白两道都礼让三分的硬茬。

更倒霉的是，西屋恰好是蒋老三的卧室。

眼看双方剑拔弩张，一场血拼在即，还是吴探员机灵，四下托朋友把交通局水务科秦科长请到现场。秦科长负责港口、码头管理，蒋老三再嚣张也不敢跟他横。在秦科长的调解下，蒋老三同意让侦缉队进屋搜查，条件是赔偿所有损失的基础上外加一百大洋。

“钱是小事，不能折了面子，不然以后怎么在道上混？”蒋老三说。

伊宫承深表理解，清空院内所有闲杂人员后，探员们进西屋查找地下室入口。见蒋老三倚在院门边脸上阴晴不定，左侯悄悄将他拉到一边，轻声问：“受人之托？”

蒋老三紧锁眉头大口大口抽烟。

“我冒昧猜一猜，如果对，蒋大哥不妨说出入口位置，免得强行爆破弄坏屋子，如何？”

“……你说。”

“地下室里全是任家富的藏品！”

蒋老三吃惊地倒退两步，呆愣半晌，轻轻摇头道：“没办法，这家伙运气真差……实话说吧，任家富是我的姨表弟，十多年前就修了这个地下室，值钱的都放在里面。”

“若没有警察局要找的东西，绝对不会少半件！”伊宫承靠过来保证道。

蒋老三长吁短叹，一个劲地摇头叹息。

“这几天有人找过你吗？有没有往地下室里放东西？”左侯问。

“没，最近家富很少出门，没事儿更不可能跑这儿来。”蒋老三道，“不过安全性肯定没问题，这院子平常有十多个老人孩子，凭十多双眼睛还看不住一扇门？”

“我想也是。”左侯笑眯眯道。

蒋老三到南屋厨房间角落，搬掉煤堆后露出个黑色圆盖，向右旋了四圈半，再向左旋了两圈，这时西屋探员们叫道："开了！开了！"

西屋大床北面整堵墙"轧轧"地向后移动，右侧墙角有个黑黝黝的铁门。由于钥匙在任家富那边，探员们直接撬锁，伊宫承和左侯推门沿石阶下去，进入一间二十多平方米的地下室。

里面纵向排列了三排陈列架，架子上的古玩并没有想象中那么多，左侯浏览后认为数量虽少却都是精品。踱到最后一排，左侯瞥了一眼随即紧张起来，暗示伊宫承将探员们全都赶出去。

"发现什么了？"伊宫承问。

左侯踮起脚尖，从架子最上层取下一个古色古香的长方形盒子，戴上手套，从盒子里取出因年代久远而泛黄泛暗的卷轴，小心翼翼展开，五个风骨潇洒、气宇轩昂的瘦金体跃入眼帘——晚霞染秋图！

"老天！"这是伊宫承查案以来头一次接触到国宝级文物，紧张激动得喘不过气来，呆呆地看了许久，道，"是……是不是真的？"

左侯深情款款地一寸寸抚摸着轴面，道："还用多问？唯有真迹才能在亮相瞬间抓住你的灵魂，假的终究是假的，做得再像都不脱假味儿。"

"是啊是啊……"伊宫承凝望着画作，陡地想起什么，叫道，"不可能！刚刚蒋老三说肯定不会有人混进来，况且地下室设置得如此隐秘复杂，肖天宇一是找不到入口，二是即使知道机关所在，弄出那么大动静必定会惊动院里人，难以全身而退。"

左侯神秘地笑了笑，快速收好卷轴："此地不宜久留，回去再说。"

三辆卡车回到警察局大院列队后解散，这时外面急驰进来一辆吉普车，接着两名探员将一个大汉揪下车。

"肖天宇！"伊宫承冷然道，"还是没逃出我的掌心，很好，很好！"

肖天宇抬头瞪了左侯一眼，目光中满是愤懑和仇视。

左侯笑道："地址不错，可是那幅画……还在你手里吧？说说看藏在哪儿？"

"呸！"肖天宇啐出一口唾沫。

伊宫承听了这句话若有所悟，当即回办公室打电话调军统组专门用刑的特务过来。

"我在军统还没见过不肯说话的人！！"伊宫承沉着脸说，"左侯，现在轮到你了。为什么出现两幅画，哪幅是真的，其中到底有什么名堂？"

左侯关紧门窗，轻笑道："其实局座也早有察觉，对不对？"

伊宫承颔首："还记得绑架案那晚我处处觉得不对劲吗？第一，咱俩蹲守的位置正好对着路灯，而轿车从公馆侧门出来本该加速行驶，它却慢慢从路灯下滑行而过，好像故意给咱俩看似的；第二，绑匪开始要《归山辞》，后来要《晚霞染秋图》，两者悬殊，显然《归山辞》并非绑匪的真正目的，而是鱼饵；第三，绑匪要求谢悟恩拎金条交换人质时，车灯要正对南桥头，这种做法违反绑架案常用套路，似乎有意让我们看清整个作案过程。"

"难怪那晚你强调各行各业都有既定的规则和窍门，有些规律无法改。"

"昨晚我去谢法官家，看到侧面那边的路灯位置，又联想到谢悟恩与谢夫人的叔嫂乱伦事件，顿时悟出原来谢法官在下一盘很大的棋。《归山辞》只是诱饵，目的在于谢悟恩……"

左侯质疑道："不排除我们没看到车里坐的是谢法官，或者明知是他却不阻止。"

"那也无所谓，绑匪会有分寸地刺伤谢法官，然后要求谢悟恩带《晚霞染秋图》重新交易，那样更完美。这样分析，可见车灯正对南桥头并非让我们看得清楚，而是让绑匪辨认谁是谢法官，谁是谢悟恩。"

"两人身材、模样差不多，谢悟恩在车上临时换了谢法官的衣服。"

“我仔细想过，最明显的差异可能是帽子，谢悟恩没戴，而谢法官帽子不离手——当然，也有可能事先约定做某个特定手势等。”伊宫承续道，“但谢法官为何煞费苦心把画交到小岈山？肖天宇又为何千方百计栽赃给任家富？昭姜胡同地下室里的画又是怎么回事？这些悬念你大概已心中有数吧？”

左侯咧嘴一笑：“不敢不敢，如果今夜不能从肖天宇嘴里挖出另一幅《晚霞染秋图》，一切推测都站不住脚。”

“其实谢法官那幅是假的？所以那晚不敢公开展示，他知道你是行家，防止被看出破绽。”

“可我在小岈山看到了。”

“确定是假的？”

“匆匆扫了一眼，哪里辨得出？但地下室那幅绝对是真的。”

伊宫承失望地说：“所谓古玩行家不过如此。”

“鉴定和破案一样需要时间和耐心，何况小岈山之行并非一无所获，事后想想疑点颇多。”左侯道，“张横霸占小岈山多年，经验丰富，然而那晚却让我轻易开了锁并闪过守卫靠近他的住处，而且我偷听时两人正好谈到任家富和画，未免过于巧合；再说蒙汗药，张横干土匪这么久，这种药物想必用过多次，别说亲口喝，就算闻一下就应该知道，怎会稀里糊涂被肖天宇麻翻？很明显，小岈山捉放我是一出戏，目的在于传递一个信息——任家富是绑架案的幕后指使。”

“这个局做得很周密，一方面小岈山指证，另一方面当年涉案的王贵川、郁情都蹊跷离世，而参与诊治的又是任家富熟悉的唐医师，任家富浑身长嘴都说不清。”

“更绝妙的是，任家富确有一批古玩精品藏在昭姜胡同，里面包括《晚霞染秋图》！太有意思了！”左侯笑道，“现在只需第二幅画出世，我和局座两条路的线索就连起来了。”

“任家富……”

伊宫承正待说什么，有人敲门，开门一看，是个面无表情的特务，戴的手套上鲜血淋漓，他简洁地说：“招了，东西在驻亭桥下乔大油坊靠墙的石磨里。”

“很好！”伊宫承大喜，“继续审，要他招出幕后指使和作案动机！”

“……他受不住大刑，咬舌根自杀了……”

半小时后伊宫承赶到肖天宇交代的地点，六七名探员吃力地抬开足有千来斤的大石磨，凹槽里果然有个画卷！

左侯展开粗粗一看，立即收起道：“对，就是它！”

“你只看了几秒钟，凭什么断定是谢法官的？”

左侯亮出戒指里藏匿的银针，笑道：“那晚谢法官执意不肯让我们看画，我很冒昧地摸了摸卷轴——还记得那个动作吗？”

伊宫承恍然：“哦，你用银针在轴面做了记号？”

“所以在小岈山我一眼就认出画确是谢法官的，而这个记号现在又出现了。”他将银针的痕迹指给伊宫承看。

“两幅画谁真谁假？”

左侯反问道：“到现在局座还没明白？”

“我当然心中有数，可破案不能凭感觉，要拿出确凿证据。”

“就凭谢法官敢把画交给张横那帮土匪，足以证明它是假的。”左侯边上车边解释，“他必须这么做，因为它是鱼饵，要钓出真正的《晚霞染秋图》，而起因要追溯到两年前任家富等人的收购赃品案……”

# 第八章

当年王贵川成功盗了个建制规格非常高的明代王族古墓，由郁情引荐给任家富等人，当见到定窑白釉双娃闹春圆枕，任家富内心激动难抑。作为资深玩家，他很清楚定窑白釉枕到明代后期已相当稀缺，只有深得皇宠的王爷才能通过赏赐获得，于是拖上张宏达与王贵川私下接触，提出想看其他东西。王贵川虽盗墓多年，鉴宝水平却未见提升，没觉得盗品里有什么特殊的，遂一口答应。

当看到《晚霞染秋图》，任家富知道自己捡大漏了！当即以四百大洋买下，并发动刘文科、肖自忠等人买了剩下的东西，以转移外界视线。

“你认为刘文科、肖自忠不清楚任家富私下收购《晚霞染秋图》？”伊宫承问。

“只有张宏达知道内幕，连郁情都蒙在鼓里……”

王贵川盗墓案事发后，招供出郁情、任家富等一大串人，但王贵川平时盗的古墓太多，明代王墓只是其中一个，印象并不深刻，况且他经手的盗品数目庞大，根本交不出详细清单。然而审讯过程中，关于“僭越之印”和“斜两指半”的争论引起谢法官注意。

“‘斜两指半’到底是谁说的？”伊宫承问。

“这个问题非常重要，关系到谁拥有《晚霞染秋图》真品，因为只有亲眼看到真画，才确定斜两指半确有其事。从后面分析来看，应该出自任家富之口……”

事有凑巧，数年前谢法官专程到北平从某破落八旗子弟手里购了幅《晚霞染秋图》，价格不过数千大洋，可回家后经反复把玩，他越发感觉自己是打眼了。

画是假的。

自从溥仪被逐出紫禁城后，有关破落八旗子弟变卖家产的骗局屡见不鲜，属于“说家史、编故事”的传统套路，谢法官不幸成为受害者之一。

说者无意，听者有心。任家富在法庭上说出“斜两指半”，谢法官第一反应联想到王贵川盗的是明代王族古墓，极有可能盗品里就有《晚霞染秋图》！

任家富捡漏了！

于是谢法官对几名收购赃品者做出前所未有的严厉处罚：三十万大洋！

谢法官如意算盘是这笔巨额罚金谁都承受不住，倘若刘文科、肖自忠等人都知道内情，势必要向任家富施加压力。重压之下任家富或许会暗中抛售《晚霞染秋图》，然后谢法官便以“交易赃品罪”收缴此画。画只要进了法院仓库，谢法官就有机会处置。

未料知情者只有张宏达，且与任家富是几十年好友，当任家富许诺承担其罚金后，根本无须担心泄密。而任家富的家产比谢法官想象的更殷实，变卖了一些古玩后，居然一下子就凑齐六十万大洋。谢法官唯一收获便是通过监视，查探到任家富真正的藏宝地点在昭姜胡同。

有码头大哥蒋老三看守，谢法官一时无计可施，事情就这样拖了下来。

伊宫承顿悟：“因为总统府幕僚长陈布雷听说此画，透过种种关系索取，谢法官感觉到压力，便设计了整套计划？”

“能高升司法部，很难说清其中的猫腻，也许陈布雷索取，也许谢法官主动呈献，总之他已经下定决心在赴任前了结此事，为此施展一系列手段……”

首先他以“特赦令”引诱小岈山土匪合作，对张横、肖天宇等人来说，内心已经厌倦成天打打杀杀、饥一顿饱一顿的日子，渴望回归正常生活，若有谢法官签署的“特赦令”，无异于免死金牌，因此毫不犹豫答应下来。

接下来是家里的龌龊事。婚后十多年始终未育，谢法官心里明白是自己的问题，也暗自吃了很多方子都没用。之后老婆与谢悟恩越走越近，然后便生了个儿子。像谢法官这等层面的人，无论如何丢不起脸面，况且是最敏感的“绿帽子”，遂忍下这口窝囊气，对儿子倍加呵护。

结发之妻不能杀，毕竟在高升司法部的节骨眼上，她死了反而会引起怀疑；谢思觉虽不是亲生，也算从小抚养大，多少有些感情；算来算去该死的，也能死的只有谢悟恩。

如前面所推测，绑匪先以《归山辞》为诱饵骗杀谢悟恩，再顺理成章提高赎金换走《晚霞染秋图》，从而完成谢法官这边的部署。

这个过程中暴露了三个破绽：一是《归山辞》和《晚霞染秋图》价值悬殊太大，即使有三十根金条打掩护也无济于事；二是从谢法官第一次故意以身涉险到后来灯光布置，都有违正常的绑架手段；三是谢夫人为了谢悟恩遗体安放问题居然不惜公开翻脸，揭开谢家最隐秘的丑闻。

此外画轴上被左侯做了记号，为后面鉴定真伪埋下伏笔。

在任家富那边，谢法官串通唐医师先后毒杀王贵川和郁情。这是一箭双雕，一方面防止两人说出经手《晚霞染秋图》之事，另一方面将祸水引向任家富。按说张宏达也应该死，但以两人的交情，任家富绝无可能下此毒手，何况会引起任家富警觉，没准要携画远逃。

听到这里伊宫承叹道："凭目前的法医技术，根本没法从尸体里提取证据指控唐医师，对不对？"

"这是谢法官有恃无恐的地方，当然两人的死只是副线，主战场在小岈山。"左侯道，"绑匪故意让谢思觉看到真面目——这本身就不合理，通常被绑架者看到绑匪真面目后只有一个下场，那就是死。谢法官预计警察局方面会让我去小岈山，便上演周瑜戏蒋干的好戏，让张横亲口说出幕后指使是任家富，然后肖天宇偷画出逃，将我们引到昭姜胡同搜查任家富藏宝秘室也就水到渠成了，可惜的是，肖天宇演技差了点，露出了几个破绽……"

一是他并不认识任家富，如果用之前通过中间人交易来解释的话，他要求必须见任家富就有些奇怪了——他很清楚任家富处于警方监视之下，倘若直接见面而被围捕，更令警方相信双方串通一气；二是他假意要好处，被左侯回绝后居然不再坚持，这从情理上说不通，因为他背叛小岈山出逃，不管以后去哪儿都是需要钱的。

由此可见肖天宇此行目的就是骗警方搜查昭姜胡同地下室，找出那幅真迹。

"照你的分析，既然谢法官认定真迹藏于地下室，索性让张横将假画销毁不就完了，为何冒险收回？"伊宫承问。

左侯笑道："万一找不到呢？他就把假画送上去搪塞，更何况一幅价值上千万的国宝级名画，局座以为他真舍得献给陈布雷？估计是真迹据为己有，假的呈上去，即使被发现也有说辞，毕竟经过土匪、任家富、警察局辗转多次，谁说得清在哪个地方被调换了？"

"真是老奸巨猾。"伊宫承恨恨道，"可你说了这么多，没有拿得出手的证据，只能眼睁睁看他得意扬扬抱着画去重庆，他娘的！"

左侯神秘一笑："局座认为他抱的是真迹还是假画？"

伊宫承怔住，过了半晌缓缓道："怎么，你想把真迹留下？那幅假画不知道被谢法官研究过多少回，每处细节都烂熟于心，想必也看出破绽所在，恐怕不可能瞒过他的法眼。"

"谢法官周六动身去重庆，还有三天时间，足够了。"左侯一脸诡笑。

"……哦，原来你是想……我倒忘了你是造假大师。"伊宫承顿悟对方的心思，无奈摇摇头，"我原本最反感制造赝品，可对付谢法官这种人必须用非常规手段……不管你用几天，我都得一步不离守在旁边，不然真迹会被你换没了。"

"太不信任人了！"左侯抗议道，"我个人表示非常遗憾。"

周五晚上，伊宫承和左侯郑重其事地将《晚霞染秋图》送到谢宅，谢法官连"谢"字都没说，急切地捧着画进书房查验。

难熬的等待期间，伊宫承有些不安，悄声问："你说……他会发现问题吗？"

"绝无可能！"左侯一脸自信，"他是拿这幅画跟之前的赝品比较，我却是依据真迹仿的，每个细节都照顾到了，包括'僭越之印'和'斜两指半'。唯一缺憾是有点新气，不过以他故步自封的三脚猫水平，嘿嘿嘿，顶多心存疑惑而已。"

"是吗？"

伊宫承还是有点忐忑。

隔了半个多小时——或许更长时间，谢法官终于慢腾腾地从书房出来，如左侯所料，眉目间闪烁着迟疑和迷惑。

"伊宫局长，这幅画确实是从地下室拿的？"谢法官问。

伊宫承应道："当时只有我和左顾问一起进去，其他人全守在外面，从地下室到这里，经手者不超过三个人。"

"哦……关于这幅画，有没有发现仿品？"

"刑侦队在抓捕小岈山土匪过程中，发现一幅《晚霞染秋图》，经鉴定为赝品，为防止鱼目混珠已当众销毁。"

"销毁了？"谢法官一惊，随即点点头，"毁了好，毁了好……多谢二位！"

出了谢宅，伊宫承仰望星空，怅然叹了口气，道："这桩案子就这么悄无声息结束了。"

"我们的确当众销毁了一幅假画；任家富肯定不敢说三道四，不然治他一个勾结土匪罪，反正有肖天宇的供词。这是局座任侦缉队队长以来缴获的第一件国宝级文物，难道不是最好的结果？"

"我是想，万一陈布雷发现是赝品，会不会盛怒之下层层追查？"

"古玩古玩，顾名思义，玩玩而已，当真你就输了；以陈布雷那种身份，如果会为这点小事生气，哪能当上总统府幕僚长？"

"那倒是……"伊宫承摸摸额头，自嘲道，"也许我想得太多了——走，回家睡个安稳觉。"

# 栖霞船屋

# 楔子

一个悠闲的黄昏，外面下着连绵细雨，屋檐上滴滴答答的滴水声似古雅琴意，左侯捧着杯浓浓的乌龙茶，坐在窗前边听收音机边看书。

“砰”，伊宫承推门进来，往桌上放了尊瓷瓶，道：“你常说破案和鉴宝都靠找破绽，看下这瓶子，能琢磨出什么？”

这是一尊哥窑白釉印花掐腰双耳瓶，胎骨细薄，釉质坚密光润，瓶底有隶体“官”字，瓶身下方不知谁用油画笔写着歪歪斜斜的两个字“呈闹”。

左侯戴上手套拿起瓶子转了一圈儿，道：“破绽就在‘官’字。表面看它是大开门哥窑白釉瓶，价值不菲，但宋代五大瓷中只有定窑是为皇室烧造瓷器的民窑，需要特意注明‘官’，而哥窑本就为官窑，无须多此一举。”

“不愧是古玩鉴定顾问，厉害厉害。”伊宫承接过瓶子，“它是军统小组执行监视任务时收缴的，在特务眼里它不是古玩，而是传递情报的工具，所以研究角度与你不同。”

“工具？”左侯茫然。

伊宫承指指“呈闹”两字：“乍看似乎是顽童胡乱涂画，其实隐含了秘密接头时间、地点——十二号，韦家门！”

“啊！”左侯心头一震，“不错，南大街那边是有个胡同叫韦家门，而明天就是十二号……谁要秘密接头？想干什么？”

“军统的活儿你少管，有些事知道得越少越安全。对了，你明天上午参加致和文斋组织的拍卖会，没准儿能遇到你的老情人……”

这时吴探员匆匆进门。

“报告，韦家门胡同发生了火灾，现场有两具尸体，初步判断为人为纵火，蓄意谋杀。”

伊宫承拍案而起：“妈的，韦家门，偏偏是韦家门！召集弟兄们立即去现场！”

# 第一章

胡同里只有对门的两户人家，小四合院破败得不成样子。由于外墙高耸，四周树木茂盛，火势蔓延开来后直到浓烟滚滚才被发现，且巷道狭窄，水龙车无法进入，救火人员只能眼睁睁地看着大火将里面烧个精光。

右侧李佑夫妻俩在两条街外开油坊，事发时一家正打扫店铺，幸运地躲过一劫。左侧住着一对中年夫妻，膝下无子，户主邱治平在东大街古玩一条街有个小茶壶店，老婆吴玥体弱多病，成天关在院里侍弄花草，涂涂画画。

中午邱治平一反常态提前关店，对旁边店主解释说家里有事。起火时院门反锁，每间屋子门窗紧闭，两具尸体则在卧室的床上被发现，已烧得不成人形。

现场有明显的汽油泼洒痕迹，燃火点多达十几处，火势一起便封锁所有逃生通道，显然是人为纵火。

左侯问道："为何判断蓄意谋杀？死者有可能关闭门窗后纵火，然后夫妻两人躺在床上共赴黄泉，多凄美浪漫。"

吴探员有条不紊分析道："首先尸体姿势平整，无挣扎扭动现象，说明火势蔓延时两人已经死亡；其次尽管尸检报告还未出来，但已发现几处挫伤，说明死者生前曾遭到攻击；还有对面院里也有六七处燃火点，以邱治平的年龄和身手大概没有能力翻越高达三米多的院墙。”

“死者身份确定了？”伊宫承问。

“还没有，但中午以后再也没人见过邱治平夫妻俩。”

“那不算数，必须仔细核查死者身份！”伊宫承沉着脸说，“还有，立即查封茶壶店，调查邱治平夫妇近几天的言行。”

等吴探员带人走开，左侯涎着脸凑上去道：“既然跟秘密接头有关，这桩案子为何不交给军统处理？”

“纵火杀人案影响太大，警察局必须给公众一个交代。”伊宫承淡淡解释了一句，随即岔道，“刚才提到你的老情人，不觉得好奇吗？”

“我左侯向来是万花丛中过，片叶不沾身，玩过的女人中没一个有资格称作情人。”

“芦白花也不算？”

左侯如遭雷击，张了张嘴却说不出话来。

“与你伯仲之间的造假大师，不过比你多了个名号——袖影魔光手，擅长在袖里捏出与展品相似的泥品，瞬间偷梁换柱，等主人发觉时已逃之夭夭。”伊宫承如数家珍道，“几年前你俩合作过一段时间，弄出好几桩大案，后来不知何故分道扬镳，她也从洛阳消失。”

“你……怎么知道她回了洛阳，而且肯定参加致和文斋拍卖会？”左侯声音里充满了苦涩和不安。

伊宫承冷冷道：“军统情报需要理由吗？你听好了，不管你俩之前发生过什么，如今你是警察局古玩鉴定顾问，她是重点嫌疑分子，分属敌对立场，明天拍卖会可得提点神，别做傻事。”

“说了半天，我根本不知道怎么回事。”

伊宫承四下环视一眼，将左侯拉到更偏僻处，低声道：“听说过栖霞船屋吗？”

“那个象牙雕件呀……”

栖霞公主是明穆宗的三女儿，明眸善睐，活泼天真，深得明穆宗宠爱，早在她三岁时明穆宗就发誓将来要给予她王侯封地的待遇。然而其六岁那年突染重疾离世，明穆宗悲恸欲绝，决心不惜重金实现许过的承诺。

因为栖霞公主爱玩水，爱坐船，遂将她的棺椁按船的样式用黄金打造，内嵌珠宝；陪葬品也是依照她生前喜欢的生活用品、玩具等同比例黄金铸造，其奢华程度甚至超过太后、皇后制式，整个费用比其父亲明世宗的墓葬总支出还高。朝野上下议论纷纷，有谏官仗义上疏，对此明穆宗采取的对策很简单：上谏者斩立决！后来再也无人敢言。

为防止不法者盗墓，船屋下葬在一个非常隐秘、绝对无人想到的地方，明穆宗为了睹物思人，又令工匠按原型打造了一只半尺长的象牙船屋，唯一不同是，船屋上层船舱里有个象牙雕的核桃，核桃内壁上便刻着黄金船屋下葬地点的地图！

象牙核桃上下两端微微嵌入船舱，中间有轴贯穿，既可在凹槽内绕轴转动，又不能用蛮力取出——倘若强行破坏则会触发机璇，核桃将裂成碎片。

据说李自成攻入紫禁城后得到此物，命手下谋士琢磨了一天一夜未遂，怒而弃之；乾隆帝素以聪慧自矜，带着一班能工巧匠苦心费诣研究数月，也没如愿。

幸好象牙船屋本身就是精美绝伦的工艺品，具有极高的收藏和赏玩价值，使它未被历代恼羞成怒的解谜者损毁。之后辗转于晚清王府权贵之间，渐渐地人们忘了它附带的传奇故事，仅作为可供赏玩的象牙雕件而已。

“……也许所谓黄金船屋就是好事者编的谎言，目的在于多赚点钱。”左侯诧异道，“难道它会在明天拍卖会上露面？”

伊宫承郑重其事点点头："盯住芦白花，据可靠情报她是冲着船屋而来。你的任务是全力阻止她出手，别的不用管。"

"为什么？"

"说来话长，这会儿办案要紧，没时间多说，总之这是戴老板的意思——宁可信其有，不能让它落到敌人手上。"

"敌人是谁？拜托局座，别一味打马虎眼行不行！"

伊宫承瞪着他："你以为芦白花这几年在外面干了些什么？她是带着使命回洛阳的！"

"以戴老板的能量应该从源头截住，不让它出现于拍卖会。"

"委托者是杰姆斯，美国驻洛阳办事处主任，所以不单是钱的问题，明白了吗？"

三个月前为追查《月下绛妃图》，伊宫承指使卡车撞翻办事处轿车，抓获试图逃跑的主犯喻长范，与杰姆斯结下梁子，如今明明可以商量的事也不好商量了。

左侯还想继续问，吴探员带来两位哭啼啼的老人，他们是邱治平的父母，刚到现场就确认男尸是邱治平，但感觉女尸不像吴玥，又说不清原因。

伊宫承安慰道："尸体烧成这副样子，若非亲生骨肉很难辨认，二老早点回去休息吧。"

邱母执拗道："那个狐狸精烧成灰我都认识，屋里的肯定不是！哎，可惜治平不听我们的话，要不然怎么会死得这么惨，我的儿呀……"

"对，都是那个狐狸精害的，八成她杀了治平后卷走钱财，警察大人要为我们做主啊！"邱父附和道。

经过一番询问得知，前几年邱治平在苏州无锡等地收购古玩，做贩买贩卖的生意，因不愿在外奔波回洛阳开店，后来在茶馆遇到演奏古筝的吴玥。

邱母强调儿子被迷了心窍，不顾家人反对娶了这个连家境背景都不清楚的狐狸精。婚后吴玥不肯生育，而且不出去工作赚钱，在家好吃懒做，更让二老愤怒。

“真不晓得治平看中她哪点好，身子那么单薄，成天病怏怏得没精神，走路内八字，家务活儿不利索，也不出去干活儿挣钱，就知道画画弹琴……”

吴探员将两人送出去时邱母仍唠叨个不停。

目送他们离开，伊宫承若有所悟，拉着左侯沿着胡同外围走了一大圈，突然问道：“杀人纵火不奇怪，可凶手为什么连对门人家一齐烧？如果有仇，凶手应该清楚对门一家三口都不在家。”

“大概……想形成凶猛的火场，使外人无法扑救。”

“纵火时人已经死了，阻止并无意义。”

左侯眼珠一转：“有意义，凶手要确保大火把尸体烧得难以辨认。”

“嗯，倒是这个理儿。”伊宫承慢慢道，“照这么分析，邱治平父母的直觉可能是对的。”

# 第二章

第二天上午汇总各方面搜集的情报，梳理之下有两个疑点：一是据附近几家店铺老板反映，邱治平的茶壶店生意一直清淡，顶多混个收支平衡，主要收入来源应该是旁边两间店面房租，婚后更无心茶壶生意，动辄跑得没影儿，全靠一个叫王铮的伙计守店，不知在外面干啥；二是吴玥婚后绝少外出，似乎也没有朋友，但隔三岔五总有客人到访，有男有女，而且都是邱治平不在家的时候，让人觉得不同寻常。

“店面房租是多少？”左侯问。

伊宫承道：“月租三块大洋。从伙计王铮提供的账册看，前几年茶壶店尚能勉强赢利，近两年都微亏，正好发生在和吴玥结婚后，说明什么？”

“仅从收入来源分析，房租差不多弥补茶壶店亏空；要保证夫妻俩过得不错，且吴玥成天在家赏花弄草，必定另有一笔还算丰厚的收入。结合吴玥经常在家接待访客，可想而知与某项秘密任务有关。”

“是啊。”

左侯闲闲道：“这使我不得不想到那尊哥窑白釉瓶，是不是在茶壶店收缴到的？邱治平听说后意识到身份暴露，赶紧回家跟吴玥商量对策。吴玥觉得最保险的莫过于灭口，遂制造这起纵火杀人案。”

伊宫承沉默半晌，淡淡道："精彩的推理，看来顾问转侦探是迟早的事。"

"我才不稀罕当警察，只要你那位戴老板一松口立即远走高飞。"左侯赶紧声明，然后追问，"你就说我分析得对不对？"

伊宫承在办公室里转了两圈儿，伫立在窗前好一会儿才说："事情的确发生在今天上午，行动组盯梢一个已监视很久的嫌疑人，看到他拎着包裹进了茶壶店，好几分钟没出来，也看不到人影，当机立断冲进去抓捕，那家伙已翻过后院墙头，追了一阵由于地形不熟被甩了。行动组注意到他逃跑时两手空空，显然嫌包裹累赘，一番搜查后在后院大树树杈里找到那尊瓶子。"

"当时邱治平不在店？"

"嗯。"

"既然约好接头时间，为何不在？"

"如果茶壶店是固定的情报中转站，为防止危险，邱治平故意回避也在情理之中。"

左侯摇摇头，显然不认可他的说法。

伊宫承看看钟："拍卖会十点开始，你这会儿就动身，顺路到茶壶店转转，没准能有新发现。"

茶壶店位于古玩一条街西面秀才巷里，是条死巷，里面共有九间门面，最外侧三间是邱家祖产，邱治平将靠近巷口的两间租出去开了古玩铺和象牙店。因为不在主街道，平时巷里的人流也不大，主要是老主顾和没事闲逛的游客偶尔进店看看。

店门四敞，王铮哭丧着脸在清理店铺，陈列柜、货架、仓库、后院地上到处是茶壶碎片。反正苦主死了，邱家忙于丧事，没人理会损失问题。

左侯在屋前屋后转了一圈儿，又踱到对面的雅意古玩铺。店主余老板圆脸细眼，腹大腰鼓，正拿着抹布跪在橱柜前擦拭。听左侯亮明身份，他揉揉脸，叹了口气说：“秀才巷生意本来就不怎地，这一来……唉，等房租到期再作打算吧，大不了换个地方。”

“听说这两年邱治平无心打理生意，难得在店里露面？”

余老板又叹了口气：“好端端的生意不做，真想不通。干咱们这行，货再好交给伙计打理终究不顺。之前我也旁敲侧击劝过，他像中了邪似的听不进去。人啊，一旦鬼迷心窍就没救了。”

“你的意思是跟他老婆有关？”

余老板连忙摆手：“我就这么一说，别记入档案。”

两人又聊了会儿茶壶店经营状况、经常光顾的老客户等，余老板回答得四平八稳，与警察局记录基本相同。接着来到与茶壶店相邻的月黄象牙店，黄老板明显是话篓子，长篇大论地说什么夫妻八字相冲相克，又说秀才巷风水不好，阴气太重之类，左侯好容易逮个机会岔道：“你觉得邱治平在外面干什么？”

黄老板将头伸到店外四下张望一番，悄声道：“你是头一个问我这个问题的，你算找对人了……我有个远房亲戚拉黄包车，有时带客人到古玩街，顺便在这儿歇脚喝水，见过治平几次。后来他说那位邱老板很奇怪啊，不在店里做生意，老在城里到处串干吗？我问串过哪些地方，他扳着指头说县政府、议会、码头、车站，这几个地方都遇好几回了。”

“县政府和议会？能让他随便进去吗？”

“没看到他进去，反正经常在门口或附近。”

“确实很奇怪。”临走时左侯又问，“你们三家店谁生意最好？”

“相比起来他们两家不错，总有人进进出出，我这儿冷清些，没办法，象牙制品属于收藏里的偏门。”黄老板没精打采地说，“等租期到了搬到别处改改风水咯。”

左侯出了秀才巷，沿着墙根兜了一大圈儿，观察完毕后才步行前往致和文斋。它是古玩街规模最大、生意最兴隆的古玩公司，一方面做古玩生意，另一方面从事古玩鉴定和拍卖，赚得盆满钵满。此次是每月定期举办的常规拍卖会，事先没做过多宣传，更没对外提到引人注目的象牙船屋。

步入拍卖大厅，左侯边顺手拿了份拍卖清册，边朝人群里扫了一眼。

如果左侯生命中有一段刻骨铭心的恋情，封闭的心境里有一个难忘的女人，只能是芦白花——那个让他又爱又恨，又无从捉摸的神秘女人。

三年过去了，如今她是否风采依旧，还是那么狡黠、那么聪明、那么冷酷，令他进退失据?

很可惜，直到拍卖会开始她都没有出现，参加拍卖的只有二十多人，其中六位女士年龄都至少在三十五岁以上。

左侯相信军统情报，更相信芦白花出神入化的化装术。她曾说过女人最大的优势是能装扮成男人，而男人装扮女人则破绽百出。

芦白花肯定在拍卖大厅里。

拍卖槌响，门窗全部关闭，十多个保安站在座位两侧，目光炯炯地盯着视线范围内的买家，每个动作、每个细节都逃不掉他们的监视。

拍卖会最大的风险就在开场前的拍品展示。动辄成千上万大洋的交易，买家们必须慎之又慎，抓紧机会近距离全方位观察，除了字画，其他如瓷器、陶器、青铜器、各式玉制品等还得亲手把玩，体会古玩特有的包浆、温润感以及难以言说的韵味。在这过程中大件容易失手毁损，小件则有被偷换之忧。

虽说拍卖行通常用交纳押金、同行担保等方式加强参拍者的身份甄别，可百密一疏，总有人通过种种手段混入伺机作案。

作为今天底价最高的拍品，象牙船屋被置于展示区最引人注目的中央玻璃橱柜里，两边各站有一名虎背熊腰的保安。兴趣一般或资金实力不够的买家隔着玻璃欣赏一下即可，有参拍意向的买家则需提出要求，然后保安取出象牙船屋交到买家手里，这时附近又有两名保安站到买家身后——一共四名保安形成人墙，既将买家围在当中，又将他与其他买家隔离开来，可谓万无一失。

三万大洋。这个底价对绝大多数买家来说难以承受，撇开黄金船屋的真实性以及实际操作难度，仅仅一件皇家出品的象牙雕件，还不如去竞拍右侧三件战国时期的青铜器，那加起来才八九千大洋。

二十分钟过去了，只有四个人站在橱柜前赏玩着象牙船屋，只剩十分钟了，一切风平浪静。

第五个买家走过去，是个大腹便便、满脸胡须，手上戴着硕大戒指的暴发户。左侯轻嘘口气转开目光，心里不知是失望还是期待。

蓦地，左侧传来“咣当”一声闷响!

所有人下意识看去，原来有位中年贵妇把玩辽代铜镜时不慎失手落地。旁边立即围过去六七个拍卖行职员和保安，急欲察看和评估损失。几乎是同时，那个暴发户闪电般越过被转移注意力的保安包围圈，边狂奔边将象牙船屋塞入怀中，离大门还有七八米时右手一扬，然后守在门口的两个保安身子一抖，捂着腹部痛苦倒地，抽搐不止。

这一手将其他保安和工作人员震住了，竟不敢上前阻拦。唯独左侯不假思索冲过去，暴发户诧异地瞪了他一眼，跑到门口快速拉开门闩闪出去。

因为事发突然，拍卖大厅外停留的工作人员毫无准备，暴发户顺利逃至古玩街主干道。此时上午十点多钟，正是衣食无忧的玩家们吃完早点，意态悠闲地淘货的小高峰，三三两两的行人、黄包车、轿车等形成有效掩护，暴发户边在人群中穿梭边脱衣服，试图甩掉尾巴。但左侯大喊“抓小偷”，又亮出警察局证件，行人们纷纷让开道，两人距离越来越近。

急速跑了几分钟，暴发户陡地往旁边巷子里一钻，左侯赶到巷口已没了对方踪影。

这不是秀才巷吗？它是条死巷，拐过弯后就没路了，暴发户为何选择逃到这里？

左侯嘴角含起笑意，没往巷子里追，继续向前飞奔，过了两个路口后绕到一幢三层小楼背后巷子，穿过去便是一片茂盛的海桐林。再跑十多米，瞥见树林右前方有个挽着包匆匆行走的紫衣女郎。

“芦白花！”左侯断喝道。

紫衣女郎怔了怔，慢慢转过身来，还是昔日冷艳脱俗的模样，仔细打量他一番，道：“原来是你。”

左侯强抑伤感道：“不告而别，不告而归，你似乎有很多秘密？”

“你呢，难道不是？”

“为何不联络我？”

“当然有苦衷……等忙完手边的事过几天细谈。”

“好吧，不过。”左侯上前一步指着小挎包道，“先把东西留下。”

芦白花似乎早有预料——既然在这儿遭遇到左侯，她就明白不可能轻易脱身，冷冷道：“什么？”

“象牙船屋。不得不夸你的化装术炉火纯青，居然违反常理地化身为大肚暴发户，真有想象力。把守大门的两个保安也被事先收买了吧，难为他俩装得那么像，不过选择从秀才巷逃跑是一大败笔，因为我刚在这儿踩过点。”

“你想多了……”

她说着突然将目光转向他身后，左侯正打算说“少跟我玩这套”，突觉得一股冷风直袭后心，急忙闪身下蹲同时从袖里抽出匕首。偷袭者并不恋战，顺势跃入乱草丛逃逸，再抬头看时，芦白花也已消失不见。

# 第三章

伊宫承手指有节奏地敲击桌沿，慢腾腾道：“芦白花从你手里逃掉了？不会在演捉放曹吧？”

“局座这么说就不够意思了。”左侯反击道，“整件事从开始起你就吞吞吐吐说一半留一半，导致我考虑不周：比如你只说她准备动手，却隐瞒她还有同伙的事实；你也没提醒过象牙船屋与纵火杀人案之间绝对有联系；再说既然事先察觉她要动手，起码得在拍卖行附近布下监视网，结果只有我一个人拼命追，真是笑话！”

“什么联系？”

“通过哥窑白釉瓶传递情报的与芦白花逃跑路线居然一致，都从茶壶店后院墙翻过去，这不是巧合。”

“事情就麻烦在这里，根据可靠情报，芦白花根本不可能与邱治平有联系，否则天下大乱。”

“局座的话高深莫测，听不懂。”左侯道。

伊宫承深深叹了口气，踱到窗前凝视远方景色，隔了许久道：“军统并非唯一特务机构，还有一个叫中统，两大机构直接受蒋总裁指令，既有合作也有竞争……”

“哦，相当于明朝的东厂西厂？”

“很不恰当的比方，不过也差不多。总之双方私底下各有小动作，但场面上都保持克制，不贻对方口实。”

左侯何等聪明，立即听懂他的弦外之音：“邱治平是中统特务，古玩店是他们的接头地点？”

“基本是。因为中统侧重于党务监督，不允许在地方暴露身份，这就是邱治平经常在县政府等地转悠的原因，同理，纵火杀人案必须由警察局接手，而不能让处于竞争关系的军统介入。”

“这跟芦白花何干？”

伊宫承脸沉了下来：“根据情报，她离开洛阳后在江浙一带活动频繁，有可能……是共产党！”

左侯心一震，久久说不出话来。

这一直是民间禁忌的话题，“宁可错杀不可漏杀”的政策令老百姓噤若寒蝉，不敢随便触及。

“军统和中统固然明争暗斗，对付共产党却高度一致，因此那尊哥窑白釉瓶……实在蹊跷得很。”

“但三方目标都是象牙船屋，对不对？”

“眼下我的身份是警察局副局长兼侦缉队队长，就事论事，侦查工作必须围绕纵火杀人案进行，尽快抓到凶手。”

左侯笑道：“看出来了，局座内心深处也不敢招惹中统，所以才叫我这个局外人到拍卖会搅和。”

伊宫承哼了一声，打开文件夹道：“闲话少说，研究案情要紧。上午的尸检结果有了，邱治平致命枪伤在前额，说明是正面枪杀；女尸已确定不是吴玥——她上个月在附近诊所换了颗新牙，而牙医鉴定女尸所有牙齿磨损度一致，另外吴玥走路内八字，脚踝形状与正常不同，而女尸不符合；技术鉴定女尸死亡时间早于邱治平，可能前一天就……”

“不会吧！昨天上午才发生的事，难道吴玥能未卜先知提前准备尸体？再说了，他俩是中统，暴露身份后果能有多严重？换个地方重起炉灶不就行了，犯得着纵火杀人？”

“难说。中统特务除正常收集刺探情报、反间谍活动外，一般都兼负其他特殊使命，必要情况下会采用灭口手段清理外围人员。”

左侯啧啧有声：“清理——多冷酷的词儿，让人毛骨悚然。我觉得大致场景是这样：邱治平与吴玥因为某件事发生冲突，吴玥前天准备好尸体，而邱治平昨天中午提前回家正好给她动手的机会。刚开始我们质疑凶手连对门一起烧的动机，现在得到合理解释了。她需要形成更大的火场影响扑救，使尸体烧得面目全非。”

“看来吴玥就是凶手，或者是纵火杀人案主谋，不管她什么身份，都要面临审判，接受法律严惩！”

左侯拍掌道：“为局座难得的正义感喝彩！接下来全力以赴抓捕吴玥，别的事都别管了。”

伊宫承道：“想得美，你以为我忘了芦白花强抢象牙船屋的事？杰姆斯一天两三个电话像催命，想装糊涂都不行，毕竟抢劫行为也归警察局管。我不掺和军统中统之争，也不会随便扣帽子，但职责范围内的事绝不会放过。”

“唉，大道理总说不过局座……关于吴玥有什么线索？”

“只知道很瘦，内八字，长得还算可以，身世、背景等情况全是空白。”

“内八字？”左侯突然灵光一闪，“让我想想……对了，拍卖会上那个贵妇人就是她！当时看到她走路内八字我愣了愣，但我注意力在象牙船屋也没多想。就因为她将辽代铜镜失手落地，芦白花才抓住机会完成一系列动作。

现在再琢磨，两人配合得真是天衣无缝。”

伊宫承头摇得像拨浪鼓：“绝对不可能！共产党是军统、中统头号大敌，哪怕为了黄金船屋也不可以走到一块儿，这可是重罪！”

左侯坚持道：“她俩千真万确配合了，除非那个贵妇不是吴玥，或吴玥不是中统、芦白花不是共产党。”

“芦白花的身份基本已被锁定，吴玥虽有待核查，但错的可能性极低。”

“看来案子走进死胡同了。”左侯摊摊手道。

“还没到山穷水尽的时候。”伊宫承苦苦思索良久道，“凡参加拍卖须经古玩店、收藏圈名人推荐，去致和文斋查查吴玥的推荐人。”

拍卖行记录簿显示，为吴玥出具推荐信的是恒达贸易公司总经理方新星。恒达经营刺绣、绸缎和手工艺品，货源主要是上海、苏州等地，全年贸易额只有八十多万大洋。方新星四十多岁，洛阳本地人，结婚并育有一子，无犯罪记录，也不在军统黑名单内。

贸易公司与各行业来往颇多，能以进货和考察为名经常外出，小规模经营不引人注意；方新星低调本分，背景清白，无不良嗜好。这些都符合中统在各地部署秘密据点的要求，而且手工艺品与邱治平的茶壶店勉强沾边，可以掩护双方接头和策划活动。

再查拍卖行账户，更重要的线索终于浮现：两天前吴玥按拍卖行规定交五百元支票作为押金，付款人正是恒达贸易公司！

伊宫承立即跑到出票方鑫宇钱庄查询恒达账户，发现近两年几乎每个月都开出十多张零星支票，轧差金额基本相同。

“中统活动费！”左侯道，“吴玥的生活来源找到了！”

“抓捕方新星！”伊宫承咬牙切齿道。

到了警察局门口，左侯突然说身体不舒服要去医院，伊宫承随口应允。

左侯遂站在一边目送侦缉队几辆吉普车风驰电掣驶出去，再等会儿，才飞快地闪入对面巷子。

左侯知道能在哪儿找到芦白花。

傍晚时分，天色昏暗，左侯在破败不堪的贫民区巷道里穿来穿去，很快来到一个藏得很深的两层小楼后，拿细铁丝沿木窗间隙伸进去捣鼓几下，双手轻托，轻轻将窗户打开，纵身而入。

屋里漆黑一片，他踮着脚尖向里走了九步，用极慢的动作撩开厚厚密密的珠帘，看到靠东墙地面有一溜微弱的灯光。

这就是了！

他慢慢靠近，贴着墙板偷听。

“……相当麻烦，芦姑娘恐怕不能如愿。”有个沙哑苍老的声音说。

“真奇怪，凭当今先进工艺和娴熟技巧，居然解不开几百年前的难题？”这是芦白花的声音。

“机器工业时代靠的是毫无创意的无休止的机械运动，哪能跟古人相比？巧夺天工这四个字可不是随便说的，芦姑娘。”

芦白花有些烦躁：“老姜头，别净说那些玄虚的玩意儿，你就告诉我能不能把东西取出来？”

屋里陷入寂静，隔了好久老姜头慢慢说：“两天内，不能；要给我两个月，或许可以。”

“两个月？”芦白花倒吸口凉气，“不行，我等不起。”

“那就另请高明……”说到这里老姜头陡地大喝，“外面是谁？”

左侯推门而入，大笑道：“论解锁和破解机关的水平，整个中原老姜头称第二，没人敢称第一，到哪儿另请高明？”

被他一捧，老姜头顿时红光满面：“原来是你小子，怪不得能一声不吭摸进来。”

芦白花迅速收起象牙船屋，冷冷道：“你来干吗？”

“这种难题非找老姜头不可，不过白花，”左侯道，“如果单纯图利，最好甩掉这烫手山芋，眼下卷入的势力太多，你的处境很危险。”

“我芦白花可是怕麻烦的人？”

左侯泄气：“那倒是。”

老姜头看看左侯，又看看芦白花，狐疑道：“你俩不是……又分了？”

芦白花白皙的脸庞闪过一抹红晕，斥道：“少说话你会死？老姜头，给你五天够不够？不能再多！”

“单构图就得三四天，还要做模具、组合机械、调试设备……”

“可警察明天就会找上门。”左侯道。

“别打岔！”芦白花厉声道，“那就十天，十天总行吧？”

老姜头迟疑片刻，缓缓摇头道：“真不行，芦姑娘，先不说价钱，以我们之间过去的合作和交情，能帮忙绝不会推三阻四。”

芦白花定定看了他半晌，一言不发地从左侯身边擦肩而过，径直开院门走进黑暗的巷子。左侯急忙追过去，叫道：“白花！”

她头也不回道：“别说了，我不会把东西交出来！”

左侯大叫道：“见鬼，我根本不在乎什么黄金、钻石，我要谈的是我们俩，明白吗？”

芦白花这才停住，转身看着他。月光下她的眼眸格外明亮，俏美的眉目间自有一股冷艳的风情。

# 第四章

方新星住在东大街临街小洋楼里，警车刚停到楼下，他听到急刹声便从三楼后窗翻越而下，“蹭蹭”几下滑到地面。脚尖尚未踏实，两名探员便将他飞扑在地！他腰间力量惊人，一个反扭甩掉左边探员，同时右臂扼住右边探员咽喉，对方吃疼不觉松开手，他乘机弹跳而起，冲向几米外的树丛。

只需逃入树丛，就能趁着黑夜跑到二十多米开外的河边，从水路逃逸。

就在他前脚踏到树丛边缘瞬间，里面突然冒出一个人，恰好挡在他逃跑线路上！

眼看来不及变换线路，方新星脸上浮现狰狞之色，从怀里掏出匕首当头便刺！

对方单掌击在他手腕侧面，身体轻盈地滑开半步，喝道：“我是伊宫承。”

方新星叹了口气，缓缓收回匕首，整理凌乱的衣服，苦笑道：“原来是伊宫局长，这回是跑不掉了。”

伊宫承目光闪动还想说什么，转眼看探员们陆续围上来，一挥手道：“带回去！”

审讯室。伊宫承一反常态屏退其他探员，关掉录音开关，与方新星相对而坐。

“现在只有我一个，说点什么吧。”伊宫承道。

方新星笑笑：“你我虽主子不同，都属同道中人，规矩也差不多。能说的你都知道，不能说的说了株连九族，对不对？”

伊宫承沉着脸道：“纵火杀人不在中统任务范畴吧？”

“那件事跟我没关系。”

“若没有确凿证据，我会劳你的大驾？”

方新星也是老江湖，怎会被轻易诳住？大口大口地吸烟，烟雾笼罩在脸上，看不清他的表情。

双方僵持了四五分钟，吴探员敲门递进来一张纸，伊宫承扫了扫，回到桌前道：“检测结果出来了，也是天意，卧室有块地方刚好被大梁架空没烧到，警方在地面提取了一枚脚印，恰好是你的。”

“伊宫局长既然知道吴玥的身份，我在邱家出现也不奇怪。”

“白天邱治平在古玩店或执行任务，方先生却跑到卧室和妙龄少妇谈工作，也是中统规矩？”伊宫承调侃道。

方新星脸一红，支支吾吾地不知说些什么。

“还有，吴玥参加拍卖会，不通过丈夫的茶壶店，反而是恒达贸易公司开具证明交押金，个中奥妙不言而喻！方先生不肯配合，我也没办法，总不能对自家人用刑吧？委屈方先生在牢里凑合睡一晚，明天我通知李先生到警局领人。当然，该有说法还得有，事关两条人命，警察局要给公众一个交代！”

“别……”方新星顿时慌了神。

李先生是中统在洛阳办事处的负责人。男女特务在执行任务过程中存在暧昧关系是秘密工作大忌，单这一点就足以令其接受严酷的内部惩处。

“我愿意配合——其实吴玥婚后两人感情不好，她也知道邱治平在外有情人，所以和我……”方新星索性彻底交底，“案发当天我去过邱家，但进门没人，于是一路叫着吴玥的名字直到卧室，一推门就看到邱治平死在床上……”

伊宫承急急打断：“等等，你到邱家没敲门直接进去？”

“是，吴玥知道我中午去，事先留了门。”

“卧室床上只有邱治平的尸体？”

“是。当时我吓蒙了，第一反应吴玥是凶手，因为之前她在我面前埋怨邱治平种种不是，并说他经常跟情人一块儿厮混，要我多注意他的动向。”

伊宫承皱眉道：“你没上报？”

方新星尴尬地擦了擦额前的汗：“这不五十步笑一百步嘛，何况我并非她的上线，不好……不好直接过问。我顾不上寻找吴玥的下落，瞅瞅四下没人赶紧溜了。”

“事后没向李先生报告？”

“那样会暴露我俩私情。”

“出具担保参加拍卖是怎么回事？”

“哎，那是之前的事，她想见识下真正的古玩，但茶壶店资金周转紧张，拿不出钱交押金，所以私下请我……”

“什么，中统不想设法弄到那尊象牙船屋？”

“象牙船屋？”方新星一脸莫名其妙，“别的不敢说，至少吴玥执行的任务我都知道，都跟古玩没关系。”

“这就奇怪了，据可靠情报，她在拍卖会上与疑似共产党合作抢走了象牙船屋！”

方新星大惊失色：“绝不可能，你们一定搞错了！她不可能是共产党！”

“她可曾在你面前提过叫芦白花的女人？”

“没，她在洛阳认识的人很少，中统就看中这一点才招募进来充当隔离墙。”

为避免反特人员顺藤摸瓜追查，特务组织通常招募背景清白、从未参与过特务行动之人负责组织核心人员与行动人员之间联络，使得调查无法继续，故而被形象地称为隔离墙。

伊宫承若有所悟：“哦，原来邱治平负责跑外勤。”

“到这一步我也不隐瞒了。”方新星道，“随着日寇逐渐向南逼近，共产党也在加强对中原地区的渗透，中统必须提升应对力量。茶壶店老板是最好的身份掩护——既有大把空闲时间，又能广泛交友，接触社会各阶层，不管去哪儿只需怀里揣把茶壶就行，正好邱治平在苏州犯命案后回洛阳开店。吴玥是他自己看上的，李先生也没反对，唯一条件是她必须负责为中统传递情报。吴玥没多考虑便答应了，反正闲着也是闲着，还有丰厚经费，何乐而不为？”

“对于纵火杀人案，李先生持什么态度？”

“不清楚，因为上任被日本特务枪杀，办事处也差点被连锅端掉，李先生行事相当神秘低调，传递命令分派任务都是单线联系，老实说我从未见过他。”

“噢——”

伊宫承暗自点头。刚才所谓通知李先生到警局领人也是临时想出来吓唬方新星，作为军统在洛阳的负责人，一直没查到竞争对手的真实身份不得不说是件丢脸的事。

“最后一个问题，答完你就可以回家。”伊宫承先抛出蜜糖，然后问，“如果你没说谎，床上那具女尸是你离开后才搬过去的。经鉴定女尸死亡时间早于邱治平，凶手是谁？她又是谁？而且以吴玥的体力肯定搬不动，谁帮的忙？”

方新星一笑：“三个问题了。关于纵火杀人案始末，其实我也摸不着头脑，压根儿想不到平时文弱慵懒的吴玥居然能闹出这么大事儿。要说能搬尸体的，吴玥总共就认识两个男人，一是邱治平，一是我，两人都可排除在外；要说女尸身份倒有个怀疑对象……那是吴玥的直接上线，叫秦玉卿，家住北大街葫芦巷，手底下有个刺绣作坊，她以此为掩护走街串户收集情报然后汇总上报。案发后我托朋友打听她的下落，说走亲戚去了一直没回家。”

伊宫承悚然：“暗杀上线形同背叛，吴玥吃了豹子胆吗？还是有不得已的苦衷？”

“女人之间总有些磕磕碰碰，以前吴玥曾唠叨过秦玉卿种种不是，但不致发展到你死我活的境地；何况秦玉卿受过特种训练，而吴玥只会弹古筝，若动手搏斗根本不在一个等级。”

“秦玉卿丈夫做什么？也是你们的人？”

“他毫不知情，成天只晓得提笼架鸟，喝茶泡澡，是不折不扣的浪荡子弟。”

“哦——”

又一条线索断了，伊宫承非常失望，但依然放走方新星，警告他破案前不得私自离开洛阳。

这时吴探员等人带来新消息。

他们分头在韦家门胡同一带调查，通过广泛而细致的询问找到经常在胡同口对面摆修鞋摊的周老汉，案发当天中午没生意，他倚在墙脚边惬意地晒太阳，边不经意打量过往行人，自然也留意到哪些人出入过邱家。

根据周老汉的叙述，按时间先后整理出入顺序是这样：

上午九点多钟，邱治平离家，之后无人进出；

上午十点半左右，有个身材瘦削，一身黑衣，头戴黑帽，帽檐压得很低看不清脸的人进了邱家，大约三十分钟后离开。

中午十一点半左右，邱治平匆匆回家；过了不久，对面李佑夫妻带儿子回来吃饭；又隔会儿，李佑到邱家好像是借东西，七八分钟后拿着只瓶子回家。

下午一点多钟，按描述应该是方新星来到邱家，他停留的时间更短，然后急匆匆离开；半小时后李家三口一起出门，他老婆似乎精神不太好，李佑跑到右边十字路口叫了辆黄包车。

下午两点多钟，吴玥拎了只桶进入对面李家，几分钟后回家。

之后没见到邱志平和吴玥离家，也没看到其他人出入，直到傍晚突然起火。

看完材料，伊宫承沉吟片刻道："有两个疑点：第一，黑衣人到底是男是女；第二，李家三口都出去了，按说应该锁门，吴玥怎么进去的？"

吴探员早有准备："都问清了。性别问题因为周老汉有些近视，看不清细节，而且黑衣人走路速度很快，没等他琢磨过来就进去了，但由于黑衣人身材未变，故而可以判断是同一人；门锁问题更简单，吴玥正常在家时，李家通常不锁门，以方便她下雨时帮忙收衣服、捅炉火，等等。都不算富裕家庭，小偷上门只会空手而归。"

"怎么没看到李佑的证词？"

"火灾后可能借宿到朋友那儿，油坊也关了，一直没找到。"

伊宫承脸一沉道："三个大活人怎么可能找不到？连夜找，明天早上我要在办公室见到李佑！"

# 第五章

月光下，芦白花宛若姣美清冷的荷花，悄无声息地散发沁人心脾的馨香。她凝望着他，好久才说：“对不起，上次我……至少应该留张纸条。”

左侯惨然笑了笑：“你还记得过去的事，很好，否则我真怀疑认错了人。是的，每个人都有秘密，即使我俩合作得亲密无间时我都没奢望走进你内心，可左侯不是垃圾，不能说扔就扔吧？”

“我已说了对不起……”

左侯抬手打断她：“既然你不愿解释，多说无益，还回到象牙船屋这件事。如今你我各为其主，不管你出于什么理由，作为警局顾问我必须全力阻止。”

“事情不是你想象的那样，有些内幕你并不知情，别插手，否则很危险。”

“少吓唬我！”

眼看又要闹僵，左侯态度软化下来，叹息道：“你果真是共产党？你要象牙船屋干吗？”

芦白花避而不答，道：“之前我已听道上朋友提起你当顾问的事，应当有难以言说之处，不然以你的性格岂甘心臣服于警察局？我不想为难你，只希望别站到对立面，让我顺利完成任务。”

“任务？！”左侯颓然道，“你果然是共产党！你可知警察局乃至军统已经查到你的身份？”

“从小到大，我干的事哪件没危险？”

“不一样的！白花，当年我俩偷古玩、做赝品、倒买倒卖，一半为了赚钱，一半是寻求刺激，偶尔失手塞几个钱就能糊弄过去。现在是玩命的活儿，无论落到警察、军统还是中统手里，进去了就甭想活着出来，明白吗？他们会像被激怒的公牛，什么疯狂的事都干得出来。”

芦白花若有所思：“看来你知道得不少啊，那位伊宫局长很信任你。”

“我还知道配合你抢象牙船屋的是吴玥！中统特务跟共产党联手，真是一大奇迹。”

她大吃一惊，下意识倒退半步：“还有呢？”

“她策划并参与了邱家纵火杀人案，谋杀亲夫，并用他人尸体冒充自己，企图瞒天过海。”

她蹙眉想了会儿，道：“以前那个思维飞扬跳脱，具有独特敏锐嗅觉的左侯哪去了？怎么变成人云亦云的左侯？”

“呃……”左侯脸颊微微发烧。

他觉得或许自己经手的案子太多了，如今似乎有麻木的惰性，凡事懒得往深处想而凭经验和直觉。

“……或许某些线索还没掌握，比如说吴玥是怎样一个人，这方面能给点提示？”他试探道。

她不置可否：“用点心，你会慢慢发现的。后会有期。”说完加快脚步拐向右侧巷子。

“等等……”

左侯盯在后面追了几步，芦白花停下，脸上逐渐聚起肃杀之气，手指间白芒一闪，道：“怎么，你要动手？”

他一呆，眼睁睁看着她消失在蜿蜒曲折的巷道里。

“慢慢发现……”

以他对芦白花的了解，她不会说没有意义的话，每个字都可能富有深意。从她的反应分析，对吴玥是中统身份、协助抢夺象牙船屋她都没异议，但提到纵火杀人案，芦白花对他的结论似乎很反感。

为什么这样呢？

第一种可能，吴玥被陷害了，所有线索均指向她，但过于明显的案情往往掩盖着更深层次的秘密，幕后凶手另有其人。

第二种可能，吴玥虽然是真凶，但另有隐情，也许迫于无奈，或是更为曲折的背景。

“对伊宫承来说抓到凶手给公众完美的交代才是最重要的吧？至于背后的故事，以及正义与曲直，或者各派势力之争，他唯恐沾身，躲都来不及啊。”左侯暗想，看时间还早，临时决定到一个地方碰碰运气。

悦心茶馆，吴玥婚前弹奏古筝的地方。

事隔两年，茶馆里的跑堂、乐师们几乎把她忘了，提供不出有价值的线索。吴玥虽在悦心十个多月，但性格高傲冷漠，除了弹奏从不主动招呼客人，也没什么谈得来的知己。茶馆演奏时间是每晚六点至十点，她基本上挨到五点五十分才过来，简单化妆、调整琴弦后便登台，中途休息两次各十分钟，她总是迅速退到后台不引人注目的角落，喝点茶，吃几块饼干，稍稍补妆后继续演奏。

邱治平就是看中吴玥的不张扬和内向本分——当然也符合中统设置隔离墙的要求——才决心娶她为妻的吧？

大家七嘴八舌地说了些零星信息，还都是警察局早已掌握的，就在左侯打算失望而归时，老板意外地透露一个很重要的线索：“负责茶水的王婶兴许了解些什么，她老家在张家港，算吴玥的老乡，两人有时坐到一块儿用那种软绵绵的方言聊天，我半句都听不懂。”

左侯在茶水间找到聚精会神盯着锅炉的王婶。

“吴玥？”她想了会儿，“那女孩子挺文静，说话斯斯文文的招人喜欢，我特爱听她讲家乡话。”

“你们聊些什么呢？”

“尽是张家长李家短的闲话，差不多都忘了。”

“有没有聊过她的家庭、父母？”

王婶一拍大腿：“想起来了！她说她家算张家港有名望的大户人家，父亲是当地什么协会会长，每年都帮国军筹粮筹钱；母亲也是哪个妇女组织干部，几年前带一班人跑到前线劳军慰问。总之，要不是那场变故，没准儿她已嫁到名门望族，过着丰衣足食的生活。”

“什么变故？”左侯紧张起来，生怕她“忘了”。

“她倒也没细说，就是经常叹气，埋怨父母亲不该搅和那些乱七八糟的纷争，结果几方面都不讨好，招来杀身之祸。”说到这里王婶定定想了会儿，“据她回忆，那次父母亲乘车到乡下筹粮，路过一片荒凉地带时遭到伏击，被乱枪打死，随后一大帮人拿着有父亲签字的欠条上门讨债，半天就把偌大的家瓜分掉了，她只来得及抢了两件衣服便被赶出去流落街头，要不是从小学练古筝有一技之长，恐怕只有到妓院做皮肉生意了。”

“这是她亲口说的？”

“是啊！”

“那么她为何孤身一人跑到洛阳？”

王婶显然记不清了，使劲儿搔头想了很久，犹豫不决道："应该想投靠一个远房亲戚吧，哪知道千辛万苦找到洛阳，亲戚全家刚刚迁到武汉那边，而且没法联系。当时她绝望得差点崩溃，跑到江边来来回回转了半天，还好没跳，之后正好咱们茶馆原来的乐师去世，她顶了缺……"

锅炉水开了，发出尖锐的鸣叫声，王婶赶紧过去关阀门，左侯追在后面问了最后一个，也是最重要的问题："这些话除了我，你还对别人说过吗？"

王婶边用力扳阀门，边吃力地说："……她跟邱治平结婚前几天，有两个人像你一样在茶馆问这问那，大伙儿都猜是男方那边访吴玥的底细……"

出了茶馆，深深吸一口冷冽的夜风，原本清晰明了的思路顿时错综复杂起来，左侯不得不承认芦白花说得没错，自己先前想得太简单了。

回到警察局已是晚上十一点多钟，伊宫承还在办公室分析案情。两人交换分手后得到的情报——左侯自然隐瞒遇见芦白花那段，但毫无保留转述了王婶的话。

"张家港，士绅下乡筹粮遭伏击，家财被瓜分。"伊宫承草草记下关键词，"明天就让那边军统调查，应该没问题，想必这件事中统已经做过调查，像邱治平这种重要骨干结婚前，摸清新娘身世背景是规定程序，找王婶的肯定是中统特务。不过这些能说明什么？我需要知道吴玥为什么谋杀亲夫，又为什么跑到拍卖行搞那出戏。"

左侯无奈："拜托，她只是嫌疑人而已。如刚才所说，从中午到起火周老汉没看到吴玥从院里出来，尽管不排除她翻后墙潜逃的可能，但警察局无法指证。在证据不充分的情况下，弄清案子背景会有助于侦破。"

"那么高的墙单凭吴玥当然翻不过去，有芦白花帮忙就好办了。"

"什么？"

伊宫承陡地脸一沉，冷冰冰道："别以为我不知道你已私下见过她！这事儿先撇一边，我告诉你，不管她是不是共产党，不管你俩感情有多深，也不管她回洛阳干什么，只要参与了纵火杀人案，就必须绳之以法！”

“军统特务真是无处不在。”

“要是你违背当初承诺，别怪我不客气！我在军统还没见过不肯说话的人！”

左侯举起双手做投降状：“好啦好啦，我认输。”

伊宫承这才消了火气，在办公室里来回踱步，踱到第七圈时陡然停下，道：“十分钟前戴老板来过电话。”

“难怪局座愁眉不展，心事重重。”

“中统把案子捅到委员长面前了，硬说是军统干的。戴老板非常恼火，责令我不但要抓凶手，还得弄清案情来龙去脉，彻底推翻那些笨蛋对军统的指控，整理成材料报到重庆。”

左侯笑道：“哦，局座很想落实芦白花和吴玥联手作案的事实，那样既洗清不白之屈，又狠狠打中统的脸。”

“胡说！在其位谋其政，我只想尽快查清真相抓到凶手，其他事……是戴老板考虑的。先回去休息，明天早点过来！”

左侯应了声走到门口又被叫住，伊宫承似踌躇片刻，道：“有机会试探下芦白花，为什么突然跑到洛阳抢那尊象牙船屋？共产党一向在南方活动，甚少涉足中原地区，就算弄到藏宝图发现所谓黄金船屋，他们压根儿没法运走。”

“好。”左侯简洁应道。

# 第六章

大清早伊宫承就在办公室大发雷霆，原因是吴探员等人忙了一夜竟没找到李佑夫妻。

“小油坊自出事后就没开过，孩子也没上学。李佑夫妻是外地人，在洛阳没有亲戚，虽然案发当天李佑亲口告诉街坊邻居临时到朋友家借宿，可……问了几十个跟他打过交道的，都说不清他到底有哪些朋友……”

伊宫承铁青着脸：“照你的说法，一家三口就平白无故从洛阳城蒸发了？”

吴探员干咳数声没敢回答。

“很有趣的巧合。”左侯在一旁笑道，“李佑是外地人，吴玥也是外地人，两家偏偏门对门。”

“的确如此。”伊宫承喃喃低语道，陡地眼睛一亮似乎想到更多东西，挥挥手，“你们先出去，我打个电话。”

吴探员等人灰溜溜地站在走廊等的工夫，验尸报告送过来了：根据秦玉卿丈夫提供的信息，结合尸检情况，基本确定邱家女尸就是秦玉卿。

探员们议论纷纷，都认为眼下最简单直接的办法就是全城抓捕吴玥，无论如何她都脱不了干系。

过了会儿伊宫承打完电话出来，翻了翻尸检报告，如大家所猜测的直接下令通缉吴玥，同时兵分两路：一路围绕秦玉卿生前活动情况调查其底细；一路以老姜头的家为中心密集布控，伺机抓捕芦白花。

“呃，那么我……”左侯惊呆了。

“你待在局里，哪儿都别去！”伊宫承断然道。

左侯怔怔地等探员们离去才开口道：“抓老姜头没用的，象牙船屋在芦白花手里，紧急情况下她可以触动自毁机璇，到时两败俱伤。”

“我对船屋丝毫不感兴趣，但通过芦白花能找到吴玥。”

“关于她俩的合作只是猜测，尚无佐证，蛮干的结果除了打草惊蛇，没有任何好处。”

伊宫承冷冷道：“不错，若站在军统角度，此时必须放长线钓大鱼，从芦白花身上挖出共党分子在洛阳乃至中原的潜伏线索，同时借吴玥打击中统势力，加强军统在本地区的控制，然而重庆那边局势瞬息万变，容不得拖沓；另外象牙船屋的主人，尊敬的杰姆斯先生指责警方效率低下，久久找不回失物，政府方面压力很大，我必须抢在所有势力进一步动作前抓到凶手，找回象牙船屋，这叫破局，懂不懂？”

“不懂。”左侯老老实实说。

“所以你要在局里待着，别妨碍侦缉队行动！”伊宫承甩下这句话后匆匆而去。

盯着几辆吉普车急驰而去，左侯四下打量一番，招了辆黄包车，低声道：“城北大邱屯。”

若他猜得不错，老姜头此时已不在贫民区家中。按行规，一旦接下生意，老姜头会住到芦白花指定的地点展开研究，直至完成任务。

在芦白花以为的几个左侯不知道的秘密居所中，可能性最大的便是城北大邱屯一处房子。那是她从事古玩造假前以其父亲名义购置的私产，钱的来源干净，房产用途也正常，她父母还住过一阵，安全而合法。

左侯在离目的地还有两里多远时便下车，偷偷觑了后面，一头钻进旁边胡同，兜了很大一个圈，才快步穿过曲曲折折的巷子，来到一排灰暗色石灰墙背后，向东数到第五个院子，瞅四下没人，灵巧地攀着藤架翻进后院。

“砰！”脚刚落地，他后脑勺就挨了重重一击，没来得及看清袭击者面目便晕倒在地。

左侯悠悠醒来，头痛欲裂，全身软绵绵的，提不起力气，这时听到老姜头的声音：“……顶多六成把握，你可得想清楚，到时机器一开动后悔就迟了。”

他挪了挪身体，发现自己被捆倒在屋子角落。老姜头和芦白花坐在六七米外八仙桌边，桌上放置着高高低低、奇形怪状的机械设备。

油灯光晕下芦白花表情犹豫，隔了会儿道：“只有六成，不能再多了？”

“根据这几天研究加摸索，我自信已经摸到绝大部分的内部结构，剩下只能靠运气。唉，能做到这样已经折腾掉老姜头大半条命，还冒着身份暴露的风险，我猜这会儿那个家已经被警察包围了。”

她似没听进老姜头说的话，双手托腮定定瞅着跳跃的火苗，道：“我得到的指令是没八成把握宁可不做，可是……我真的很不甘心……”

“如果为了黄金船屋，值得一赌。”

“不是。”芦白花手指间像变魔术般多了个象牙核桃，与嵌在象牙船屋里的一模一样，“明白吗？”

老姜头恍然：“偷梁换柱！既弄到藏宝图，又可高价脱手象牙船屋大赚一笔，芦姑娘果然厉害！”

她喟叹一声："并非你想象的，其实……它要发挥很大的用场……黄金船屋离我们太遥远，只适合做梦而已……"

"什么意思？我被你弄糊涂了。"

"日寇大军压境，国军节节败退，我们都有做亡国奴的可能，可这节骨眼上，必须有人站出来尽可能团结国人保家卫国。"灯光下她秀美的脸庞泛起一轮光圈，"不过我们缺少弹药、缺少粮食、缺少药品……什么都缺，而这只象牙船屋能帮我们弄到一些……"

老姜头似懂非懂，点点头道："虽然老姜头还是不懂你在说什么，但知道你做的事很重要！再给一天时间，这回豁出命也要成功！"

"拜托了！"芦白花轻舒口气，起身走到左侯跟前，用脚尖踢踢他道："别装相，知道你早醒了。"

左侯叹道："刚才那一下打得真狠，伤透了我的心。"

"你是伊宫承的狗腿子，不取你的狗命已经很客气了！"

"自始至终我都没透漏你任何讯息。"

"无所谓，顶多一条命而已。"

"纵火杀人案的主凶是吴玥，交出她一切太平。"左侯真心实意劝道，"此案事关重大，戴笠亲自督办，因此不管你跟她什么关系，都没必要搅进去。"

芦白花轻蔑一笑："原来那个'大魔头'插手，难怪一帮人这么卖力。既然这么关心吴玥的事，我郑重告诉你，她是无辜的，凶手另有其人。"

"不可能，种种迹象表明……"

"我只说一遍，不想跟你辩论。"

"好吧……此外象牙船屋也是焦点，持有人是美国驻洛阳办事处主任杰姆斯，考虑到政治影响，警察局不会轻易罢休。"

“你说的我都知道。”

“白花！”左侯大吼一声，倒将桌前的老姜头吓了一跳，手里工具险些脱手，不满地瞪了他一眼。

“白花，你好像换了个人，说话总是遮遮掩掩，行事鬼祟，仿佛跟我有天大的仇恨……不错，我是帮伊宫承做事，因为之前一桩案子被他抓住把柄，事实上我跟他有私下协议，完成任务便可恢复自由身。我不可能昧着良心做事，更不会靠出卖同行、朋友换取个人利益。白花！我真的很想帮你，可你……一点儿不给机会，相比刚才被打，这更让我绝望。”

她蹲到他面前，手指慢慢从他额头划到下巴，清甜的气息扑面而来，道：“其实你到这儿来就是帮我，明白吗？”

左侯眨眨眼表示不解。

“你将成为人质，是我们顺利离开洛阳城的王牌。”

听到她冰冷无情的话，左侯眼前一黑，又晕了过去。

侦缉队在老姜头家四周布下暗桩后见久久没有动静，遂派人潜进去察看，结果发现已经人去楼空。另一路是伊宫承亲自率队，到葫芦巷走访秦玉卿街坊邻居、刺绣坊绣娘伙计以及生意往来客户，经过梳理汇总成三个方面的信息。

第一，秦玉卿并非洛阳人，据说老家在昆山，也有人说她的苏州话缺少那种绵糯味儿，更像浙江台州一带的。有趣的是她同样三年前到洛阳，与吴玥流落到此的时间差不多。

第二，令探员们大吃一惊的是秦玉卿与邱治平居然有私情！这点被邻居们和喜欢八卦的绣娘们所证实。秦玉卿夫妇平时就各玩各的，丈夫成天在外跟戏子暧昧不清，一旦中意的角儿登台演出每场必看。秦玉卿也不是耐得住寂寞的主儿，经常丈夫出门没多久，邱治平便幽灵般钻进宅院；若摸不清丈夫行程，他们就索性躲到刺绣坊后面的偏房寻欢作乐。更令人啼笑皆非的是，有时两人幽会完，秦玉卿稍作打扮又跑去见吴玥。

第三，意外发现，李佑老婆——邱治平的邻居是刺绣坊主顾。据绣娘们说，近两年来几乎每个月她总要光顾这里一两次，有时一言不发四下看看就走，有时东挑西拣好半天，还跟秦玉卿凑一块儿嘀咕几句。之所以印象特别深，因为她身上油呛味太重了，一打听才知道是开油坊的。

“他娘的乱七八糟，简直是一群奸夫淫妇！”吴探员“呸”了一口骂道。

因为涉及中统隐私，伊宫承在探员们面前不好随意表态，板着脸收队回局，却发现左侯不在，赶紧派人去寻。

关上办公室门，伊宫承在纸上画了一条红线，最末端是中统在洛阳的外勤邱志平；接下来是吴玥，她同时负责情报传递和隔离墙作用；吴玥的上线是秦玉卿；秦玉卿的上线呢？现在看来是李佑老婆，她跟吴玥一样充当隔离墙。依此类推，李佑应该是情报传递顶端。

想到这里伊宫承悚然一惊，重重将铅笔拍断在桌上：李佑——李先生，难道他竟是中统在洛阳地区的负责人？

怪不得纵火杀人案发生后李佑就不见踪影，他担心警察局顺藤摸瓜找到自己，揪出洛阳地区的中统潜伏线。方新星与吴玥偷情、邱志平与秦玉卿私通都因为彼此知道同属一个组织，且他们之间并非上下线关系，倒也符合中统一贯的谨慎低调风格。

伊宫承又想起行动前打给军统苏州办事处的电话，对方说三年前中统苏州办事处负责人出了点差错，被惩罚性地调到洛阳，虽然还是负责人身份，但与苏州相比，洛阳的重要性以及明里暗里的油水差了不止一个等级，等于被贬了。

联想到邱治平也因为在苏州犯了命案才回来，而吴玥、秦玉卿都是差不多时间来自苏州地区，这些不可能是巧合，必定有某种特殊联系。

左侯去哪儿了？

伊宫承恼怒地皱起眉头。每当案情发展到这一步，就需要左侯灵光一闪的点拨——他总能在扑朔迷离中抽丝剥茧地拎出一根最直接有效的线索，然后一锤定音锁定胜局。

“快把左侯找回来！”伊宫承打开门冲探员们大叫道。

然而两天过去了，左侯像凭空蒸发了似的不见踪影。伊宫承意识到左侯很可能误中美人计，落到芦白花手里了。

# 第七章

再度醒来，眼前一片漆黑。

左侯轻轻活动下身体，惊喜地发现束缚的绳索悉数不见，自己躺在芬芳松软的被窝里。

怎么回事？他试探着向旁边摸索，触手间竟是温软滑腻的胴体，紧接着一只胳臂揽住他脖子，有个声音在耳边轻轻道："是我。"

熟悉的私喃、熟悉的体香，千真万确就是芦白花！左侯激动得难以自抑，浑然忘了之前种种不愉快，也顾不上察看所处的环境，热血沸腾中双臂铁箍般紧紧搂住她……

激情过后左侯长出一口气，正待说点什么，谁知她纤纤玉指冷不丁按在他穴位上，他脑子一迷糊，又晕死过去。

第三次醒来，左侯发觉自己又被捆蜷在当初那个房间角落里，不远处老姜头在灯下聚精会神摆弄机械，芦白花坐在对面双手托腮，眼睛一眨不眨地盯着象牙船屋，脸上看不出一丝柔情。

之前发生的那些难道是一场梦？左侯完全糊涂了。

突然老姜头道："准备开始！按刚才的要求把东西卡在轨道上。"

"好。"

芦白花将象牙船屋翻转过来倒扣在两条细长的轨道间，老姜头催动滑轮，两道尖钳状铁臂上下夹住象牙核桃，紧接着一阵机械齿轮咬合声，形状各异的铁条、钢锯、合金金属体纵横交错在船屋构件空当里。

老姜头停下来用放大镜仔细察看每个连接点，提醒道：“抓稳了，别紧张。”然而他的声音分明有些颤抖。

虽然不懂机关机械，左侯也清楚这是破解象牙船屋前最关键一步，只要出现哪怕一毫米偏差，机械运行后船屋便会分崩离析，而且永无复原的可能。

芦白花在赌老姜头的技术，老姜头在赌自己的运气。

“开动了，小心！”

老姜头吩咐之后随即用力转动轮盘，连锁反应下整个桌面的机械全部“咔咔咔”地运转起来，在曲轴、滑轮、链条、轴承间奇妙配合下，只听到“咔”一声，象牙核桃从船屋凹槽里轻轻滑落，正巧落到芦白花掌心！

“成功了！”老姜头激动得老泪纵横。

芦白花拿起玉刀沿着中间缝隙慢慢用力，象牙核桃剖开瞬间，满脸希冀的表情陡地变得万分惊愕，以致玉刀落地都不知道。

“怎么了？”老姜头问。

她翻开两瓣核桃壳，呆呆地说：“空的……里面是空的。”

老姜头惊得老花镜差点滑掉，脱口道：“我可没耍花样，这两天船屋一直在你身上，所有操作都当你的面进行……莫非……莫非传说是以讹传讹，根本不存在啥子黄金船屋？”

“不可能，不可能的。”向来水波不兴的芦白花显得心烦意乱，“我们请专家做过深入研究，翻阅近百册明朝古籍，有确凿证据证明明穆宗在核桃里藏了地图……”

“数百年来辗转人手，说不定被哪个聪明绝顶的家伙抢先一步。”

“更不可能。其实关于黄金船屋埋葬地点这么多年来一直有分析，我们也掌握了大致位置。据观测，那片区域保护得很好，从未被挖掘盗采，说明地图还没泄露出去。”

“以我的眼光，象牙船屋绝对是真品，象牙核桃也没有被强行凿开的痕迹。”

“我知道。”芦白花前所未有的沮丧，“我也想不通哪个环节出了差错……”

这时左侯干咳一声：“老姜头，把核桃拿来让我看一下。”

老姜头迟疑地看着芦白花，她将两瓣壳儿塞到他手里。老姜头半蹲到左侯旁边，将东西举到眼前。

“拿油灯来。”左侯道。

芦白花一声不吭地端着油灯，与老姜头并排而蹲。左侯凑近灯光足足看了四五分钟，又抱怨绳子绑得太紧，手脚发麻，她立即抽刀断掉脚踝、手腕处的绳索。

她心里清楚，这会儿唯有靠左侯的智慧和眼力挽回败局。

瞪大眼又看了几分钟，左侯道：“我已有了几分数，不过要等到你说实话。”

“什么？”芦白花愕然。

“这次行动的来龙去脉。”

芦白花恶狠狠盯着左侯，他恍若不知，闭着眼睛如老僧入定。僵持半晌，她轻声道：“老姜头，麻烦你暂时回避。”

老姜头搞不清两人之间到底怎么回事，本着多一事不如少一事的原则，赶紧溜之大吉。

“昨晚我俩……”

左侯才问了四个字就被打断，她急急说：“那件事以后再谈，先解决眼前的麻烦。”

“你先说。”

芦白花放下油灯坐到地上，捋捋额前碎发沉默良久，道：“上次我说过为了不做亡国奴有一群人团结起来保家卫国，可在严密封锁政策下我们遇到极大的困难，很多军需、急需品即便花钱都买不到，何况我们没钱……后来有同志设法联系到一个美国商人，他能搞到我们急需的药品、军火、棉布等，虽然要价高于市场价，还能接受，不过他有个附带条件……”

“要你们设法弄到象牙船屋。”左侯疲倦地说，“我好像有点明白了。”

“对于古玩我们并不在意，当前困难的处境和条件也不允许我们搞收藏，但不代表能把国宝拱手送给外国人。于是以我为主导提出个方案，即弄到象牙船屋后设法取出地图，这样美国人拿到手的只是普通象牙雕件而已……”

“好了，整个脉络我已想通，叫老姜头进来吧。”等老姜头进屋，左侯道，“你右手核桃瓣靠中间边缝有根细细的划痕，拿过去鉴别下。”

老姜头一听脸色微变，忙不迭找出放大镜坐到桌前。

芦白花皱眉道：“什么意思？”

“白花，枉你和我联手驰骋洛阳古玩界多年，怎么连最基本的诈骗手法都忘了？”见她还是一脸懵懂的样子，他摇摇头提示道，“还记得五年前我们做的那一票吗？我化装成晋商在古玩街以双倍价格接连收购了七把戚家刀，并扬言必须凑足十把，于是第八把刀已炒到三倍，等你拿着另两把露面时，有人自愿以六倍价格收购，然后——我俩同时失踪了。”

“仙人跳？”她一挑眉毛，“可是……”

那边老姜头颓然一叹，半瘫在椅子上道：“完了，被人捷足先登了！”

芦白花立即跑过去看，老姜头指着放大镜下那道细痕道："左侯眼睛真毒，我看了几天都没发现。这条划痕是精密度更高、组合更先进的机械钢针留下的，说明在此之前已有人打开过象牙核桃，把地图拿走了！"

"啊！"

她如遭雷击，站在那儿呆如泥塑。

左侯解释道："从目前掌握的情况分析，美国商人是利用你们急欲购买军需品的心理，与杰姆斯勾结做的局。论工业水平，当今世界除了英国就是美国，杰姆斯也许早就借助高精密设备打开象牙核桃取走了地图，而没有地图的象牙船屋估价顶多一千大洋，他敢标价三万，显然知道你们势在必得。这样一来象牙船屋上捞一笔，军需交易再捞一笔，赚得盆满钵满好不快活。"

芦白花脸色煞白，冷冷道："可惜他没料到我动手硬抢。"

"你们低估了他，他也低估了你们，值得庆幸的是到目前为止双方都没什么损失，象牙船屋……留在手里权当纪念吧。"

屋里沉寂得令人窒息，其间芦白花脸上阴晴不定，隔了五六分钟，终于开口道："不错，此地事情已了，我们还有更重要的事要做。"她边说边走向左侯，"至于你……"

左侯大叫："别这样，我是功臣，我有理由得到优待！"

话未说完她已伸手重重按在他穴位上，昏迷之前他脑中闪过一个念头：相同的手法、相同的穴位，说明那场春梦并不是梦……

……

第四次苏醒时左侯已在奔驰的马车上，手脚依然被束缚着，旁边坐着位身材曼妙的少妇，见他睁开眼立即握着手枪顶住他额头，满眼警惕。

"吴玥女士？"他试探问道。

对方不置可否，低声喝道："安分点，不准乱说乱动！"

左侯何等伶俐，眼珠一转已明白前后曲直，道：“马车是往城北码头方向，你打算拿我当人质上船，对不对？嗯，从你表情看我猜对了。顾问失踪两天多，不消说警察局肯定会在各交通要道布下暗探，只待我一露面肯定招来大批人马，所以这着棋非常危险，可以判断，挟持我为人质强行从码头出城是诱招，实质是吸引警察局注意力，掩护芦白花从别的线路出城，是吗？”

吴玥嘴唇嚅动想说什么，但还是忍住。

“宁可牺牲自己也要让芦白花出城，关键在于必须把情报传递出去——要第一时间中止与美国商人接触，防止线人暴露身份。”说到这里，左侯叹息道，“你不敢说话，八成芦白花警告说我油嘴滑舌，一不小心就会上当，对不对？其实不叫的狗才咬人，我话虽多点，心肠却不错的，否则以我的智慧怎会轻易做她的俘虏，你想想是不是这个道理？”

吴玥嘴角微微动了动，来不及掩饰笑意。

“好吧，不谈芦白花了，我跟她之间的账以后慢慢算，再聊聊你吧，关于纵火杀人案。”

吴玥脸色一僵，脱口道：“我没杀人，我是无辜的。”

“谁杀了邱治平？”

“不知道。”

左侯笑着摇摇头，吴玥以为他不信，大声道：“我真不知道！我逃离时才上午十点多钟，他还没回家！”

“为什么逃？”

“因为……说了你可能会很奇怪，我……我突然发现卧室床上有具死尸——那也不是我杀的，我发誓！”

“正好那时芦白花过来找你，为防止影响第二天拍卖行的行动，你匆匆换上她那身黑衣逃离现场，而芦白花则翻墙离开，是吗？”

“抱歉，事关组织秘密，不能说太多。”

“组织秘密也包括你跟方新星的私情？”

吴玥顿时脸涨得通红，忸怩半晌才吃吃道：“我知道邱治平外头有女人，说是太寂寞也好，说方新星乘虚而入也好，至少他是身边相比较能让我接受的男人……”

“方新星是秦玉卿的上线？”

“不，他主管办事处财务，不属于情报渠道。”

左侯还想问什么，这时马车停下来，车夫在外面叫道：“到码头了，二位下车吧。”

吴玥掀起车帘一角向外看，“唰”一下脸色惨白——码头到处是荷枪实弹的警察，每个上船的都必须经两三道岗哨盘查、搜身，在码头高台上，伊宫承一手持枪，一手持望远镜，杀气凛凛地盯着下面！

# 第八章

“完了，完了！”

吴玥握枪的手不停地颤抖，坐在座位上不知所措。就这犹豫工夫，警察、便衣探员们已觉得不对劲儿，相互打手势包抄上来。

左侯冷静地说：“快，拿枪抵住我后脑勺下车。”

“我，我凭什么相信你？”

“因为芦白花是我的女人，我不能做让她失望的事，明白吗？下车后别到处张望，两眼盯住枪口听我吩咐行事，必要时可朝天开枪警告！”

“可我……”她低头说，“其实不会开枪……”

“唉！”

两分钟后吴玥一手掀开车帘，一手持枪抵住左侯慢慢下车，四周顿时“哗啦啦”一片拉枪拴声。

左侯高举双手叫道：“别开枪，我是警察局顾问！麻烦大家让条道，我要陪她上船，麻烦了。”

警察和探员们面面相觑，高台上吴探员焦灼地问：“局座怎么办？要不要冒险一枪崩了那小娘们儿？”

伊宫承铁青着脸沉吟片刻，道：“安全为上！让他们走！”

在黑压压几十条枪管的压迫下，吴玥挟持左侯提心吊胆通过码头，挑了条船上去，低声问道：“接下来怎么办？我全蒙了。”

左侯哭笑不得：“亏你还是做情报工作的，胆子太小了。命令船老大收锚启航，离岸半里后把我推下水。”

“哦——”

“给芦白花稍句话。”他收敛笑容郑重道，“这次的事儿没完，她欠下的债得加倍偿还！”

“什么债？”

“不关你事。”

吴玥突然笑了笑，道：“临行前她也给你留了句话，不过要在我安全离岸以后才说——她说象牙船屋在老姜头那儿，你可取回交还杰姆斯，因此她不欠你什么。”

“是吗？”左侯张大嘴，呆呆地看着远方。

十多分钟后一声惊叫，然后“扑通”，左侯从船头坠入河中。吴探员急忙吆喝探员们下水救人，伊宫承拦住，黑着脸说：“让他自己游。”

左侯水淋淋爬上岸，埋怨道：“真是世风日下，几十条汉子竟没一个下去帮帮我，唉，令人寒心哪。”

“是我下的命令，谁叫你不听话？”伊宫承冷冷道，“为救你一命放掉杀人凶手，我正愁怎么向上面交代。”

“吴玥不是凶手……”

左侯遂将她在马车上的话复述了一遍，伊宫承也大致介绍了前几天的案情进展，听到最后左侯突然一拍脑袋，道：“快，抓捕李佑，他才是真正的凶手！”

“你猜到他躲在哪里？”

“方新星！”左侯道，“上次审讯他撒了谎。作为中统在洛阳办事处的财务主管，怎可能从没见过负责人？”

伊宫承恍然，立即将方新星抓到警察局，二话不说打得他皮开肉绽。多年养尊处优的他哪吃得消，很快招出李佑老婆孩子案发当晚就逃离洛阳，李佑则藏在方家后院地窖里。

伊宫承随即选派精干探员前去抓捕。李佑似乎早有预感，从探员们闯入方家一刻起就占据有利地势抢先开火。经过半个多小时枪战，李佑被逼退到后院狭小的角落里，无路可逃，不得不将最后一颗子弹给了自己。

局长办公室。

“报告怎么写？两条人命都推给李佑，中统能服气吗？”伊宫承道。

左侯道：“他的确是凶手。”

“为什么不是芦白花？反正她已逃离洛阳，还怕个鬼？”

“当初我也怀疑过，可时间节点不符合。如局座所说她是共产党，此次回来意在象牙船屋，节骨眼上不可能弄出杀人案惹祸上身。”

“如何判断李佑是凶手？”伊宫承道，“所有证据明里指向吴玥，暗里涉及芦白花，好像跟李佑没半点关系。”

“事情要从三年前说起……”

吴玥告诉王婻她父母下乡筹粮遭伏击的经历应该是真实的，因为中统也打听并核实过。

幕后真凶是谁？当时李佑任苏州办事处负责人，邱治平和秦玉卿是他手下，很可能误认为吴玥父母是共产党而制造了那场血案。事后中统方面发现情报有误，加之社会影响太大，正好洛阳办事处遭到日本特务血洗伤亡惨重，遂将三人贬到此地。

听到这里伊宫承提出疑问：“照你的说法吴玥来洛阳意在复仇，不是更有作案嫌疑吗？”

“其实中统的情报没错，只是搞错了对象，真正的共产党应是吴玥……”

遭到灭门之祸后，吴玥通过组织打听到一些线索后历经辛苦来到洛阳欲为父母报仇。不过她只模糊知道幕后指使是中统几个人，具体什么身份、哪几个并不清楚，于是在茶馆安顿下来，一面接受组织调遣，一面继续打探消息。

然而李佑等人是认识吴玥的。见她突然出现在洛阳也惊慌了一阵，经过侧面从王婶那儿打听，而且吴家确有亲戚曾在洛阳，基本肯定她不知情。这时邱治平作出一个奇怪的决定：娶吴玥为妻。

很难说这个决定背后的因素，大概既包含李佑等人赎罪心理，试图用婚姻形式帮助吴玥，也有邱治平本身对她的怜惜，或许也暗含密切关注她对父母惨死了解多少，以便第一时间做出反应的算计。

“但邱治平与秦玉卿的私情说明什么？”伊宫承问。

左侯道：“虽说两人结了婚，可同情与感情毕竟两码事，何况邱治平背负着沉重的愧疚；而秦玉卿是他的老情人，也许早在苏州两人就在一起，正因为此才甘心追随到洛阳。方新星对那桩血案毫不知情，故而能和吴玥亲密无间。然而经过长达两年多彼此的试探，吴玥逐渐悟出邱治平和秦玉卿有可能是追查的真凶，而邱治平也发觉吴玥对父母惨死真相并非一无所知……”

吴玥虽没查到邻居李佑的真实身份，但怀疑的目光已锁定邱治平和秦玉卿。夫妻间肢体语言是隐藏不了真实情绪的，邱治平迅速向李佑报告。李佑大惊，立即下令除掉吴玥，斩草除根！

这时邱治平犹豫了。他原本就对吴玥怀有愧疚感，怎忍心再下毒手？毕竟跟自己夫妻一场啊。因此一拖再拖，转眼到了案发前一天。

李佑无法忍耐邱治平的拖沓，不过自己也难以对吴玥下手，于是找借口将秦玉卿骗到家里杀掉，并于案发当天上午趁吴玥在院里洗衣服，翻墙将尸体放到卧室床上。他本意是威胁邱治平，否则栽赃给吴玥——邱治平和秦玉卿的私情众所周知，情杀是最合理的解释。

哪知人算不如天算，完美的策划被一桩意外破坏了，那就是哥窑白釉瓶被军统缴获。

“哦，竟然与它有关？”伊宫承更诧异了。

“那天局座的判断不错，它是用来传递情报的……”

共产党在洛阳的组织试图通过哥窑白釉瓶告诉刚回洛阳的芦白花，十二号到韦家门与吴玥接头，商讨在拍卖行强抢象牙船屋的细节。瓶子丢了，芦白花仗着人熟地头熟还是设法与组织取得了联系。考虑到情报有可能被破译，芦白花提前来到韦家门，这时吴玥刚刚发现秦玉卿的尸体，正六神无主。

芦白花怀疑中统已发觉吴玥的秘密，更担心惊动警察后影响第二天拍卖行的行动，果断让吴玥换上自己的衣服离开，她则翻墙离开。守在胡同对面的周老汉因近视只认衣服，误以为离开的也是芦白花。

伊宫承抬手道：“不对，据周老汉说当天下午吴玥又出现过一次。”

“后面我会解释……”

中午邱治平提前回家，他觉得哥窑白釉瓶与吴玥有关，结果在卧室看到秦玉卿的尸体，顿时吓呆了。过了会儿李佑从对面过来，正告他必须杀掉吴玥以绝后患，邱治平愤怒之下予以拒绝，李佑只得开枪将他击毙。

此时李佑面临三个难题：一是吴玥失踪；二是如何解决两条人命的问题；三是他了解方新星与吴玥偷情的规律，应该马上就会过来。

他想了两招儿：第一招儿先将秦玉卿尸体藏到厨房隐匿起来，瞒过方新星——倘若她的尸体被方新星发现，肯定直接到对面向他报告，一切就都露馅儿了；等方新星仓皇逃离后再复原尸体。

第二招儿假装一家三口出门，然后李佑老婆绕到后面翻墙进去，换上吴玥的衣服在两家泼洒汽油——在周老汉看来好像是吴玥。再耐心等到傍晚放火——间隔这么长时间的原因是李佑要给自己留足够时间考虑各个细节，以及做一些必要防范措施，如转移机密设备、销毁往来密电档案等。这样一箭三雕，既毁尸灭迹，又为自己一家三口潜逃提供契机，顺便栽赃给吴玥，至少令她再也不敢在洛阳城露面。

综合起来看，本案最重要的证人就是芦白花，然而因为身份问题却不能做证：她进入邱家时吴玥两手空空面对秦玉卿尸体；又是她让吴玥在邱治平回家前撤离；况且吴玥没接受过专业训练，根本不会开枪，因此可充分排除其嫌疑。

“……简单的事做得如此复杂差劲，又折损中统两条人命，李佑自知难辞其咎，案发当晚打发妻儿离开洛阳时已抱定一死的决心，区别无非怎么死的问题；至于芦白花，唯一过错就是强抢象牙船屋，最后将功补过也罢了。”

伊宫承道：“嗯，完璧归赵就好，否则杰姆斯会制造很大的麻烦。这桩案子你又立下大功，现特批两天假，去好好享受生活……我要给戴老板写报告了。”

古玩街。

左侯踱进月黄象牙店，黄老板眼尖，笑眯眯地迎上前招呼：“哟，大顾问又光临敝店，想要点什么？”

“芦白花的下落。”

黄老板错愕，愣了好一会儿才说道：“你……是不是搞错地儿了？”

“一点没错。”左侯笑眯眯道，“邱治平是中统特务，共产党情报员怎会把哥窑白釉瓶送到茶壶店？很明显原先准备送你这儿，发现有人跟踪临时去了茶壶店。因为两家店铺相临，从茶壶店后院同样能逃到后面小树林，对了，后来芦白花逃离古玩行后又故技重演，从你这儿经过。对不对？”

黄老板逐渐恢复镇定，边漫不经心地擦拭玻璃，边说：“尽管听不懂你在说什么，不过……有些事或许能帮上忙，比如打听某人的下落。”

左侯眼睛一亮：“要多久？”

“没个准儿，一有消息我会及时通报。”

“行啊，我很有耐心。”左侯哼着小曲儿满意而去。

# 清墓明器

# 楔子

凌晨时分，突然响起肆无忌惮的敲门声，吓得酣睡中的女人将头埋入左侯怀中。

“谁？”左侯喝道，立即抽出枕头下的手枪。

外面传来伊宫承急促的声音：“快起床跟我到现场，出大事了！”

左侯不情不愿地穿上衣服，下床前在女人胴体上捏了一把，开门随伊宫承下楼，问道：“什么大案劳驾局座深更半夜地出动？”

伊宫承岔开话题道：“这样隔三岔五换女人上床终究不是长远之计，你应该谈一场正式的恋爱，然后结婚生子，过正常的家庭生活。”

看着窗外黑漆漆的夜空，隔了许久左侯道：“我不是正常人，日出而作、日入而息的活法不适宜我。”

“唉。”伊宫承摇摇头叹了口气。

三辆吉普车疾速穿过空旷无人的大街，前方的路越发狭窄崎岖，凭感觉是到了城东矶山方向。一般来说城郊的案子不归警察局管，而且还是伊宫承亲自出马，左侯越发觉得不寻常，旁敲侧击试探了好几回，伊宫承如老僧入定，一言不发。

又行驶了十多里，司机将车停在黑影幢幢的山村村口，道：“局座，乌熙村到了，车子只能开到这儿。”

“别惊扰村民。”伊宫承道，然而村里已响起高高低低的狗吠声，不多时两个村民高举火把迎上来。

“大概是报案者。”伊宫承道。

吴探员上前问话，确认无误后跟着村民穿过村子来到最西头密密麻麻的坟堆，为首村民指着右侧高处道：“到了。”

那是明显高出普通坟堆十多米的小山坡，南临一汪清潭，北面背靠矶山，正符合风水先生所推崇的“官诰覆钟”之势。

小山坡正南面有个明堂开阔的清墓，离墓碑六七米处的草丛里，有个用乱树枝掩饰的半米径宽的盗洞，拿手电筒朝里打量，盗洞斜斜直插清墓中心。

“盗洞打得真有水平。”左侯赞道，“一看便知是行家里手。”

村民介绍道：“昨天傍晚李家两个孙子顽皮，溜到坡上捉迷藏，大孙子躲到草丛里后不小心踏空，掉进洞里，二孙子赶紧回村叫来几个大人，用绳子绑腰间坠到墓里，结果发现一具尸体……”

“下去看看。”伊宫承道。

“我胆子特小，不敢。”

“哼，你以前也没少跟盗墓的打交道吧。”

“两码事。”左侯认真辩道，“我做的行当在古玩界叫‘清活’，而盗墓是‘脏活’，大家井水不犯河水。”

“少啰唆，我陪你一起下去！”

两人嘴里衔着手电筒，顺着绳索脚蹬洞壁，小心翼翼地滑行到底部，却是一个不足五平方米的凹坑。左侯四下一瞧便有了数，道：“此墓结构并不复杂，属于一主两侧的平截面构造，主墓室应该在西南位置，也就是发现尸体的地方。”

“你也是高手嘛。”

“嘿嘿，多少了解些基本原理。”

爬过一条弧形弯道来到主墓室，里面六七个平方米，当中棺椁被拆散了架，尸骨也四分五裂，中间有些黑乎乎的絮状物，是垫在棺材里的被子、丝绸之类腐烂后形成的。棺椁里侧，尸体半蜷着躺在地上，身上血渍不多，初步推测死亡时间在72小时左右。

就在观察的工夫，吴探员等人也陆续下来，戴上手套分散到各处勘查，没多会儿得出结论：死者死于匕首之下，被刺中后心，说明凶手是从背后袭击，猝然出手且一气呵成的深思熟虑之击——墓室又矮又逼仄，前有棺椁，后有石墙，转个身都得事先打声招呼，根本没有避让的空间。

半小时后探员们也结束了其他几个墓室的勘查，初步确定盗墓者为三人，一人在上面望风接应，两人下洞，其中一人脚印与死者吻合；陪葬品被洗劫一空，但墓内破坏程度很小，证明盗墓者是非常有经验的老手。

出洞后伊宫承下令将尸体运回警局，找道上的人辨识死者身份，天亮后进村逐户了解近日是否有可疑人员在附近出没，并发动各路眼线打听有无新的赃品流入市场。

“吃住都在村里，查不到线索不准回城！”伊宫承最后强调道。

此时天已微亮，站在坡上鸟瞰，东侧乌熙村一览无余，北面、西面是绵延起伏的矶山，南面越过清澈见底的锁龙潭，清晰可见铁轨在林中蜿蜒盘旋。隔了会儿地面轻微颤抖，一列火车由南往北呼啸通过，后面拖挂车厢上墨绿色苫布盖罩下，隐约闪烁着刺眼的寒光——为避免日机侦察和轰炸，军用运输只能利用傍晚到清晨这十多个小时进行。

“北方战事紧哪……”伊宫承怅然说了半句随即止住，道，“此案少不了跟古玩圈有些干系，你得打起精神应付。”

左侯见探员们都离开，奇道：“死个盗墓的有啥大惊小怪？用你的话说这叫咎由自取，为什么这般大动干戈？”

“你可知此墓的主人是谁？”

“刚才没注意看墓碑……”左侯凑到石碑前努力辨认，“秦……什么……”

“秦道翦，咱洛阳秦县长的曾祖父。”伊宫承冷冷道，“刨了县长的祖坟，还闹出人命，你说这事大不大？”

# 第一章

经过一整天忙碌，探员们获得了不少线索——

渔民们沿着锁龙潭周边拉网式打捞，找到了一柄细柳叶形匕首，刃锋与死者身上的伤口完全吻合，同时还发现了一个包裹着碎石块的血衣团，说明凶手不愿冒险穿血衣回城——近几年洛阳实施宵禁，万一被负责巡逻的宪兵队碰到将是大麻烦。

住在村口的裘老汉睡眠浅，据他说这几天夜里村里的狗始终没消停过，动辄便叫成一片，有一回还似乎听到马蹄声。周探员反复盘问后基本确定是前天夜里，与死者死亡时间基本一致。

专门赶牛车的三福子说昨天早上进城时，在离村子不远的路上发现过新鲜马粪，当时天刚蒙蒙亮，村里不可能有谁比他早，应该是夜里有马车从这儿路过。

村长则说乌熙村至矾山一带历来是风水师青睐的风水宝地，分布着许多大规模古墓群，有的甚至多个朝代叠在一起，形成多层古墓的奇观，因此经常有不三不四的人在村子附近转悠，神色鬼祟，眼珠乱转，一看就知道不怀好意。近三四天村里先后来过几拨人，都假装在锁龙潭钓鱼或野炊，然后偷偷溜往乱坟堆。在乱坟堆周围放羊、玩耍的孩子们虽说都看到，但见他们没搞什么动作便也罢了。

做笔录过程中，当提到这些人的外貌时，几乎所有村民都迟迟疑疑、表情茫然，没人说得清楚。左侯分析盗墓老手通常具有极丰富的反侦查能力，举手投足间很自然地遮挡面部、掩饰体态特征、变造嗓音，更有甚者能通过特殊技巧使个子矮上十多厘米、胖子变成瘦子，等等。

“就是说即使抓到盗墓嫌犯，乌熙村的村民也没法指认？”伊宫承皱眉道。

“恐怕如此。”

“根据周探员等人勘查，现场除了几个脚印外没有其他作案痕迹，匕首上的指纹也被擦掉了，到时怎么指控？”

左侯笑嘻嘻道：“抓到人再说呗，办法总会有的。”

“我们能等，恐怕县长大人不答应，昨晚电话里要求 24 小时破案，照目前情况 24 天都难说。”伊宫承心事重重道。

傍晚时分，县政府宪兵队来了两卡车人，二话不说强行接管秦氏古墓，防线一直推到村口。率队的杨副队长声称奉秦县长命令连夜调工匠修葺古墓，天亮前必须完工。

伊宫承大吃一惊，上前交涉古墓作为犯罪现场破案前不能擅动，否则将影响后续一系列工作。杨副队长冷笑道，按局座的意思，就任由墓门洞开、秦老的骸骨散落一地？再说破案，到底什么时候局座心里有谱吗？秦县长说的时间点儿快到了吧？伊宫承无言以对，悻悻下令探员们收队。

回到城里已经晚上八点多钟，为防止日本飞机空袭，整个县城黑灯瞎火，必须晚上营业的饭店、茶楼、浴室均在窗玻璃上贴厚厚的报纸，防止灯光外泄。左侯草草吃了点东西，然后换了件长袍径直来到古玩街，来回踱了两圈，确信无人跟踪才踏入东街一家不起眼的小茶壶店。

店里只有一个伙计，懒洋洋的，见客人进来眼皮都不抬一下，双手笼在袖管里继续打瞌睡。

“祁老板在吗？我是他老朋友。”左侯问。

“不在，出远门了。”

“前天还在街上遇到的……”

伙计翻了个白眼儿，连话都不接。左侯忍住气，从货架正中位置取下把茶壶，伙计眉毛一扬道：“先生可得当心点儿，这是钱弘文的荷花绿亭紫砂壶，值七八十块大洋呢。”

“钱弘文可是嘉道年间的制壶大家，光绪年间一把壶就卖六七两银子，要真是他的还不止这个价。”说着手略略一抖，“哐啷”，茶壶落地发出清脆的碎裂声。

伙计惊呆了：“先……先生，你，你把壶摔坏了……它值七八十块大洋……这，这话可说在前面，没，没，没讹诈的意思……”

左侯微笑：“真的才值，可它是真的吗？”他从地上捡了两块碎片，“紫砂，顾名思义泛紫色的砂粒，你瞧这是什么？”

看着明晃晃的黄褐色泥砂，伙计哑口无言。别说成天玩壶的，外行都看得出是泥坯外面涂了层紫砂，分明是假到家的赝品。

左侯也不为难他，继续从货架上取下把茶壶，敲了敲，道：“说说这把。”

前车之鉴，伙计哪敢信口开河，试探道：“听，听说好像朱石梅的……先生以为呢？”

“朱石梅是道光年间的书画家，创制锡包紫砂胎壶，壶把与壶嘴以碧玉镶接，还别说，它都符合……”

说着“哐啷”又摔地上了。

有前面的“哐啷”，伙计不再跟他探讨真假问题，他算是明白了，今天祁老板不出场，整个店的紫砂壶都可能被这家伙“哐啷”掉。没办法，人家是内行中的内行，就算明摆着砸场子你也没办法，谁让你店里放赝品？

仿佛变魔术般，椅子、热气腾腾的茶都送了过来，伙计满脸堆笑：“我打电话去，先生稍等会儿可以吗？”

伸手不打笑脸，左侯咂了口茶，半眯眼睛说：“快点儿。”

“哎，没问题。”

不到半小时，一个短矮身材、皮肤黝黑的汉子掀开内屋门帘，指着左侯大笑道：“我说哪个促狭鬼上门捣乱，果然是你！”

左侯含笑不语，跟着他从内屋穿过内院，来到一间僻静的小屋子，祁老板关好门窗，转身道：“知道你无事不登三宝殿，直说吧，有啥事？”

“听说秦县长家祖坟被盗了吗？”

“是吗？那可不得了，谁干的？”

“不是你的杰作？”

祁老板的脸唰地沉下来，怒道：“道上都晓得你当了警察的狗腿子，过去那些龌龊事揭过不提，但要把屎盆子扣到我姓祁的头上，今儿个别想活着出这扇门！”说着一掀上衣，露出腰间倒插的十多柄明晃晃的匕首。

左侯笑道：“得了吧，整个中原地区的行家谁认不出你老祁打的盗洞？要么不出手，一出手便直插墓室，从来不打第二洞，人称‘祁一洞’，夜里我赶到现场一眼就看出来了。不过放心，我没透露给警察，因为你向来只负责打洞，不参与盗墓，对吗？”

听到这里祁老板微微松了口气，脸色略有缓和，道：“打洞的不盗墓，这是祖上规矩，也是咱能活到现在的原因。”

“东家是谁？哪几个下的洞？”

祁老板摇摇头，满脸沮丧地走到墙角紫黑色立柜旁，道：“就算你不找上门我也晓得惹大祸了，正收拾细软准备跑路，能不能顺利出城还难说……上当的不止是我，还有……唉！”

左侯一言不发盯着对方，静听下文。

祁老板打开柜锁，再打开一道密屉上的暗锁，从里面抽出一沓银票塞入怀中，又从另一道密屉里抓了两把银圆分装在身上几处暗袋里，苦笑道：“兄弟，见笑了。”

“没啥，干咱这一行总有马失前蹄的时候。”

这话给了祁老板很大的安慰，他点点头，边在柜里东翻西找，边道：“活儿是有人主动到茶壶店委托的，给现洋、给地点、给时间，收到就代表成交，买家卖家不见面是惯例，根本不清楚东家是谁，这一点你能理解吧？”

“起码是熟悉圈子情况的。”

“伙计眼毒，偷偷说可能是南大街李家胡同口一家鞋店的学徒，好像姓马——就是说说而已，谁晓得真假。”祁老板含糊其词道，“半个月前那个夜里，按买家指定的时间地点，我带两个徒弟去了乌熙村，很快找到那个墓，因为忙于测绘计算也没留意墓碑，早知道是秦县长的……唉！洞挖得挺顺利，凌晨四点多钟赶在天亮前就完工，然后朝西面矶山方向打手电筒亮了五下，紧接着对面亮了四下，就是说咱做的事完成了准备离开，后面轮到盗墓的下洞——这些都是道上的规矩，你也懂。”

左侯狡黠一笑：“虽然打洞的跟盗墓的不见面，但洛阳圈子就这么大，凭你的经验还辨不出对方？”

“什么都瞒不过你。”祁老板笑道，“如你所说，洛阳共有二十多家盗墓的，每家用的手电筒因为牌子不同、时间有长有短，还有使用习惯等，我大致能从亮度、颜色和频率分辨得出，比如那天夜里的手电筒亮光颜色泛黄泛暗，而且光晕略有抖动，很明显是樊家兄弟俩。那两个家伙小气得不得了，手电筒用了九年还舍不得换；大樊以前盗墓时大拇指受过伤，按手电筒揿钮时总使上不上劲儿，所以会有轻微晃动……”

“樊家兄弟是众所周知的缺心眼儿，主要给周老爷子充当打手，通常碰到大墓实在缺人才带上他俩。”左侯奇道，“这位东家既能找到你，又为何选择樊家兄弟？”

“难说，有的东家就喜欢缺心眼的——昨晚大樊突然急匆匆找我打听弟弟的下落，并赌咒发誓上次下洞后再没接过盗墓的活儿，怀疑与那个东家有关。陪他寻了几处地方，都传言秦县长大发雷霆誓言彻查，我心里也发了毛，遂给了大樊一些大洋，劝他赶紧逃离洛阳。”

“他已经跑了？”

“大概是。我因为还要处理生意上的事耽搁了一天，计划今夜走。”祁老板目光闪动，“你不会阻拦吧？”

“说哪儿去了，我像那种卑鄙小人吗？”左侯沉吟片刻，问，“大樊透露过那次下洞的情况没有？”

“我心里不踏实，特意仔细盘问了，他说就是很简单的清墓，并无特别，里面陪葬品也不多，小樊爬上来后还开玩笑说筋骨还没活动开呢……”

“等等！以前都是大樊下洞，为什么这回是小樊？”

“从上年起就换了，因为大樊身体发福，钻洞不如之前灵活。”

“弄了哪些东西？”

“无非金首饰、银盘子、象牙雕之类，殷实小富之家而已，估计加起来卖不到五百大洋，大樊说这是今年以来质量最次的墓。”

“樊家兄弟怎么交货？”

“东家早就派人守在附近，樊家兄弟接受搜身后两拨人分不同方向离开乌熙村，至于墓里为什么多了具死尸，我们都想不通……昨晚我脑里闪过死者或许是小樊的念头，但没敢告诉大樊。”

“嗯，小樊脑子比大樊灵活些，没准儿……”

祁老板看了下怀表无心再谈，匆匆道：“时间不早，我得走了，拜托看在过去的交情别暗中使绊子通风报信，怎样？”

左侯笑着拍拍他的肩，转身出门。回到警局，死尸身份已经揭晓，果然是祁老板所说的小樊——樊小壮。

接下来要调查的周老爷子可是众所周知的硬茬。

# 第二章

民国九年，一场大火把古玩街烧掉大半，剩下的店铺也无心经营，纷纷收拾东西准备另寻去处。眼看延续数百年的古玩街即将解体，绸缎商周永贵挺身而出，买下烧毁店铺的一半所有权，并许诺两个月全部修复到位。签下买卖协议第二天，上百名工匠就进场施工，从而稳住了老板们的情绪，有些已经搬走的店铺陆续回迁，三个月后古玩街依旧人头攒动，生意兴隆，恢复了往日的繁华。之后几十年里那些店铺老板手头有了利润后逐渐赎回那一半所有权，周永贵也没漫天要价，尽管如此还是赚得盆满钵满。

可以说，没有周永贵就没有今天洛阳古玩街，因此圈内人提起他无不竖起大拇指，发自内心地称其为“周老爷子”。

“他还有个名号叫周大善人，每年入冬后在北城口开大灶施菜粥直到开春，经常有乞丐到他家外磕头，因此连续十一年入选县政民意代表。”伊宫承显然对他颇为了解，“你觉得他在此案中扮演了什么角色？”

左侯道：“别的不说，大樊、小樊跟了他十多年，如今一死一逃，警方上门了解情况是再正常不过的事，于情于理都应该配合。”

“以他的财力和眼光，看不上墓里那点东西吧？”

“周老爷子有个原则叫‘不碰清墓’，意思是说不认同盗挖清墓的行为，也不接受清墓里的古玩——他觉得清墓离现在太近了，应该养在土里留给后人。”

“喔，很有意思的想法。”说话间警车已停在周宅门口。

周老爷子架子很大，先是在后院打太极拳，然后沐浴更衣，把两人干晾在客厅近一个小时，姗姗来迟后仍是满脸倨傲，丝毫没将堂堂警察局副局长放在眼里。

“手下有麻烦，做主子的当然脱不了干系，但不能因为一个死了一个下落不明，就把罪名硬往他俩身上栽，对不对？指控他俩盗墓，哪个能站出来证明？我还想要求警察局尽快破案，早日抓获杀害小樊的凶手呢。”周老爷子轻言慢语道。

伊宫承硬邦邦应道：“真相大白前一切皆有可能。身为警察，职责就是排除不可能的选项，若问话中有得罪之处，请周老爷子海涵。”

周老爷子没吱声，端起茶盅轻轻啜了一口。

站在一边伺候的彪形大汉看出主子不悦，当即怒气冲冲道：“警察有啥了不起？就算你们顶头上司赵局过来，也得对咱老爷礼让三分！”

左侯轻笑一声：“张德豪，跟在周老爷子后面七八年，眼力没多大长进，脾气倒大了不少。”

“你……”张德豪见左侯张嘴就道破自己底细，自己却对他一无所知，不敢轻易造次，便冲他怒目而视。

“樊家兄弟俩不算我的徒弟，平时也就打打杂，做些跑跑腿之类的粗活儿。”周老爷子见张德豪多少争了点面子，不再拿腔作势，慢腾腾道，“众所周知，他俩头脑有点简单，属于一根筋的脾气，周宅上下明里暗里多关照些，约束方面也不像对徒弟们那样严厉，有时溜到外面蹦跶好几天才回来，大伙儿都视而不见。这回要不是警局通知认领尸体，根本想不到他俩会出事。”

老奸巨猾的周老爷子，把责任推得一干二净。

“据说樊家兄弟暗底下参与盗墓勾当，单去年就做了十多票？”伊宫承问。

周老爷子喟叹一声：“早年我就警告过他俩，入了周宅就必须金盆洗手，不准受道上朋友诱惑，两人满口答应，可有时候……唉，怎么说头脑简单呢，稍微一怂恿就……不过那些勾当都是偷偷摸摸干的，周宅上下没人知道。”

“几天前小樊生死未卜，难道做哥哥的完全无动于衷？那样的话他的头脑就不是简单，而是心机相当之重。”伊宫承道。

“嗯……”周老爷子沉吟片刻，转手把问题抛给张德豪，“你们几个觉得呢？”

张德豪长期跟随周老爷子，焉会猜不出主子的心思——看这阵势，若不提供点料，警察不会善罢甘休，遂故意迟疑会儿道：“三四天前大樊的表现是有些不正常，早上天蒙蒙亮就不见人影，天黑后才垂头丧气回来，平常晚上都喜欢喝点小酒，兴致来了还吼几句，这几天连酒杯都不碰……”

伊宫承插嘴问：“有没有人问过小樊去哪儿？”

“没，根本没人注意过。”张德豪道。

问到这里基本告一段落，显然，周老爷子不可能提供更多的信息。这一方面是担心招惹不必要的麻烦，给家族产业带来负面影响；另一方面周老爷子私底下也做些见不得光的勾当，与警察走得太近反而会惹火烧身。

伊宫承正打算告辞，左侯突然来了一句：“最近古玩街出了不少新货。”

周老爷子面无表情地端起茶杯，没等两人离座张德豪便大声叫道：“客人慢走！”

车子驶出周宅一箭地后伊宫承问：“刚才那句什么意思？周老爷子好像不太高兴。”

“他一直不太高兴。”左侯笑道，“我不过是试探一下他最近有没有从古墓里挖出新玩意儿。”

“跟本案有何关系？他又不挖清墓。”

左侯沉默下来，隔了好一会儿才说：“我觉得没那么简单……首先，大樊、小樊与周宅的关系并非他说得那么好听，事实上当初周老爷子就是看中他俩精通盗墓且头脑简单才招至麾下；其次，周老爷子在盗墓方面做的生意远比外界想象的还大，可以说几乎垄断了洛阳地区，甚至触及开封……”

“啊！”伊宫承大为震惊，“他的身家少说都有几千万大洋，为何还冒着抄家杀头的风险干这种勾当？”

“因为暴利。打个比方，像青铜器、玉器、名画那些古玩，撇去打眼或捡漏等因素，一般来说利润率顶多百分之二百，也就是双倍利润；但盗墓却是一本万利，只需刨去前期勘探、挖掘等人工费，然后有足够安全的销售渠道，卖掉就是赚到，白花花的银子唾手可得，你说谁能拒绝诱惑？况且周老爷子苦心经营几十年，洗白、分流、销售渠道已遍布整个河南，听说北平、上海也有分店，周老爷子躺在家里就能赚大钱，自然舍不得收手。”

“嗯，刚才你说到其次，还有呢？”

“最后就是盗墓团伙由于高风险性，非常在意成员的控制和活动范围，一旦发觉风吹草动立即转入地下，因此像小樊失踪而周宅上下一无所知的情况压根儿不会发生。”

伊宫承点点头：“我明白你的意思了，周老爷子要么亲自指使人杀了小樊，要么尽管知道小樊死讯，却出于某个原因刻意隐瞒？”

“先设法找到大樊，没准儿他什么都肯说。”左侯道，“对了，如果抓到祁一洞请高抬贵手，他只负责打洞，并不清楚墓内情况，而且我答应放他一马。”

“放他？我能得到什么好处？”

左侯苦笑：“没想到局座也这么现实……要不，以后局座家人选墓时请他免费打个洞？”

“去你的，乌鸦嘴！”伊宫承忍俊不禁重重捶了他一拳，“我是说放了他，能对破案有什么帮助？”

“昨晚他把知道的都告诉我了——走，去南大街李家胡同逛逛。”

时值正午，胡同口鞋店老板回家吃饭，有个学徒坐在太阳下打盹，上前一问正是姓马，叫马小富。

伊宫承掏出证件晃了晃，威严地说：“问你几句话，要老实交代，不然抓到局子里去，明白吗？”

“好好好……”

马小富吓得说话都不利索了，忙不迭地点头。

“最近有没有去过古玩街一家茶壶店？”

“去，去过。”

“去干什么？”

“我……”马小富胆怯地瞟瞟他腰间佩枪，咽了口唾沫，“有人托我办的，不过真不关我的事，我一点儿都不知道。”

伊宫承不耐烦道：“关不关你事，警方自然会调查，轮不到你开口！那个人叫什么，家住哪儿，什么身份！”

“其实……我并不认识他……”

伊宫承二话不说，“咣啷”抖开手铐就要动手，马小富惊得从板凳上摔下去，双手直摇：“没骗你们，我真不认识……他到店里买鞋子时搭讪上的，真的，以前没见过这人，肯定不在附近。”

“别忙铐，让他说下去。”

左侯假装劝解，伊宫承哼了一声暂时停住，马小富微微松口气，继续说：“他瞅老板不在便问我想不想赚点外快，我说当然想，他就给了两块大洋，要我把个封好的信封送到古玩街那家茶壶店，关照我只要说‘受人之托’四个字，别的不管。我觉得这事儿好办，当时就腾腾腾过去了，没两个钟头就完事了。”

“那家伙长什么模样？”

“分头，戴金丝眼镜，脸瘦瘦长长的没肉，很严肃的样子，个头跟我差不多，比我瘦，身穿西装，皮鞋擦得锃亮，还是英国货……”

左侯边听边在纸上速写，过了会儿递过去问：“像不像？”

“脸更长点，眼睛再分开些，还有鼻子……”马小富指指点点修改了几处，道，“差不多了。”

“你确定南大街没这号人？”伊宫承问。

“整个这片儿我都熟，肯定没见过他，嗯……”马小富欲言又止。

左侯何等机敏，当即道：“有线索尽管说，哪怕猜测之辞也无妨。”

“他身上有股茶香，不是在茶馆做事，就是卖茶叶的。”

出了鞋店，伊宫承低声道：“我已大抵猜到这个人的身份。”

“不会吧！”左侯吃惊道，“洛阳城几十万号人的档案你都记得？”

“他身份很特殊，跟古玩完全没有关系，更扯不上盗墓……”

“难道……是军统的监视对象？”

伊宫承平静地说：“是的，我们已盯了他两年零四个月。”

# 第三章

他叫李复明，祖籍山东烟台，长期在辽东一带贩运茶叶，三年前来到洛阳西大街岳城路开了家茶馆兼卖茶叶，门面不大，客人基本是附近茶客和几家公司、绸缎行的雇员，生意不算火爆但也不差，总之是个不引人注目的普通商家。

几个月后，开封军统突然袭击了一处日本间谍的秘密联络点，枪战中打死三人，一名叫佐藤正树的间谍强行突围，一路潜逃到洛阳城。伊宫承亲自率队抓捕，两场枪战后佐藤正树多处负伤，本以为能轻松活捉，谁知他利用晚上天黑人多溜进李复明的东升茶馆，之后再无踪迹。

无论是地上血迹还是茶馆周边目击证人，都能肯定佐藤正树进了茶馆，奇怪的是伊宫承随即调动大批警察封锁茶馆后竟没搜到，也没发现佐藤正树离开，警方事后审问了十多个茶馆里的客人也无线索，他像凭空蒸发了似的，从此再也没见到。

很明显是李复明将佐藤正树藏起来了，而茶馆里可能有密道或地下室。

伊宫承判断东升茶馆是日本间谍在洛阳的秘密联络点，用于流转情报和处理突发情况，遂命令军统暗中收买茶馆附近几家店铺老板或伙计，发现异常立即报告。

不知李复明行事谨慎，还是真的没问题，两年多来始终没发现茶馆有何异常，李复明整天在茶馆盘点账册、清理茶叶库存，偶尔出现为客户介绍茶叶，活动范围从不超出岳城路，看不出为日本人做事的蛛丝马迹。

上年年底军统方面有点丧失信心，开始计划取消针对东升茶馆的监视，然而随着华北战局发生变化，战火进一步逼近中原地区，开封、洛阳等地作为靠近前线的战略要点，地理位置显得十分重要，日本间谍也加紧了对这些城市的渗透，加之共产党地下组织时而露一下面，使得军统高度紧张，反加派人手提高了对东升茶馆的戒备等级。

坐在茶香四溢的东升茶馆，伊宫承悠然啜着香茗，饶有兴致地欣赏墙壁上挂的字画。

左侯四下张望，悄声问："李复明在哪儿？"

"柜台右侧伏在那儿算账的那个，戴着金丝眼镜，跟马小富描述的一样。"

左侯奇道："你进来后没往那个方向瞟一眼，怎么看出的？"

伊宫承冷冷道："情报人员要都像你这样，有十个死十一个！你以为我真的在看字画吗？干这行讲究眼观六路耳听八方，观察目标时忌讳动作过大，要善于用细微的小动作掩饰真实意图，你这样贼头贼脑的模样，人家一看就明白！"

"噢，噢，每个行当都有学问，领教了。"

"他干吗找'祁一洞'打盗洞，难道也热衷于收藏？真想以此为借口把他抓起来严刑拷打！"

"除非大樊出面指控，否则拿他没办法。"

左侯笑道，侧过脸无意间看到东边角落有个正说得唾沫横飞、天花乱坠的圈里人——掮客马池越。

掮客说穿了就是骗子，靠懂一点古玩鉴定门道，凭一张嘴招摇撞骗，玩空手套白狼的把戏。这种人有时很有用处，因为消息灵通，黑白两道都有朋友，以前左侯做赝品生意时没少跟掮客们合作。

这会儿马池越眉飞色舞地向两位中年妇女推销一件玉坠儿，左侯过去大大咧咧地拉开凳子坐下，马池越一愣，左侯劈手夺过他手里的玉坠，微微一瞅便扔到桌上："马老板又拿粪坑里泡过的假玉骗人？虽说沁出点古色，闻起来却一股臭味。"

两名中年妇女真把玉坠凑到鼻子下闻，然后涨红脸愤愤地往马池越怀里一丢，扬长而去。看着她们的背影，左侯闲闲道："不好意思，坏了你的好事。"

马池越拉长脸正欲发作，伊宫承也踱了过来，将墨镜摘下半截又复位。

像马池越这种老掮客如何不认识大名鼎鼎的警察局副局长兼侦缉队队长，顿时满脸堆笑道："没事没事，就是随便聊聊，快请坐，站着多不好意思。"

伊宫承知道左侯找上这位掮客肯定有话要问，板着脸道："他问你答，有半句谎话要你好看！"

马池越笑容僵在脸上，身子微微缩了缩，左侯看在眼里暗暗好笑，遂问："最近洛阳街上有啥新鲜事儿，说来听听。"

他所说的"洛阳街"暗指古玩一条街，圈内人一听便明白。马池越略一犹豫，道："也……也没啥……还……还是那样……"

伊宫承"哼"了一声，手往怀里伸，不知准备掏手枪还是手铐。

马池越眼角瞥见，连忙改口道："有桩事能不能算新鲜倒难说，反正我昨天才知道——盛唐阁暗地里收购了一对敞口细腰圆底、深黄绿釉色的小瓷瓶，拿去请宋楚云甄别真假，人家一口认定是明器。本来挺好的事儿，但盛唐阁于老板人如其名迂腐得出奇，偏说小瓷瓶从清墓挖出来的，不可能是明器。宋楚云是什么人？咱洛阳府首席鉴定师，人称‘鹰眼铁口’，听了这话也生气，说如果不是明器‘宋’字倒过来写。啧啧，您说新鲜不新鲜？”

“东西还在于老板手里？”左侯问。

“大概吧，我也就听个热闹……”马池越瞅瞅伊宫承，怯生生道，“我可以走了吗？”

伊宫承与左侯对视一眼，挥了挥手，马池越如释重负一溜烟离开茶馆。

“清墓。”伊宫承说。

左侯点点头：“据我所说最近几个月挖了四五个明墓，两三个宋墓，大概还有一个五代的，要说清墓大概只有……”

“喝完茶到盛唐阁看看。”

正说着话，李复明从柜台出来径直来到桌前，一脸微笑道：“二位的茶水费免单了。”

“哦，为什么？”左侯故作惊讶。

李复明冲伊宫承拱拱手：“伊宫局长大驾光临，敝店蓬荜生辉，感谢还来不及呀。”

伊宫承沉着脸不吱声，左侯笑道：“局座外出办案，正好经过这儿稍作歇息。”

“好好好，二位请慢用。”李复明见伊宫承不搭理，知趣地退回柜台，隔了会儿让伙计送了碟瓜子。

“他在示威。”伊宫承咬牙切齿道。

“反而证明有问题。”

坐了会儿，伊宫承起身欲离开，左侯却让他等会儿，转到后院方便。刚掀开帘子院里就有伙计过来询问，然后陪着一起来到厕所前。

方便出来洗手时，左侯笑着问院里共几个包厢，伙计警觉地看看他，半晌才不情不愿地说四五个吧。左侯又问有没有七八个人坐的，以后邀请朋友过来。伙计脸色才好看些，说没那么大，都是坐三五个人的样子，多了有点挤。

回到堂座，左侯到柜台硬是结了账，然后和伊宫承一同离开。

“后院有名堂。”左侯说。

“有人盯着？”

“结构有问题！八九张桌子的堂厅，后院却设了五个包厢，有那么多客人吗？”

伊宫承回头望了望东升茶馆，沉吟半晌道：“你的意思是——包厢专门用于日本间谍之间传递情报？”

“那倒不会，区区一个小伙计只能拦普通客人，要是几个警察冲进去他也没辙。”左侯搔搔头道，“感觉这种很奇怪的结构是在掩饰什么……”

赶到盛唐阁时已是傍晚时分，伙计正吃力地搬门板准备打烊，两人在屋后小院里见到于老板。

“宋大师这回走眼了。”于老板断然说，“瓷瓶肯定是清代，一点问题没有。”

说着他从里屋小心翼翼地捧出那对小瓷瓶，果然是敞口细腰圆底、深黄绿釉色，灯光下釉面呈失透状，黄绿色掺杂其间似茶叶细末儿，还隐隐蕴含着黑褐色斑点。

于老板解释道：“古人称绿为茶，黄为末，因此叫茶叶末釉，色泽古朴清丽深沉凝重，是宫廷秘釉。这种技术是乾隆时期督陶官唐英研制的，专门用于仿制宋瓷，达到以假乱真的效果，您看，连宋大师都走了眼。”

左侯深深瞅他一眼，笑道：“真人面前不说假话，这对瓷器到底什么来路？让你言之凿凿是清器。”

于老板脸有些白，呆了好一会儿道：“东西来路确实不太正，是黑市朋友七拐八弯引见的，据说盗自洛阳附近清墓，我也是打心眼喜爱这对小瓷瓶才咬牙拿下，二位放心，纯属个人收藏，我发誓决不拿到市面上卖……”

“除了小瓷瓶，卖家还有什么货？”

“都是些小玩意儿。”于老板低头苦思良久，“梳妆盒、笔洗、青花碟、银烛台等，当时身上带的钱不多，匆匆扫了几眼就看中这对小瓷瓶，其他没细瞧。”

左侯若有所思，伊宫承则摆出公事公办的态度，警告于老板下次不准从黑市购买赃货，否则以销赃罪论处。于老板听得满头大汗，连连点头。

回到警察局，伊宫承道：“那对瓷瓶是清器？”

“宋大师鉴定得没错，明器！”左侯斩钉截铁地说。

# 第四章

伊宫承诧异道："东西出自清墓，于老板又说得头头是道，为何反倒是明器？"

左侯笑道："古玩鉴定就难在这里，大道理人人都懂，但要活学活用到具体东西上，需要更细致更全面，触类旁通很多知识。"

"少卖弄！快说！"伊宫承不耐烦喝道。

"于老板根据茶叶细末釉色判断为唐英仿制，却忽略了釉面里蕴含的黑褐斑点。"左侯得意一笑，"它可不同寻常，是只有明代御器厂烧制瓷器经历数百年后才形成的独特釉色，称为'鳝鱼黄'，他所说的茶叶末釉是指唐英仿制的'蟹甲青'或'古铜彩'，没有这种斑点。"

伊宫承感叹道："古玩行真是深不可测，外行如果贸贸然玩这个，搞得倾家荡产都还蒙在鼓里。"

"所以圈子里经常说四个字，点到为止，过分热衷于收藏就完蛋了。"

伊宫承又回到起初的话题："明器、清器，与判断是否盗自秦道翦的墓应该没多大关系。清墓里也可以有明器吧？"

"从逻辑上来讲这个说法没问题，可实际不是这样。"左侯笑道，"打个比方，一个大家族如果从明代开始代代相传几件宝贝，到了清代某个人因为喜欢要带入墓里陪葬，子孙肯吗？家族其他长辈肯吗？祖上的宝贝还得继续传下去！所以瓷器、青铜器这类陪葬品通常是死者生前的生活用度。”

“哦——”伊宫承失望地说，“那么小瓷瓶并非出自秦道翦的墓，又一条线索断了。”

“未必。”左侯简洁地说。

伊宫承正欲追问，一名军统特务匆匆进来，凑在他耳边说了两句。伊宫承立即抓起桌上的佩枪，道：“走！”

宪兵队在城东矶山脚下发现可疑分子，盘问时对方突然拔枪射击，双方遂展开激烈枪战。老宪兵队员从枪声中听出对方用的是南部式十六连发自动手枪，这是日军便衣侦察队、特高科和间谍专用枪支，体积较小便于携带，近距离突击火力强大。

尽管人数占优，但宪兵队十多人构成的火力网竟压制不住对方区区三人，强行突破防线后在荒野边打边撤，最后索性冲入城内，宪兵队杨副队长见情况不妙赶紧通知洛阳军统行动组。

伊宫承迅速命令军统和侦缉队出动，从主城区到城东沿线布下三道网，同时要求后方的宪兵队员拉开间距，尽量避免直接交火，因为日本间谍的枪法普遍精准，靠得太近无异于活靶子。

经过层层围堵，有经验的探员和军统特务加入战斗，日本间谍遭到沉重打击，一个重伤，两个轻伤。重伤者拼尽最后力气将火力吸引过来，掩护同伴潜入主城区，然后引爆手雷而亡。

伊宫承亲自率队紧追不舍，在地形复杂、迷宫似的巷子里边追逐边射击，好几次子弹堪堪擦着身体掠过。虽险象环生，但他深知压力在日本间谍那边，两人有伤在身，子弹估计也差不多了，在人地两疏的城区内逃亡，总有弹尽粮绝的时候。

穿过巷子，日本间谍利用一幢小洋楼进行阵地战，两人互为犄角，封锁了楼前二十多米长的开阔地带。宪兵队仗着人多组织了几次冲锋，死伤数人，躲在巷子里不敢冒进。

伊宫承指挥探员和军统从两侧、后方包抄，正面保持一定火力震慑。这时右侧突然响起枪声，宪兵队猝不及防，防线顿时被撕开缺口，日本间谍趁机突围。

“妈的，城内有内应！”伊宫承黑着脸说，心里已猜到可能是谁。

果然，日本间谍在内应的掩护下一路向西，冲破宪兵队、侦缉队数道拦截，潜入西大街岳城路一带的巷子后消失得无影无踪。

两年前的一幕再度上演!

伊宫承几乎能肯定两名逃亡者当中就有佐藤正树。根据军统截获的日本特高课部门机密情报，开封秘密联络点被连窝端后元气大伤，改为重金招募当地人从事情报工作，遂将佐藤正树转到洛阳秘密活动。

“不止一处枪伤。”吴探员说。

探员们拿着手电筒照地上的血迹，从血渍浓度和位置来看，一个伤在胸腹部，一个左腿中弹，急欲找个地方处理伤口，因此顾不上危险也要逃到东升茶馆。

退一步讲，东升茶馆就是危急情况下为日本间谍提供庇护，倘若害怕暴露，还有什么存在的必要?

伊宫承咬紧牙关道:“重兵包围东升茶馆，挖地三尺也要把人抓出来！”

时值晚上七点多钟，正是酒楼、茶座、咖啡厅高朋满座之际。宪兵队等一帮人可不管这些，如狼似虎冲进东升茶馆，连吆喝带驱赶很快清空了场子，只剩下李复明和几个一脸惶恐的伙计。

左侯赶到现场时，探员和军统已将茶馆从里到外地毯式搜了一遍，一无所获。伊宫承铁青着脸在后院转悠，恶声恶气道：“搜，继续搜！”

左侯默默围着堂厅兜了两圈，到五间包厢逐个看了看，打开后院小门，后面是纵横交错的巷子，两边长着高大茂密、枝叶繁芜的大树。

李复明双手笼在袖子里，闲淡的表情里带着笑意：“大家辛苦了，要不要到前面喝口茶？”

伊宫承大步走到他面前，两人相距不足半尺，一字一顿道：“要让我找出那两个日本间谍，你就死定了！”

李复明面不改色：“我泡了上等的乌龙茶，局长大人品尝后保证齿颊留香，回味甘鲜。”

此时探员们正围在院西墙角的水井，吴探员腰间拴绳悬降到水面，未发现井壁有暗门或机关，遂一身狼狈地回到地面。大家相顾无语，实在找不到值得怀疑的地方了。

要说半点疑点都没有也不尽然。首先沿途滴洒的鲜血在东升茶馆附近巷子就断了痕迹，茶馆四周也没有发现新血迹；其次仔细嗅闻茶馆后院，隐约有股血腥味儿；还有便是李复明和几个伙计的态度实在耐人寻味，一副豁出去的样子。

军统牵来一米多高的大狼狗大黄，谁知到了后院门口便畏畏缩缩起来，似乎在害怕什么，不论怎么拖都不肯进后院半步。伊宫承看得无名火起，狠狠踹了大黄一脚，骂道：“没用的东西，收队！”

军统、探员和宪兵队面面相觑，知他是指桑骂槐，个个灰溜溜得很没面子。围在茶馆外围看热闹的数百人或起哄，或窃窃私语，脸上均幸灾乐祸。

回到警局，进了办公室伊宫承气呼呼道：“那帮窝囊废不能指望，大黄也临阵掉链子，你呢，怎么也哑巴了？”

左侯笑嘻嘻地给他泡了杯茶，道：“局座息怒，大黄的问题我可以解释。

大凡盗墓者为防止野狗钻进打好的盗洞，会在附近撒一种叫‘虎蚨’的药粉，据说主料是虎、狼、豺等凶猛野兽的尿，对人来说无色无味，狗闻了却会如临大敌，出于本能畏惧不敢上前。”

“嗯，姓李的猜到军统要把大狼狗牵过去，提前做了防范。”伊宫承脸色稍霁，“搜不到人又是怎么回事？你明知结构有问题。”

左侯还是一脸笑：“要是鲁莽地把房子拆了还是查不到，怎么办？北方战火纷天，民心动荡，眼下可不是捅乱子的时候。”

“说的有道理……”

伊宫承脸色沉重地取出一份密件，在他面前晃了晃，道，“国军节节败退，到昨晚已失掉沂州、石家庄两个重要战略城市，日军正疯狂围攻太原，这是咱们中原地区最后一道屏障！”

“噢——”左侯若有所思，“眼下国军是否向前线增派兵力、包括哪些兵种、武器装备如何，都是日军急切想要得到的情报，所以才冒险在洛阳城外搞侦察。”

“弄不明白茶馆的玄机，就没法真正监控，或许有密道通向外面某条巷子。”伊宫承拳头捏得咯咯直响，“再等等吧，没准儿我真会强行拆掉它！”

# 第五章

清晨左侯独自来到盛唐阁，于老板见了他大皱眉头，不悦道："该说的上次都说了，还来干吗？"

"我是想，请宋大师鉴定小瓷瓶，事后你一定很后悔吧？"

"什么意思？"

"盛唐阁这块招牌在古玩街的名气一般般，究其原因就是鉴赏水平差点儿，吃这碗饭非得有真本领，靠请专家可不行。"

于老板脸一阵红一阵白，强自抑住怒火道："我承认技不如人，但左先生大清早特意跑上门打脸，不觉得坏了古玩圈规矩吗？"

"我确实特意而来，不过并非为了打脸……我奇怪的是，你没弄清小瓷瓶真假就掏光身上的钱贸然买下，然后才请宋大师鉴定，好像次序不对。"

"买古玩讲究眼缘，我一眼就看中了，哪怕上当也要买！"

左侯哈哈大笑："这话外行人说说也罢了，做古玩生意要是讲什么眼缘，不出三个月盛唐阁就得垮掉……于老板，昨天在伊宫局长面前给你留了面子，别不识好人心哪。"

听出他话里的威胁之意，于老板态度软了下来，踌躇良久道："一旦传出去是我说的，以后就别想拿货了……"

“办案需要，决不泄露给外人！”

“好吧……那批货在阮扣林手里，以他的名头……”

“原来如此！”

阮扣林多年以来掌控着洛阳古玩黑市近一半的交易额，而且价格公道，注重信誉，是隐秘联结盗墓贼与古玩商之间的纽带。于老板从他那儿买小瓷瓶，的确无须怀疑真假。

然而，为何转手就请宋大师鉴定？

左侯瞬间便想通其中关节，笑道：“阮扣林说这批货出自清墓，你却觉得小瓷瓶不是清代，遂请宋大师过目，当他一眼便断言明代时，你也想通了阮扣林为何撒谎，反而不敢认同宋大师的结论。对吗？”

于老板神情黯淡，颓然道：“是的，应该盗墓者特意关照过，倘若出自明墓想必会带来莫大麻烦。”

出了盛唐阁，左侯沿着古玩街一路闲逛，拿不定到底要不要找阮扣林。这家伙跟周老爷子不同，居无定所，而且拥有令人畏惧的实力，说翻脸就翻脸，杀人如草芥，左侯纵使曾经在洛阳古玩圈呼风唤雨，也不敢轻易捋他的胡须。

正想得入神儿，背后有人拍了下他的肩头，回头一看竟是身着便装、戴着墨镜的伊宫承。

“局座不在警局坐镇，来这儿干吗？”左侯奇道，余光发现附近还有几名便衣，暗忖又有行动了。

果然伊宫承悄声道：“昨天有人在古玩街一带看到大樊。”

“乔装打扮了？”

“蹊跷就在这里，他跟失踪前穿得一模一样，好像面带杀气！”

“啊——”

左侯也觉得奇怪，遂和伊宫承继续前行。

“大开门定窑白釉印花腰形圆枕，有位师长的公子哥吸大烟成瘾缺钱花，偷偷拿出来卖的！四千大洋不带还价，没诚意买的别站这儿乱摸，弄坏了赔不起！”

南川来古玩行掌柜唾沫横飞的宣传吸引了一大批看热闹的。论实力，南川来与唐古斋、撷云阁等老字号旗鼓相当，每年古玩交易会也能拿出些分量很重的东西，但毛病是经常把赝品夹在当中卖，圈内口碑比较差。

有人从头到尾抚摸一遍赞道：“胎骨薄而细，颜色洁净，瓷化程度高，装饰技法是白釉印花，符合北宋工艺特征，应该是定窑白釉不会错。”

另一人说：“釉质坚密光润，釉面有闪黄和垂釉现象，印证了定窑白釉有‘粉定’和‘泪釉’两个别称的说法，我看好是老东西。”

左侯认出是周老爷子门下弟子张德豪和牛姓师弟，知他俩在玩“仙人跳”把戏，暗暗好笑，拉拉伊宫承衣角躲在人群边瞧热闹。

有个商贾模样的凑上前看了半晌，质疑道：“枕头下方的‘八’什么意思？定窑瓷器好像没有编号吧。”

掌柜冷笑道：“客官有所不知，这是后期定窑仿钧窑编的号，从唐代到清代，就定窑和钧窑瓷器有编号，很多造假作坊想仿都摸不着门路。”

周围一片恍然声，纷纷说“长见识了”。

人群里又冒出个周老爷子的弟子，故作卖弄地说：“别的不提，单看它的印花水平就足以定论，宋代时期定州不仅生产瓷器，还有个很著名的东西叫缂丝，印花就是借鉴缂丝完整的图案纹饰刻成陶范印到瓷坯上，因此定窑的印花技艺应为五窑之首。”

几个回合下来围观者越发相信圆枕是真品，抢着上前玩赏，有三四位游客躲到一边小声议论是否出手。

伊宫承看得饶有兴致，也打算挤进去瞧个究竟，被左侯拖到远处，轻笑道：“假的。”

“假在哪里？”伊宫承不解地问，“他们说得挺有道理嘛。”

“定钧两窑的瓷器编号均为一到十，数字越大瓷器越小，按瓷枕的块头编号应为三到四，顶多是五，而‘八’一般指笔筒、笔洗、茶具甚至梳妆盒等小件。后来明清两朝仿造时数字意思正好相反，所以是明清伪造。”

伊宫承一点就透：“说话的几个人都是托，有问有答，滴水不漏，既解答围观者的疑问，又不露声色制造气氛，厉害，厉害！”

左侯笑道：“演得蛮像，能不能成交又是一回事儿。价格太便宜了，这帮人做贼心虚没敢往高处报。定瓷什么来头？全中国存量不超过一百件。四千大洋？后面加个零还差不多！”

“你以前没少干这种坑蒙拐骗的勾当吧？”

“张德豪这几个家伙不行，技术含量太低……咦——”左侯目光一闪，发现樊大壮右手藏在怀里快速穿进人群，“大樊！”

伊宫承赶紧问：“在哪里？”

说时迟那时快，樊大壮掏出锋利锃亮的匕首，狠狠刺向张德豪后心！

在一片惊呼声中，张德豪似乎有所警觉，身体向右一闪，加之樊大壮挥臂时被人群挤得微微偏了些，匕首虽齐根没入，却没刺中心脏。

张德豪向前扑倒在游客身上，引起一阵惊叫恐慌。樊大壮得手后趁着混乱撤身便跑，左侯和伊宫承以及附近便衣迅速合围上去，紧追不舍。

樊大壮自幼在山里奔跑行走惯了，体力充沛健步如飞，探员们事先得到命令必须留活口，不敢开枪。跑了十多分钟，双方距离越拉越远，硬是没办法，眼看樊大壮即将拐过前面街口，钻入对面摊位密集杂乱的菜市场！

几名探员抱着宁可格杀也不让他逃跑的原则，不约而同举枪准备射击，急得伊宫承在后面大喊："射腿，射腿！"

就在千钧一发之际，左侧巷子里突然冒出一辆水车！

水车速度并不快，但不偏不倚正好挡住去路，此时樊大壮是高速飞奔状态，根本收不住势，"咚"的一声，脑袋重重撞在装满水的车厢上。

车厢虽是木板所制，但经年累月的浸泡暴晒，早已坚硬如铁，半点柔性都没有。刹那间他如同弹丸，弹起两米多高后带着沉闷的声音坠地。

水车工手足无措地站在一边，伊宫承等人将樊大壮团团围住，只见他七窍流血奄奄一息，出的气多入的气少，肯定活不成了。

左侯凑到他耳边大喊："为什么杀张德豪？"

樊大壮想说话，却连喷两口鲜血，嘴角露出心满意足的笑意，拼尽全力说了两个字："小壮……"

然后安详地闭上双眼，溘然而逝！

伊宫承迷惑地眨眨眼："小壮？"

左侯猛地一跺脚："糟了，张德豪！"转身往南川来古玩行方向狂奔，伊宫承等人似有所悟，留下两名探员处理尸体，其他都跟着过去。

来到南川来门口，游客们都已散开，掌柜说张德豪被师弟们送往附近左大夫诊所。

伊宫承冷冷道："左大夫是中医，紧急处理刀伤有屁用！"

一行人又跑到诊所，果然不出所料，由于伤口太深，左大夫未能止住喷涌而出的鲜血，张德豪不治身亡。

# 第六章

好不容易出现一丝曙光，与案情相关的两个人竟然先后死在探员们面前，伊宫承不得不承认大大栽了跟斗。

樊大壮为何刺杀张德豪？

樊小壮与张德豪什么关系，樊大壮何以临死前特意提到弟弟？

水车的出现是否有人刻意安排？

古玩街上明明有最好的西医诊所，师弟们为什么把张德豪送到中医那儿？

经过深入调查，吴探员认为不能排除水车提前埋伏的嫌疑，因为水车工老婆长期接周老爷子府上的针线活，平时与樊大壮打过照面。水车工当然拒不承认，拉了几个人证明他每天就是这个时间段替沿街店铺送水。警方只能怀疑，没有足够证据对他进行指控。

西医中医的问题，有游客说当时师弟们用门板将张德豪抬往西医诊所，走到一半改变主意，多花了几分钟拐到中医诊所，因此不单伤势过重，送医时耽搁了时间也是重要因素。分别询问三名师弟，均说他们在途中商量后一致认为左大夫医术高明，宁可多走些路也要保证万无一失。

听着一连串坏消息，伊宫承满肚子火无从发泄，偏偏左侯不知跑哪儿去了，整个上午都没露面。

中午正准备继续盘问水车工和三名师弟时，左侯兴冲冲地从外面回来，没等伊宫承发火抢先道："打听到'祁一洞'的下落了——城外封锁得紧，他还躲在蓟树村！"

伊宫承翻了个白眼："找他有啥鸟用？真想让他给我家人免费打洞？"

看出他心情十分恶劣，左侯赔笑道："不是不是，这回让他将功补过……"

"补什么过？"

"秦道翦的墓，他打错了洞！"

"打错……洞？！"伊宫承"唰"地站起身，一把揪住左侯的衣领厉声喝道，"说清楚点到底怎么回事？"

左侯被勒得透过气来，吃吃道："快……让他跑了，整个……计划就完蛋……"

"故弄玄虚！"伊宫承瞪他一眼，将他推到旁边，三步并作两步地来到走廊大声道，"通知弟兄们，紧急集合！"

"祁一洞"正悠闲地坐在河边钓鱼，颇有些天高皇帝远的感觉——蓟树村位于洛阳北郊四十多公里，三面环山，交通不便，官府很少派人过来。当伊宫承等人犹如天兵天将般围到身后时，他惊得半晌说不出话来。

伊宫承沉着脸独自把"祁一洞"带到不远处大树背后，左侯盘膝而坐，嘴里衔着根狗尾巴草，笑嘻嘻地看着他。

"祁一洞"怪叫一声，指着左侯骂道："原来是你……你这臭小子出卖了我，狗娘养的，老子看错了人！"

左侯还是笑，然后道："如果'祁一洞'变成'祁二洞'，你还有脸在洛阳城混吗？"

“祁一洞”愣了愣，眼中露出不解之色。

“告诉你吧，上回秦道翦的墓，盗洞位置错了。”左侯正色道，“今天找你，就是给你弥补过错的机会，否则传出去，你脸往哪儿搁？”

伊宫承连忙道：“等等，怎么弥补过错？”

左侯道：“重打一口盗洞。”

“不行！”伊宫承和“祁一洞”同时叫道。

“祁一洞”傲然道：“秦道翦那个墓我精心估算过，小樊下去也拿到了东西，根本没错。”

伊宫承道：“宪兵队已把墓修葺一新，再打盗洞等同于盗墓，绝对不行！”

“为破案而打，为何不可？”左侯满不在乎。

“宪兵队在乌熙村设置了流动哨，每隔三四小时巡逻一遍，你可不准把事态搞大了。”伊宫承警告道。

左侯收敛笑容，郑重其事道：“老实说吧，能不能破案关键就在此一搏！”

伊宫承冲他打量了两三分钟，半晌道：“除非你有足够理由……我的耐心有限，更不会跟着你胡闹！”

“局座，事关破案我怎会胡闹？”左侯不满地说，“你们想想，小樊已经下过一次墓拿走东西，为什么又死在墓里？”

“小樊心眼多，也许把值钱的东西藏起来，等机会重返墓室，不料遭到同伙暗算……同伙就是张德豪吧？”伊宫承猜测道。

“盗墓者不藏横财是道上的规矩，何况有些疑心病重的东家会进去察看，小樊干这行多年，不可能犯忌，唯一可能就是……”祁一洞脸色阴沉下来。

左侯接道："小樊发现你打的盗洞有问题，或者说，他凭多年盗墓经验，感觉秦道翦墓另有玄机！"

祁一洞慢慢坐下，双手抱头想了会儿，道："盗洞打到右侧墓室时，我也觉得土质不太一样，但那边坟堆密集，难免出现碰到一块儿的现象，加之这只是个小生意没多少钱，我急于收工懒得再往下打……"

综合两天来的案情，伊宫承终于想通了："莫非墓底下还有个一直困惑我们的明墓？"

左侯笑了笑："纯属猜测，必须实地考察才能确定。"

傍晚时分，两名探员带着好酒好菜来到乌熙村，主动邀请值勤的宪兵队队员。那三人待在远离县城的小山村，嘴里已淡出了鸟来，稍微客气下便放开来大吃大喝。白酒醇香，里面还加了特制安眠药，没多久三人便睡成一团烂泥。

借着夜色掩护，军统和探员们在伊宫承指挥下，潜伏到秦道翦墓所在的小山坡周围。

"你确定今晚有人来？"上坡时伊宫承问。

左侯只说了四个字："战事紧张。"

爬到坡上，围着秦道翦墓走了两圈，"祁一洞"先前畏缩惶恐的表情一扫而空，而是充满睿智和精明。他一手拿着红布蒙的手电筒，一手拿着卷尺，以墓碑为中心前后左右量了好一会儿，低声道："是有名堂，当初草率了。"

"入口在哪里？"左侯问。

"等等……"

他又跑前跑后测量一番，嘴里念叨"退五进四""截弯取方"，沿正东方向一步衬一步地挪到山坡边松树外侧草丛里，在黑暗中摸索了好一阵子，面有嘚瑟说：

“找到了，八成是小樊找人打的盗洞。”

左侯和他一起清理树枝、乱石等掩饰，露出个黑黝黝的深洞，洞口呈圆形，大小正好可供成年人钻入。伊宫承捡块瓦片扔进去，只响了两声之后便杳然无声。

左侯道：“没用的，盗洞都是按‘之’字形向下挖掘，从上面根本探不到底。局座，一起下去？”

伊宫承哼了一声。

三人换上紧身衣，“祁一洞”口衔手电筒先下，伊宫承在中间，左侯断后。五六米后的盗洞角度越来越陡，尽管双脚努力支撑，身体还是止不住向下坠。

“滑下去有没有问题？”伊宫承问。

“祁一洞”声音听起来嗡嗡直响，又闷又远：“放心，应该先通到最上层侧墓室，落下去有挖的夯土垫着……”话未说完只听“扑通”一声，伊宫承还没来得及反应便身体一轻，“扑通”摔入一个大水坑里，紧接着左侯也摔了下来，三个人身体都浸在冷凉刺骨的水里，均狼狈不堪。

“他娘的判断错误——不，也不算错，是洞打得太差劲，居然戳到了最下面的透水层，太不专业……不过水不脏，是地底下渗上来的，达到一定容量后形成向下压力，可以阻止地下水继续上渗，保持墓室干燥……”

“祁一洞”自觉颜面尽失，不停地唠叨以缓解尴尬，蹚着水找到凹槽，从那边横向爬了两米，果然进入一间墓室！

由于夯土层下沉以及地质移动等原因，墓室遭到严重挤压变形，部分区域已塌方，“祁一洞”仰面朝上，在狭窄的空间里手脚并用向前移动，大致将几间墓室看了一遍，发现手法粗糙的翻找痕迹，连几口棺材都被拆得七零八落，可以判断是小樊的做派。

东侧墓室应当埋葬着女主人，放置有梳妆台和衣柜；北侧墓室里有书桌；主墓室正中则是已腐朽不堪的八仙桌，无论式样还是墓室结构都显示是典型的明墓。桌上的陈列想必都被小樊一扫而光，与于老板所见的梳妆盒、笔洗、青花碟、银烛台等基本对得上号。

唯一意外收获是个半米多长的油纸包，里面是崭新锃亮、保养完好的望远镜、支架、夜光仪等监视设备。

左侯轻舒口气："推论终于成立了！"

回到地面，呼吸着四面而来的新鲜空气，听着不远处火车经过的"咣当"声，真有重回人间之感。

伊宫承道："我已想通大致案情：小樊进入秦道翦墓时发现明墓特征的夯土，没有声张，事后悄悄找张德豪重返这里，盗出墓内明器，然后张德豪见财起意猝然杀掉小樊！大樊见弟弟失踪，通过圈内好友层层追查，得知小樊和张德豪一起盗过明墓，遂最终锁定杀害弟弟的凶手！至于那包监视设备，可能是日本人藏在附近，被小樊无意发现并扔到墓里。"

"虽不中亦不远矣……"左侯刚说了半句，小山坡下突然传来枪声！

# 第七章

这场枪战来得快，结束得也快。

两条人影悄悄潜入小山坡附近时，埋伏已久的军统和探员们一齐开火。对方虽顽强抵挡且枪法精准，也招架不住十多支枪组成的强大火力，枪战已持续了四五分钟，两人一个中弹身亡，一个自杀。

手电筒照在尸体上，如左侯所料，死者都是日本人，而且有伤在身，因此今晚战斗力也打了折扣。伊宫承转过其中满脸胡须的尸体，冷哼道："他就是两年前侥幸逃脱的间谍佐藤正树！"

左侯站在身后徐徐道："也是杀害小樊的凶手……"

"什么？"伊宫承猛地回头看着他，难以置信问。

左侯没有直接回答，悄声道："案子已破，该把'祁一洞'放了吧？"

伊宫承知道他开始谈条件了，冷冷道："只要不涉及命案，一洞抵一洞，可以放他一马。"

说罢一挥手，吴探员替"祁一洞"解开手铐。"祁一洞"活动一番手腕，深深瞅了瞅左侯，飞快地离开小山坡。

没等伊宫承催促，左侯知趣地主动开口："我们先回到案情最本质的问题，李复明为何跑到这儿打盗洞？为秦道翦墓里那点清器？大樊估价不到五百大洋，再说市面上也没发现清器……”

伊宫承皱眉苦思，这时对面传来火车鸣笛声，脑中灵光一闪，道：“小山坡是最佳观测点！铁轨两侧有宪兵队巡逻，过于靠近容易被发现，离得太远又分析不出具体信息。打盗洞则为了隐匿望远镜等监视器材，因此李复明根本不在乎墓里有什么，说不定樊家兄弟离开后就把那些清器扔进了锁龙潭！”

左侯不失时机大拍马屁：“局座高明！小樊头脑灵活些，看出墓底下可能有明墓，没告诉大樊——怕缺心眼的哥哥乱说，反而悄悄找张德豪商议，两人一拍即合，二度来到小山坡，张德豪打洞，小樊进墓，果然偷了不少明器，包括那对小瓷瓶……”

两人打洞、盗墓，其实被早已潜伏在小山坡上观测火车的佐藤正树等三人看在眼里，本来不想多事。然而小樊无意间瞅了瞅通向秦道翦墓的盗洞，却发现他掩埋时做的记号被动过了，心里不安，非要进去探个究竟。张德豪不耐久等，径直背着赃物与守在附近的牛车会合。

墓里藏有高倍望远镜等器材，被传出去还得了？佐藤等人遂将小樊杀害于墓中，并将器材转移到更为隐秘的明墓里。

张德豪见小樊久等不至，猜到行动出了岔子，当即仓皇逃离。为避免外界将新出现的明器与自己联系起来，他在阮扣林面前谎称这批货来自清墓——此乃一石二鸟之计，大家都知道周老爷子的规矩是不碰清墓，追查到周家肯定要碰一鼻子灰；同时巧妙掩藏了墓下有墓的事实，给警方追查工作造成不小的麻烦。

小樊失踪，大樊最着急，加之知道自己居然盗了秦县长的祖坟，赶紧躲藏到暗处，并通过圈内人追查小樊生前几天的行踪，功夫不费有心人，终于打听到盗秦道翦墓的第二天傍晚，小樊和张德豪在乌熙村附近露过面！

大樊头脑简单，可不管那么多曲折，直接认定张德豪就是杀害弟弟的凶手，遂在古玩街守了两天，逮到机会一刀刺中张德豪。周老爷子第一时间得到消息，以他在道上的眼线怎会不清楚其中关节，为避免引火烧身断然传达密令，让弟子们送张德豪去中医诊所！

可叹张德豪机关算尽，孰料死在最没想到的大樊和师父手里。

“张德豪和小樊盗明墓之事与周老爷子有没有关系？”伊宫承问，“大樊逃跑时撞死在水车上也很蹊跷。”

“难说，或许是周老爷子授意，或许是因为张德豪瞒着他私自出手，但没有证据一切免谈。”左侯道，“小樊尸体被发现后，佐藤等人失去了绝佳的观测点……”

宪兵队修葺秦道翦墓期间，因为前线战事紧张，急切需要准确及时的军事情报，佐藤正树不得不冒险靠近铁轨，结果被宪兵队发现，一路追捕到东升茶馆。处理好枪伤并休养一天后，佐藤正树迫于上司压力又重返乌熙村，当务之急是取出监视器材，结果中了埋伏……

“提到东升茶馆，佐藤这几个家伙到底藏在哪里？不解开这个谜，我就没法将李复明绳之以法。”伊宫承追问。

左侯看看时间：“我们赶回城里差不多凌晨一点，正是抓捕他的好时机。”

“你已想通茶馆里的机关？”

“上次就想通了，不过……好戏总得放到最后，是不是？”左侯懒洋洋道。伊宫承狠狠瞪了他一眼。

凌晨一点多钟，东升茶馆早已打烊。侦缉队将茶馆团团围住，军统特务们越墙而过，并到前堂移开门板，探员们一拥而入。李复明和守夜伙计被惊醒，均披衣冲出来，旋即被按倒在地，五花大绑！

“我是良民，你们不能诬陷好人！”李复明在地上挣扎道。

左侯根本不理他，走到最东侧包厢，指着北墙道："砸！"

吴探员挥舞铁锤，"嘭嘭"两下便将墙壁砸破，里面却不是意想中的堂厅，而是一间日式风格的密室，榻榻米上放置着发报机、耳机等通信设备，旁边纸篓里则是沾满鲜血的纱布、药瓶——这是昨晚佐藤等人处理枪伤的证明。

墙角里有个布袋，打开一看是十多件清器——金首饰、银盘子、象牙雕等物，无疑正是那晚小樊从秦道翦墓盗得的东西，可见李复明对古玩毫无兴趣，都懒得拿出来便像垃圾一般扔在那边。

早在几天前左侯陪伊宫承喝茶时就看出，茶馆堂厅长度大约相当于四个包厢，而后院却是五个包厢一字排开，说明堂厅东侧巧妙隐藏了一间密室。密室出口在榻榻米下面，有地道通往二十多米外的民宅厨房，不消说，民宅主人正是李复明。正是靠这条神不知鬼不觉的地道，才瞒过守在茶馆附近监视了两年多的军统特务。物证俱在，李复明无话可说，如同癞皮狗似的瘫倒在地。

至此秦县长祖坟被盗案圆满告破，顺便还破获了两年前的间谍案，击毙在洛阳、开封两地潜伏多年的老牌间谍佐藤正树，重庆方面再度给予嘉奖。此外伊宫承完整交还墓里的葬品，秦县长大为高兴，亲自到警察局召开庆功会，对伊宫承赞许有加，赵局长又妒又气，脸拉得比驴脸还长。

事后伊宫承问："佐藤他们被宪兵队从铁轨旁追到东升茶馆那晚，你明知他们躲在密室里，为何不当场揭穿？"

"当时佐藤等人困兽犹斗，包括李复明在内都准备以死相拼，强攻的结果会死很多人，军统、探员以及茶馆外围观的老百姓，不如在乌熙村设伏干脆利落。佐藤不在茶馆，李复明未免心存侥幸，反而能兵不血刃将他抓捕。"

伊宫承点点头："原来你也是悯天怜人的性情中人。"

左侯摇摇头："不，其实我本质很坏，真的。"

**图书在版编目（CIP）数据**

古玩暗战／朱晓翔著. —北京：中国工人出版社，2018.3
ISBN 978-7-5008-6887-3

Ⅰ.①古… Ⅱ.①朱… Ⅲ.①推理小说—中国—当代
Ⅳ.①I247.5

中国版本图书馆CIP数据核字（2018）第052006号

古玩暗战

**责任编辑** 吴 迪
**责任校对** 董春娜
**责任印制** 黄 丽
**出版发行** 中国工人出版社
**地　　址** 北京市东城区鼓楼外大街45号 邮编：100120
**网　　址** http://www.wp-china.com
**电　　话** （010）62005043（总编室）
（010）62005039（出版物流部）
（010）62379038（社科文艺分社）
**发行热线** （010）62005049 （010）62005042（传真）
**经　　销** 各地书店
**印　　刷** 三河市万龙印装有限公司
**开　　本** 880毫米×1230毫米 1/32
**印　　张** 8.875
**字　　数** 220千字
**版　　次** 2018年7月第1版 2021年9月第3次印刷
**定　　价** 36.00元